Rose's injury

蔷薇之伤

他说：等我，我必不负你！
他说：别再等了，跟我走，我会比他更爱你！

舒绘 著

当代世界出版社

目录 Contents

Chapter01　悲催的论文分组　/　001

Chapter02　命中注定不属于你的东西　/　018

Chapter03　初恋的终曲　/　034

Chapter04　一切前途都毁在成绩单上　/　048

Chapter05　单独谈谈　/　063

Chapter06　前途堪忧和别无选择　/　080

Chapter07　迷局　/　096

Chapter08　冤家路窄　/　113

Chapter09　心碎的旧爱　/　131

Chapter10 比你想象中喜欢得多 / 147

Chapter11 提前进入养老生活 / 162

Chapter12 当断则断 / 178

Chapter13 爱恋之心已死 / 194

Chapter14 看起来很可疑的邀请 / 210

Chapter15 善恶终有报 / 226

Chapter16 最后的约会 / 243

Chapter17 尾声 / 259

CHAPTER 01
悲催的论文分组

　　大四那年,是白薇二十多岁的人生中最痛苦不堪的一年。

　　在此之前,她从来没觉得一天二十四小时是这么的短暂,需要在从早上睁眼到晚上闭眼的时间段里,一直不停地动手、动腿、动脑或者动嘴。更悲惨的是,她并不是像普通毕业生那样忙着找工作和考研,而是在——补考。

　　是的,还差几个月就要毕业,但白薇还有八门功课不及格,眼看就要拿不到毕业证书。

　　窗外春光明媚,坐在图书馆里的某脸色惨绿少女,一边咬笔一边抓头发一边愁云惨淡地看着外面,对校园里行色匆匆的同学们充满了羡慕嫉妒恨。

　　事实证明,偶像剧是个超级骗人的东西,四年前,单"蠢"的白小姐从电视里看见某潇洒男主角站在法庭上,大手一挥,霸气十足地喊出"证人,你有权保持沉默"的时候,花痴得哈喇子流了一地。她原本是个混吃等死的懒惰胚子,看见这位潇洒的男主角以后，像是脑子里的什么开关被突然打开了，胸中燃烧着熊熊的热情，强烈梦想成为一名英姿飒爽的女律师。

YY的力量是无穷的，为了美梦成真，白小姐在高三时苦读数月，硬是从年级倒数第六名狂冲到前十名，勉强考入了这所全国重点大学的法律系。更幸运的是，这所学校还是本地大学。

然后，噩梦就开始了。

大一上课的第一天，白薇捧着《法律基础》，确信自己能看懂里面的每一个字，但就是不懂这些字连起来的句子是什么意思。

后来的四年里，她就一直没搞懂过这些怪玩意儿。

枯燥的专业知识，加上已经毕业学长们回来主持的讲座，让白薇在大学生涯中真正懂得了，律师究竟是一个什么样的职业。她其实是个傻丫头，既没有足够的智商和情商，也没有足够的高尚人格，去干这一份神圣的工作。

而痛苦的是，法律系不能转专业。

她真是自己挖了个火坑让自己跳。

"铃铃铃铃铃铃——"

山寨手机的铃声突然疯狂地响起来，把白薇和整个图书馆的人吓得魂飞魄散，坐在她旁边的妹子双手一抖，差点把书撕成两半。白薇痛苦捂脸，心里暗骂老爹给她买的手机真是便宜没好货，触屏功能超级不灵光，进图书馆之前她明明用触摸滑锁滑成静音模式了，但是把它放进包里不久，那破手机显然又自动滑成了标准模式。

在全体群众憎恨的目光下，白薇做贼心虚地抱着包包冲上走廊，在僻静的角落接起电话，压低声音："四妹？"

四妹就是白薇寝室的老四。

"四妹你妹啦！"耳边传来四妹高八度的尖叫，"你又给我死到哪儿去了？刚才我睡醒一睁眼，就没在你床位上见到你人影，一大早的你上哪儿撒欢啦！"

"姑奶奶,这都上午十一点了,还能叫一大早吗?"白薇汗颜,"再说我这种补考的吊车尾差生还能去哪儿?图书馆里复习备考啊!"

电话那边沉默了一会儿,四妹刚醒的时候,脑袋总是比较混乱。过了一会儿,她的声音总算平静了一点:"好吧,饶了你了。你现在赶快到大教室去,有急事,我也马上去。"

白薇一愣:"这种时候,除了补考还会有什么急事?"

"傻啊你,毕业论文呗!论文不通过,就算你每门考试都一百分也不顶用!刚才辅导员把分组通知发到寝室里来了,咱们寝室的四个人都在一组,听到了吗?你、我、小爱,还有小松都在一组!"

"……哦。"运气挺好嘛。

白薇用三秒钟在脑内复习了一下有关论文的事,法律系的毕业论文是分组撰写的,每组分配一个组长,设立一个题目,整个小组共同撰写。而论文的最终成绩,也就是组员们共同的成绩。

于是,她问:"组长是谁?咱寝室的四个蠢货可干不了,还有,我记得每组是六个人吧?剩下两个人是谁?"

电话那边又沉默了。

良久,四妹缓缓地说:"薇薇,你冷静,你一定要冷静。分组只是凑巧,大家只是在一起写论文而已,没什么的,真没什么。"

白薇挺奇怪:"你搞啥呢?突然这么严肃?"

然后,她听见四妹说了一些话。白薇脑子里突然炸开了一个响雷,紧接着耳边嗡嗡作响。

不知过了多久,白薇才勉强找回听力,同时听见自己正在发出一种怪异的、僵硬而沙哑的声音:"……呵呵,四妹你在说啥呢……谁是苏临远,呵呵,我可不认识……"

半个小时以后,她拖着沉重的脚步来到大教室。

整个法律系的论文分组已经全部都搞定了,众人这边一摊、那边一摊地聚集在一起各聊各的。据说分组全由抽签决定，不过白薇怀疑是有黑箱的，因为她看见好多情侣或者仇敌都被"凑巧"分在了一起，有的卿卿我我，有的瞪眼吵架，整个教室好不热闹。

她在人群中穿梭，一眼就看见小松头上的一坨白毛。

那货是个标准的非主流，兴趣爱好就是把头发染成各种奇怪的颜色，在人流拥挤的地方倒是挺好认的。

"薇薇！"还没等白薇出声，小松已经先看见了她，并用她那特有魅力的中性嗓音喊了一声。

立刻，坐在她对面的某男僵了一下。

白薇的心也随之一震，一时间居然有那么一点期待，期待苏临远能好好看她一眼。

但那自然是不可能的。

半秒钟之内，苏临远就恢复了若无其事的样子，低头专心整理资料。

他坐在窗边，穿一件深蓝色的格子衬衫，左手腕上戴着一串佛珠。明媚的阳光投在他的脸上和肩膀上，像是为他染上了一层朦胧的光晕，美得不可方物。

这样的苏临远是白薇永远都看不够的，可惜她已经没有资格再能肆无忌惮地看他了。

视线移过去一点，白薇又看见了季佩佩的那头清汤挂面似的黑色长发。她的皮肤很白，白得几乎透明，正坐在苏临远旁边，小声跟他说着什么。

她刚才肯定也听见了小松的话，但装作完全没听见。对她来说，白薇大概就是她完美人生中的一粒碍眼的尘埃。

白薇在心里笑笑，真心感谢四妹刚才的一通电话。如果不是她提醒，让自己知道以前的男朋友和他现在的女朋友都跟自己在一个论文小组，那看到现在的情景，她大概已经心脏病突发，一命呜呼了。

"薇薇,坐这边!"大概看出白薇脸色不对,小松、小爱和比白薇先到教室的四妹互相使了个眼色。小爱一把把她拉到身边,同时跟她咬耳朵:"亲,别失态,大方一点!"

白薇本来不难过的,听到小爱这样说,反而鼻腔里一阵酸涩。她连忙捏捏鼻子,装作若无其事地坐下来,朝大家笑笑:"不好意思,我来晚了。那,咱们小组的组长是谁呢?论文题目定了没?"

苏临远还在整理资料,听见白薇问,随口说:"组长是我,论文题目是大家一起定的。刚才我们已经想了几个备选题目,你没参与讨论,就现在马上谈谈想法吧。"

白薇的脑袋空白了一会儿。

刚从图书馆K书的状态里脱出来,又遭遇了论文分组的震惊,她可怜的脑容量一下子塞不下太多的信息。

安静了几秒钟,苏临远抬起头。

白薇看见有些东西在他眼中一闪而过,似乎是厌烦。

是啊,在全是人精的法律系里,白薇这种八门功课不及格的家伙根本就是个废物。跟她分在一个小组,像苏临远这种早早拿到offer而且已经通过司考的优等生,一定挺头痛的吧。

果然,他叹了口气:"白薇,都快毕业了,你就不能更用心一点吗?"

白薇窘迫地低下头:"我这不是忙着补考吗,脑细胞都死光了……"

苏临远更不高兴了:"补考不是理由,那是因为你该念书的时候没好好念书,所以到了现在才会手忙脚乱。我再给你五分钟思考一下,五分钟以后,请你提出三个具有可行性的论文题目,现在开始计时。"

说完,他居然真的拿出手机开始看时钟。

小松她们都吓得大气不敢出,因为苏临远是系里的学生干部,本身做事就雷厉风行的,认真的时候没人敢违抗他。以前和白薇感情好的时候，他只会对她一个人和颜悦色，无限纵容，就算她把天捅了一个大洞，他也会笑眯眯地帮她去补。寝室里的妹子们那时都以为，白薇就是此生唯一一个可以驾驭苏临远的女人了。

可惜她不是。

教室里闹哄哄的，然而白薇他们小组却充满了紧张的气氛。

时间在一分一秒地过去，苏临远严肃地看着时间，白薇全身僵直脸色苍白，小松她们则是一声不吭。而就在白薇不知道这一切该怎么收场的时候，一个柔软的声音插了进来："临远，算了吧，看薇薇都被你吓成什么样了？一篇论文而已，不用这么认真。"

是季佩佩。

她的眼瞳漆黑而幽深，像是一汪深邃的泉水。

看着她精致的容颜和白皙如雪的肤色，白薇突然想起了日剧里看到过的美丽人偶，瞬时在温暖的春日里狠狠打了一个寒战。

苏临远没说话。

于是，季佩佩继续说："我看这样吧，薇薇没来的时候，我们已经有十几个备选题目了，就在里面随便挑一个简单的吧。毕业前夕大家也忙，就尽量不要在论文的题目选定上浪费太多时间了。"

苏临远皱眉："这是什么话，别的事情重要，论文选题就不重要？"

虽然他这么说，语气却明显没有刚才那么严厉了。所以季佩佩也一点都不害怕，温柔地笑笑："你啊，做事就是这么一丝不苟。就算你不累，其他人也会被你搞累的，大家说是吧？"

没人回答。

气氛从刚才的紧张变成了尴尬，白薇看见小爱一头黑线，而小松脸上的表情直接像在说"公众场合禁止打情骂俏"！

白薇感到一阵松懈，却又是一阵悲伤。

在她之后，终于又有人可以在苏临远不高兴的时候，抚平他的怒火。

然而那个人却不是她。

所幸，因为季佩佩的调解，苏临远也不再逼着白薇"谈想法"。他随便把论文格式的资料发给她，让她自己回去看，而小组第一次碰头会的主要内容，差不多就到此为止了。

"那临走之前，我们商量一下，看下次在哪里碰头比较合适？"他说，"大教室这里经常有人，环境太吵，不适合小组讨论。"

"去我家的咖啡店吧！"白薇刚被他严厉批评，急于示好，立刻脱口而出，"现在正好是营业淡季，顾客不多，环境优雅，东西也很好吃。我跟我爸妈说一声，所有点心全部我买单。"

苏临远一愣。

白薇又加了一句："我家店里的点心真的很好吃啊，你以前不是很喜欢吗？"

此话一出，她瞬间后悔得差点咬掉自己的舌头。

白薇啊白薇，你是嫌自己死得不够快吗？！

果然，话音刚落，季佩佩的脸色一下子阴沉下来。但女神不愧是女神，她马上一下子恢复了常态，若无其事地微微一笑。

"我都不知道，原来临远喜欢吃点心。"她柔声说，"那四季酒店的英式三层下午茶你有兴趣吗？貌似挺有名的。"

苏临远还没回话，一旁的四妹已经大呼小叫起来："嗷嗷嗷嗷——你说四季酒店？就是那个人均二百多元的三百种点心和七十种饮料任选的英式三层下午茶？"

季佩佩又笑："是啊，四妹你也知道？其实我是那边的熟客了，带朋友过去可以用金卡打对折……哦对了，不如我们下次就去那里开小组会议吧。四季酒店的咖啡厅很安静的，还有一座非常漂亮的玫瑰园，当然啦，我请客。"

白薇尽量说服自己，不过是被季佩佩捅了一记软刀子。

虽然大家提议的都是点心，但五星级酒店的下午茶和自家烘焙的饼干自然完全不是一个层次的东西。也是，季佩佩那种娇生惯养的大小姐，怎么肯蜗居在一个家庭咖啡馆里喝茶学习呢？她那么美，又那么娇贵，坐在白薇家咖啡馆的椅子上，说不定还会因为座位太硬而硌伤了屁股。

这么一想，白薇似乎也释然了。

或许真是她多虑，季佩佩只是坦诚地在推荐自己珍藏的读书圣地而已。

但是，看见白薇略微僵硬的脸色，大家多少都有些尴尬。四妹发现她的不对劲以后也转头偷偷吐舌，后悔自己兴奋地接了季佩佩的话头。

其实白薇家的咖啡馆在宿舍里人气很高，从大一开始，大家备战迎考的时候就会去那里，点上一壶花茶，再加上几盘饼干，就能一边K书一边笑闹一下午。这个论文小组里，同宿舍的占了四个，接受白薇的建议也是很自然的事情，再说苏临远曾经是白薇的男朋友，也算半个自己人，少数服从多数，哪里又轮得着季佩佩插嘴提议呢？

一时间，全组人都有些沉默，也没人再像四妹那样附和季佩佩。

过了一会儿，还是苏临远开口了，他沉声道："你们啊，不要一提到碰头就想着吃。我们都是学生，聚在一起也只是为了写论文，吃吃喝喝的不合适。算了，我知道隔壁教学楼有一层的自习教室不常有人用，以后讨论的时候我们就去那里吧。"

从文青小资的咖啡馆和酒店一下子跌落到自习教室，这等级也相差太大，吃货四妹直接就偷偷飙泪了。但是明眼人都看得出来，苏临远不太高兴，大家也只能纷纷知趣地以沉默表示同意。

白薇在想，或许苏临远是嫌弃被提出来的两个地点都不够正经严肃，又或许他是讨厌这种僵硬的气氛，她不想去相信第三种可能，那种理由……应该不会的。

是的，她很想相信，苏临远不是因为听见她提起咖啡馆，才会不高兴。

应该不会的。

白薇不知道苏临远对那个地方还剩下多少回忆，或许他根本不愿意再想起来。但是她默默看着他的侧脸，耳边就似乎回响起了那淅淅沥沥的雨声，那雨声伴随着遥远的记忆，让她想起那一年仿佛永无尽头的雨季。

蒙蒙细雨将一切都浸染上了朦胧的雾气，那天，刚刚考上本地一流大学的法学系，沉浸在亢奋和喜悦中的白薇，听见悬挂在咖啡馆门口的风铃响起清脆的声音。

她每年暑假都会在自家店里帮忙，那一年的雨季，那一天，她正在柜台后面烘烤着小饼干的时候，苏临远推门而入。

一瞬间，整个世界都仿佛失去了颜色，白薇只能看见苏临远被雨水打湿的黑发，还有那深蓝色的格子衬衫。

从此，她堕入万劫不复的深渊。

啊啊啊啊，想什么呢？

白薇愤恨地揉揉自己的脸。

回忆总是特别美好的，但永远沉浸在过去的事情里无法自拔，也未免太没出息。

白薇不是一个悲观的人，相反，她心思单纯、神经大条、生性开朗，而且超级乐观，被寝室损友笑话为天塌下来也会照样呼呼大睡的蠢女人。虽然今天看到苏临远和季佩佩卿卿我我的景象，她确实是挺受打击的，不过这是一个失恋可怜少女的正常反应，不会给她强韧的心灵造成毁灭性的伤害。

再说，白薇一直知道，自己和季佩佩的等级差了十万八千里。她唯一的优点在于开朗呆萌，因此在最初的时候才会吸引住性格有些内敛的苏临远。

苏临远家里很有钱，他是那种家教严格的翩翩绅士，很懂规矩，从小接受着高级教育，但是生活完全没有自由，每天都过得挺压抑，而且早早被家人铺设好了未来的道路。白薇似乎听到过这样的传言，说是苏家人已经连苏临远几岁要在哪个公司升职到什么岗位，都已经全部给他安排好了。

像他那样的人，一眼就能看到自己未来毫无惊喜的成功人生，甚至大概连自己死后会躺在哪个墓地里都已经知道了。

对生活如此了无生趣的苏临远来说，白薇就像是绽放在满山绿草中间的一朵野花，让他眼前一亮。绿草固然很美，但看多了也会厌烦，因此那朵飘香的野花也就显得格外诱人。

最初的时候，他们也曾如胶似漆过一阵子，白薇已经不愿去回想那时候苏临远对她有多好。他从小就什么都不缺，所有人都围着他转，所有人都爱护着、奉承着他，他无需去讨好任何一个人，心里空虚得很。白薇的出现像是一瞬间改变了他的整个人生，他恨不得把一辈子的好全部都给她，如果没有了她，他会立刻痛苦地死掉。

所谓富家公子和平民穷妹的童话，大抵就是如此了。

那个时候，他们俩真的就是那种，除了对方什么都可以不要的傻乎乎的热恋情侣。

但是，童话毕竟是童话。大三的时候，随着季佩佩的转学入校，一切梦幻的故事都结束了。

本校的宅男纷纷表示，季佩佩是他们在现实里见过的最美丽的妹纸，就算真人素颜也比那些网上PS出来的所谓的宅男女神不知道美了多少倍。听说她从小旅居国外，为什么会突然回国做大学的插班生没人清楚，但白薇不在乎这些。重要的是，季佩佩和苏临远是青梅竹马，两家门户相当，从祖辈开始就关系密切得像一家人似的。

从那个时候起，苏临远对白薇的态度就一夜之间180度大转弯了。

野花固然也很美，但毕竟不会有人把它带回家去，当成家花养育。没有季佩佩的时候，苏临远可以随心所欲地跟白薇在一起。但是有了季佩佩，他十分清楚自己应该如何做出选择，才是正确的人生方向。

至少，白薇是这么分析他的心路历程的。可以肯定的是，苏临远在很短的时间内，就从热恋傻男恢复成了那个疏离冷淡的俊秀青年，就像白薇最初遇到他的时候那样。

然后，他们就再也回不去了。

倒是没人明确地提出分手，两人就这样慢慢疏远了。白薇虽然性格单纯但并不愚蠢，看到苏临远和季佩佩开始在校园里出双入对的时候，不会不明白发生了什么事。

从白薇的角度，她并没看出苏临远换了个女朋友有多么高兴。相反，从那以后她就从来没在公共场合再看到过他笑，就算和季佩佩在一起，他也是冷淡而沉默的。

要知道，当初他和她在一起的时候，是有无数蠢呆爆笑的甜蜜回忆的。但是白薇又想，她和季佩佩的情况怎么能一样呢，自己和苏临远是阔少爷迁就野丫头，而季佩佩和苏临远是高贵清冷的男神和女神。

男神和女神怎么能疯疯癫癫，整天互相调笑呢？那样会很掉价。所以，他们那种若即若离的关系，才是符合苏临远身份的、淡定而成熟的情侣交往方式吧。

白薇真是觉得自己输得一败涂地。

但她也没太伤感，苏临远是多少女生暗恋的对象，自己曾经能有机会博得他的好感已经很幸运了，就当是做了一个灰姑娘的美梦吧。梦里很快乐，醒来以后也是一切如常，并没有损失什么。

真的无所谓。

在白薇沉浸在回忆里的期间，苏临远似乎又跟大家说了什么，她也没听进去。她是第一次从这么近的距离看见苏临远和季佩佩亲密无间的样子,脑子里难免有些失控。再说,有三个同寝好姐妹在一起,有什么重要的事情她们事后都会告诉她,多神游天外一会儿也没关系。

抱着这样的心态,她一直浑浑噩噩的,直到听见苏组长宣布散会。

听见这两个字,小爱、小松她们像是死囚犯得到了特赦令似的,跳起来拉起白薇嗖一声就跑远了。苏临远只觉得眼前一阵冷风吹过,回过神的时候就看见小松那头白毛在教室门口一闪而过,仓皇逃走去也。

他默默苦笑,物以类聚这句话真是太有道理了,白薇寝室的那群妹子,个个都是吃喝玩乐的一把好手,到了该学习的时候却总是叫苦连天,真不知道毕业以后怎么走上司法工作岗位。

当然,他自己也帮不了什么大忙,好好把论文搞出来交差,然后帮她赚到一个不错的毕业分数就算仁至义尽了。对于白薇他亏欠太多,已经没有办法偿还得起,能有一个机会为她和她的朋友做点事情,他心里也稍稍觉得安慰。

亏欠。

这两个字,让他不知不觉的,轻轻叹了一口气。

正在整理资料的季佩佩立刻抬起头,靠近苏临远身边轻声问:"临远,你怎么了?"

苏临远连忙笑笑:"没什么,只是想到我们跟这几个不求上进的女生分在一组,觉得挺倒霉。如果是男生,我绝对骂起他们不手软,但都是女孩子的话,不批评不行,批评多了又像是在欺负人。"

季佩佩低头抿嘴一笑:"是嘛,我看你心里可不是这么想的。要不然,刚才会议最后怎么会提起'那种事'?她们高兴得眼睛都发绿了,你这哪一点是在批评她们,明明是在向她们示好吧?"

苏临远闻言,语气变得有些冷淡:"佩佩,我可不喜欢别人妄加猜测我的心思，那件事我并没有觉得哪里不妥。作为论文组长，我有权力决定自己该怎么做，不需要你多嘴。"

季佩佩惊讶地瞪大了眼睛，随即不甘心地咬了咬牙。

然后，苏临远又说："另外，以后你也别在公开场合跟白薇唱对台戏了，她家世相貌成绩样样都不如你，跟我也早就一刀两断了，你别再把她当一回事了吧。"

季佩佩没说话，脸色阴沉下来。将手里的资料重重摔在课桌上，她低头盯着那一叠白花花的纸，冷声说："苏临远，你和我到底是谁在把她当成一回事？我刚才根本就没说什么，你到底在在意什么？别忘了，你现在是我的男朋友！少帮不相干的女人说话！"

苏临远冷冷一笑："是嘛，那你想必也记得，我下狠心甩了白薇去做你的男朋友是为了什么？那个原因，似乎没法让你用这种态度对我说话吧？"

季佩佩一怔，然后，她愤恨地转过头，不再理睬苏临远。

"哎哎哎？晚上吃饭？写论文还有饭吃？是学校最新发布的奖励举措吗？"宿舍楼旁边的花园小径里传来白薇惊喜的声音。

这是教学楼通往女生宿舍必经的道路，大学的四年里，同寝的妹子们几乎每天都要踏过这条小路，花园里留下过她们无数的欢声笑语，此时也是一样。

结束冗长的论文会议，离开了冷峻严厉的苏临远，大家都松了一口气，纷纷说笑起来。

"什么奖励措施？你耳朵长到屁股上去了吧？"小松看到白薇双眼大睁的样子，愤愤地用一个手指戳在她脸上，"刚才苏临远说得清清楚楚，这顿饭是他请！为了同一论文小组的成员增进感情，也为了今后能更好地合作完成论文，今天晚上他请我们吃自助餐！"

"哦哦，原来是这样！"白薇恍然大悟，难怪她似乎听见刚才会议尾声的时候，苏临远又唠叨了一堆什么话。

"什么叫'原来是这样'，你这是什么口气啊？"四妹甩了白薇一个飞眼，"苏临远问你正经问题你答不出来也就算了，我们权当你是故意气气他。但是跟学习无关的事情你总得听清楚吧？人坐在那里开会，魂却不知飞到哪里去了，整个魂不守舍的，让我们这些家伙跟你一个宿舍都觉得丢脸！"

"嘿嘿嘿，不就是因为有你们这些好伙伴，我能安心地魂游天外吗？要不然怎么能显示出你们的睿智和对我这种蠢朋友的热心相助呢！"白薇使劲赔笑脸。

"还敢耍贫嘴！"四妹狠狠捏住白薇的腮帮子，痛得她嗷嗷乱叫。

"好啦，你们别为难薇薇了，要她沉着冷静地面对苏临远和季佩佩那对男女，难度也确实大了一点。"这时，一旁的小爱开口打圆场，拦在了白薇和四妹中间。

听到苏临远的名字和季佩佩放在一起，白薇又是一阵恍惚，脚下一软，差点踩进一个坑里。

"小心！"小爱一把拉住白薇，故作轻松地笑笑，"怎么，刚才在他们面前假装淡定装得太累，一下舞台就受不了了？"

"不，我只是……早饭没吃饱，哈哈哈，对，早饭没吃饱。"白薇艰难地给自己找借口，"而且，我也并没有要存心气苏临远的意思，在公开场合让他下不了台又没什么意义。我确实是忙着补考脑子不够用，没办法立刻回答他的问题。"

"不管存心还是无心，效果达到了就行，"四妹继续飞白眼，"我看你刚才太客气了，应该找点什么话来讽刺那个负心汉才对。"

"赞成！"小松举手。

"你们就别添乱了吧，两个女流氓，"小爱哭笑不得，"薇薇不是那种人，这么久的时间，你们曾经听她说过哪怕是一句苏临远的坏话吗?薇薇的度量比你们大多了,你们可别把她往坏道上带。"

"……谢谢这位小姐您的抬爱……"薇薇扶额,"我哪有你说得这么伟大,只是觉得失恋而已,没什么好计较的。如果每一个被甩的人都要跟前任闹得你死我活,警察早就不够用了。"

大家静默了一会儿,没想到白薇居然会坦然地说出"失恋"这个词。

从她和苏临远逐渐不来往,到苏临远和季佩佩在校园里出双入对,所有人都看在眼里,也都明白发生了什么事。起初,大家怕白薇伤心,总是对这件事避而不谈,后来有一次四妹不小心骂了那两个家伙几句,这件事才终于被搬上了台面。

大家偶尔会吐槽他们俩,就跟八卦男女明星情侣那样随意,但从来没有人明确地说出"白薇失恋了"这样的话,她们都怕她会伤心,不想让太直白的话语触动她的伤口。

没想到,这话最后居然是被她自己说了出来。

这异样的静默让白薇有些莫名,她看看这个,又看看那个,一脸奇怪地笑了笑:"你们怎么了?怎么突然都不说话了?"

突然,小松哭着扑到了她身上:"呜呜呜呜,薇薇你真是一朵明艳美丽的好女纸,如果我是男的就立刻收了你!"

白薇差点被蹭了一脸鼻涕,满头黑线地推开小松:"别哭,有话好好说,再说你平常的形象其实跟男的也没什么两样。"

"最后那句话是多余的!再说我能不哭吗,你被人欺负得这么惨还能笑对人生,我心疼啊!我难过啊!凭什么你要输给那个女人?我就不明白你到底哪一点比不过她了!"

"我?我觉得我哪一点都比不过她啊……"白薇真诚地说,然后开始举例,"你看,我没季佩佩漂亮,没她聪明,没她有钱,没她成绩好……是不是身材也没她好我不清楚,没观察过。"

大家又沉默了。

还能说什么呢？当事人都没有战意了，旁人再为她不值又有什么用？

然后，白薇又轻声加了一句："如果我是苏临远，我也会选季佩佩的……"

寂静，良久的寂静。

大家默默地站在一棵桃花树下，气氛忧伤而酸楚。过了一会儿，不知道是谁带头的，大家继续往宿舍走去，但脚步已经缓慢沉重了很多。

"薇薇，"是小爱打破了寂静，她一手搭上白薇的肩膀，表情有些苦涩，"我们都知道你很大度，很看得开。确实像你所说，失恋一场没什么大不了的，我们还年轻嘛。但是，我不知道你的大度对苏临远那种人是不是值得，你就不奇怪他为什么要突然请我们吃饭吗？"

"哪里奇怪？"白薇不解，"你们刚才不是说了吗，他想增进论文小组之间的感情，为了今后能更好地开展工作所以才请我们的。"

"你觉得为了这种理由，有必要破费吗？"小松冷笑，"论文是关乎毕业的大事，就算他什么都不做，我们也不敢在这种事上偷懒。我看啊，他为了论文是假，为季佩佩向我们负荆请罪是真，谁让那个口无遮拦的千金小姐为了下午茶的事情跟你抬杠？她惹你，就等于在惹我们整个寝室！"

白薇心里咯噔一下，原来对季佩佩那番话有想法的人不止她一个？

小松还在继续说着："季佩佩那女人啊，对你的敌意谁都看得出来，啧啧，那嫉妒都快从眼睛里溢出来了，估计是嫌苏临远现在对她没有以前对你那么好。当然，这次的论文分组也够痛苦，他夹在你和季佩佩之间挺难做人，啊啊，不过这也是他咎由自取嘛。就像我刚才说的那样，论文是关乎毕业的大事，苏临远那种优等生

offer、证书什么的都拿到了,可不能在论文的事情上阴沟里翻船。所以,刚才他看到季佩佩惹你就只能赶紧请我们吃饭赔罪,否则我们寝室联合起来打压他们俩,各种不配合,整个论文小组一起死,他们的论文成绩绝对完蛋!哈哈哈哈,现在小组里是我们寝室占优势啊,我们这些吊车尾的家伙怕什么,大不了重读一年,苏临远那种优等生就麻烦了,哈哈哈哈哈——"

眼看小松越说越激动,其他人纷纷汗颜,四妹凑上去直接捂住她的嘴:"喂喂,小声点,你想让整个学校的人都知道我们寝室是法律系的吊车尾吗?!"

小爱则是幽深地看了白薇一眼,淡淡一笑:"现在,你明白了吗?"

白薇木讷点头:"……明白了,我确实明白了你们的智商比我高一大截,居然能从一顿饭局里看出这么多东西……"

啪!

"嗷!"

小爱狠狠往白薇的脑袋上拍了一巴掌,白薇发出一声惨叫。

CHAPTER 02
命中注定不属于你的东西

好吧,不管苏临远请客吃这顿饭的目的是什么,白吃白喝的机会不能错过,何况还是能随便吃到饱的自助餐。当晚,法律系的吊车尾四人组就浩浩荡荡地出发了。就像小松说的那样,论文小组里她们有四个人呢,论人头是占绝对优势的,根本不用担心季佩佩会耍什么花招。

再说白薇觉得这顿饭是鸿门宴的可能性也不大,哪有人每时每刻想着算计别人的?这样活着不累吗?

既然做东的是苏临远,请客的级别自然不会低,居然是高级酒店的旋转餐厅。餐厅里,四妹一踏上地毯就捧住脸颊发出无声惊呼,同样是自助餐,这一顿可是比她们常去的29元烤肉畅吃自助要高级多了。

"招待不周,还请见谅。"看到白薇四人组,苏临远迎了上来,客气地笑笑。白薇怕被他迷人的笑脸闪瞎,连忙躲到小松身后。他的态度比白天开会的时候和善多了,咳咳,说不定真是在为季佩佩的不礼貌而赔罪。

其实并不需要的。

想到这里,她朝四周看看。今晚餐厅里的人不多,偶尔传来一两记刀叉碰撞的声音。餐厅里的光线幽暗典雅,她好不容易才找到季佩佩。

她坐在一个角落里,侧脸望着窗外。长长的黑发垂落在她的肩头,让白薇一点都看不见她的表情。

这时,小松和四妹正起劲地让苏临远推荐这里的特色菜,白薇想了一会儿,凑近小松悄悄耳语几句。小松一愣,刚要说什么,白薇连忙对她做了个噤声的手势,然后自己跑到点心区去看蛋糕了。

小松搔搔头,犹豫了一会儿还是走上前,插身在苏临远和四妹她们之间,开口说:"呃……那个,今天谢谢你的招待,就让我们四个人自己玩自己的吧。毕竟,你……也挺忙的……"

苏临远一时没明白小松的话:"我有什么可忙的?"

小松略微尴尬,不知道怎么才能把白薇的意思表达清楚,情急之下只能冲着季佩佩所在的方向眨了眨眼睛。苏临远回过头,脸上的微笑慢慢收起。刚才白薇看到季佩佩的时候,她看起来还是挺正常的,但过了几分钟,见苏临远一直没过去,她虽然还是看着窗外,坐姿却有些僵硬,全身散发着"大小姐不高兴了"的气息。

苏临远是多聪明的人,况且他也很熟悉白薇寝室这些姑娘的性格,知道小松神经粗又大大咧咧,不可能会注意到季佩佩坐在那里。联想到白薇刚才和小松咬耳朵的情景,他立刻抬头寻找白薇的身影,但点心区在餐厅的另一头,从他这里看不到她。

她的意思已经很清楚了。

既然如此,苏临远也不可能有更进一步的举动,他苦笑一声,对姑娘们说了声抱歉以后,就匆匆赶去了季佩佩那边。

之后的整顿饭,他就没有再回来过。

白薇仔细看完每一款蛋糕,返回中餐区的时候大家早就已经落座,并且每个人面前都是满满的几盘子菜,纷纷在大快朵颐。小松看到白薇就朝她使了个眼色,又瞥瞥苏临远那边,意思是她把白薇的话都好好地传达了。

白薇感激一笑,看苏临远和季佩佩在餐厅角落说着悄悄话,也安心地落座了。

"我的老好人,你怎么又在给那个负心汉台阶下了?"她刚一落座,四妹忍不住说开了,"是他欠你的多,又不是你得罪他,你干吗总是为他考虑?真是受够了!"

"他本来就没欠我什么,"白薇笑笑,拿起四妹盘子里的一只北极大虾,开始慢条斯理地剥开,"再说,白天开过会以后,你们也该知道季佩佩是什么样的人了。我们硬是让苏临远处尽到做东的责任,只会让大家都不痛快。干脆我们吃我们的,他们吃他们的,大家各玩各的互不干涉不是更好吗?"

她也不是故意要显摆出认真睿智的一面,实在是有点怕了季佩佩,所以刚才急中生智想出了这么个主意。她挺头疼钩心斗角的事情,不想吃饭的时候因为季佩佩而胃抽筋,所以干脆把苏临远赶到她身边去,让整个世界都清静吧。

自然,她的愿望很顺利地实现了。看起来季佩佩的要求也不高,只要苏临远在她身边她就安静了。接下来的两个小时,他们俩就一直在餐厅一角低声闲聊,偶尔苏临远会起身帮季佩佩拿菜。而白薇寝室小团体就霸占了餐厅的另一角,边吃边聊边笑,好不快活。

白薇觉得自己这个主意出得真好,让两方都过得很愉快。但她依然阻止不了自己想要抬头看苏临远的冲动,为了不做出丢脸的事情,她只能加倍地狂吃狂聊狂笑,大概吞下了比平时晚餐多一倍的食物。

而暴饮暴食的结局就是,她吃坏肚子了。

虽然身为吃货寝室的一员,她没那么容易被打倒,但肠胃这种东西毕竟不是铁打的，鸡鸭鱼肉、荤素冷热一起上，难免会有崩溃的时候。

那天晚上，白薇悲壮地吃到了走不动扶墙出的状态，几乎是被三个室友抬回家的。但就算吃成那样，她也没忘记提醒大家要在苏临远和季佩佩吃完之前离开，否则的话，说不定苏临远又会来问长问短，再惹到季佩佩的话可就头疼死了。

一顿晚饭总算有惊无险地吃完，但回去以后的日子可就没这么舒服了。白薇半路上就觉得浑身不对劲，肚子里翻江倒海地难受，额头和后背的虚汗一阵阵地往外冒。

小松一开始不知道她是怎么了，还奇怪地问："薇薇，你很热吗？怎么浑身都是汗？"

"没……没事，我大概吃多了有点不消化，回寝室吃两片胃药就好了。"白薇勉强笑笑。

然而事与愿违，回寝室以后，她吃了药就软绵绵地躺下，半夜里却止不住地折腾了起来。

外面天色漆黑，寝室里一片寂静。白薇躺在床上辗转呻吟，并且很快演变成了嗷嗷乱叫。

胃里好像拧成了一团麻花，又胀又痛又纠结，像是千万根针在狠狠地扎，痛得她那叫一个惊天地泣鬼神，惨叫的声音很快把室友们都惊醒了。胆小的四妹睡在白薇下铺，被她的叫声吓得一个激灵跳起来，脑袋狠狠撞在白薇的床板上，还抱着头一边东张西望一边惊叫："怎么啦！怎么啦！着火了还是地震啦？！"

那变了调的尖叫声差点把白薇惹笑了，然而她刚一抽气，胃痛就加倍涌来，到了嘴边的笑声也变成了扭曲的哀号，听起来就像掉入陷阱的怪兽在挣扎咆哮，很是恐怖。

在四妹尖叫的时间里，小爱眼疾手快地打开灯，小松三两步跳上床，看见白薇脸色苍白，全身发抖，双手冰凉额头却滚烫，豆大的汗珠从额角直往下淌。她连忙扶起白薇要送她去医务室，白薇却狼狈地哭叫起来:"别!先……先扶我去厕所,我……我要……"

咕噜噜……一阵诡异的声音从她的肚子里发了出来。

好容易蹲完坑,四个人浩浩荡荡地奔驰在夜晚的校园里,白薇蹒跚地被剩下三个人搀扶着,赶往通宵值班的医务室。校医诊断结果为急性肠胃炎,至于患病的原因自然就是……吃得太多了。

"唉,你们这些年轻人,不要以为身强力壮就能肆意挥霍,身体才是革命的本钱啊。饭又不是没得吃,这么猴急干什么?"校医一边唠叨,一边给白薇打了退烧针,配了消炎药,让她回去好好养病,一周之内什么都不准吃,只能喝粥。

校医哪能知道,这位同学是情伤在身,不想看到旧情人和新相好卿卿我我,才会无奈埋头苦吃的。白薇自然也不可能说实话,只能一边哼哼唧唧,一边把校医的教诲全盘接受,然后软趴趴地被室友们抬回了寝室。

这一夜,整个寝室的人都没有睡踏实,白薇回去又上吐下泻了一会儿,接着药效就开始发作,躺在床上一整个晚上都昏昏沉沉,噩梦连连。她自己并不记得梦见了什么,也不知道自己喊了些什么梦话,但是小爱她们却听得清清楚楚。

白薇一直在梦里哭喊着苏临远的名字,撕心裂肺地哭着,就这么哭了整整一夜。

当然,这种事她们是不会告诉白薇的,大家都心照不宣。病人的梦话自然不能当真,而如果她对苏临远的思念能随着这场病痛一起被带走,那……也应该算是一件好事吧。

一夜无话,隔天,白薇一直睡到傍晚才醒。

因为药物起效以及休息的作用,她感觉舒服多了,甚至有点神清气爽。身上并没有大量出虚汗以后的黏腻感觉,应该是有人在她睡着的时候帮她擦了身。

会做这些事的还能有谁呢,只有她同寝的好姐妹。

白薇一边想,一边从被子里悄悄抬起头,看见其他三张床上大家东倒西歪,全都在呼呼大睡。看来自己昨天真的折腾得挺厉害,把大家都累坏了。

怀着深深的愧疚,白薇披衣下床,轻手轻脚地给大家都掖好被子。初春的季节有些微冷,还是很容易感冒的。

干完这一切,她突然感到饥饿难耐。昨晚的自助餐差不多都吐光和拉光了,加上今天一个白天又都在睡觉,胃里早就空空如也。

一回头,她看见自己的桌上摆着一个保温壶,旁边还附带着小爱写的纸条。纸条告诉她说保温壶里是白粥,大家实在太累了就先睡一会儿,要是白薇醒了的话就自己吃。

唉,患难之中见真情,自己病成这样,看护她的是好闺蜜而不是男朋友。

说到男朋友,白薇自然又想起了苏临远,进而觉得这种感觉有些熟悉,好像近期在哪里听人喊过这个名字。她已经记不得自己说梦话的事情了,梦里是不是见过那个负心汉,更是完全不知道,只是依稀存有一点模糊的印象。

她也没在意,打开保温壶以后,沉睡的消化细胞立刻被香喷喷的白粥唤醒了。保温壶附带一个塑料小盒,里面还装着她最喜欢的腌渍萝卜干。美餐当前,男人算什么东西,白薇立刻把苏临远抛到脑后,拿出勺子筷子大快朵颐起来。

真忧愁,眼看毕业前的最后一次补考就快到了,论文又一点头绪都没有。已经忙得焦头烂额,在这个节骨眼上偏偏又生病了,真是老天爷不开眼。白薇在想,因为这场急性肠胃炎,整个宿舍今天都被她拖了后腿,什么事都没干成,在她们手忙脚乱的时候,苏临远和季佩佩大概已经在写论文的开题报告了。

但话说回来,让自己方寸尽失的不就是这两个家伙吗?如果不是跟他们分在一组,她就不会想起自己失恋的事;如果不是净想着失恋的事,也就不会在自助餐厅里埋头苦吃,自然也不会吃到生病导致拖后腿了。

总之，自从昨天见了苏临远之后，她就再没遇到过好事，难怪好多情侣分手以后连朋友都做不成，她这下子算是彻彻底底地明白了。

要不要跟班导申请调换论文小组呢？这才是刚开始，谁知道以后的情况会不会更糟糕。想到苏临远和季佩佩并肩而坐的样子，白薇觉得自己的胃又疼了起来。

算了算了，还是先别想这么多，明天是周五，终于可以回家好好放松一下了。

白薇和同寝的姑娘们都是本城人，周末都会像鸟雀似的高兴地飞回家去。加上白薇大病初愈身体虚弱，对家也就格外思念。她一边喝着粥，一边拿出手机准备发短信，上周因为太忙她没有回家，还挺想念老妈做的柠檬蛋糕，不如提前向家里开的咖啡馆"点餐"吧。

想到温暖的家，白薇忍不住微笑起来，刚刚在酝酿着要说些什么撒娇的话，她的手机突然震动了，是短信。

时常联系的好友只有同寝的那三个家伙，她们还在呼呼大睡，白薇一时以为是老妈跟自己心有灵犀，抢在她之前发了短信，心中一阵惊喜。然而，只朝手机看了一眼，她的笑容就凝固在了脸上。

"现在有空吗？到C栋教学楼后门来一下。"——短信的内容很简单。

发信人不在白薇的通讯录里，是一串长长的手机号码。但是，这串号码白薇闭着眼睛都能背出来。

总有一些事情，是想忘记也无法轻易忘记的。

没错，是苏临远的号码。

白薇自然是早就把他从好友里删掉了，也已经很长时间没有联络，没想到苏临远有一天还会给她发短信。

有那么一瞬间，她有点怀疑到底是不是苏临远本人在发短信，会不会是季佩佩用了他手机伪装的？毕竟小心眼的女朋友翻男朋友手机找机会报复前任什么的,这种桥段电视里也不是没见过。白薇当然不是疑神疑鬼的人,但季佩佩从头到脚那种让人不舒服的气场实在太强烈,让她控制不住地要脑补各种糟糕的可能性。

说是嫉妒她也认了,她并不是讨厌季佩佩,但第六感就是让她觉得,那女人的一言一行都另有所图。

白薇想了一会儿,又觉得这种猜疑挺可笑。苏临远既不白痴也有原则,就算当年他们俩感情最好的时候,私人的东西不该碰的互相也绝不会碰,那是教养的问题。退一万步来说,就算季佩佩真的敢干这种事,事后苏临远也不会饶过她;再退一万步,如果苏临远真的纵容了季佩佩干这种事,白薇觉得他在自己心目中的光辉形象算彻底毁了,她会连看都不想再看他一眼。

想了很久,白薇还是决定去赴约。

悄悄关上宿舍门的时候,她在心里想,爱情的力量真是伟大,自己平常蠢呆又迷糊,但是一扯到苏临远和季佩佩的事情,心思就会变得九曲十八弯。

唉唉,这样可不好,多心猜疑就是变成怨妇的第一步,她还有光辉灿烂的大把青春等着挥霍呢,干吗对两个跟自己无关的人心心念念?

初春时节,天色黑得还很早。白薇经过这么一番心理斗争,走出宿舍的时候太阳早就落山了。学校的宿舍是按照年级分配的,住在这个学区的都是大四毕业生,一路上白薇看见一对又一对毕业情侣,因为毕业以后就要劳燕分飞而依依不舍,悄悄说着舍不得之类的情话。

刻意压低的声音和隐约的叹息,让四处都弥漫着一片凄惨的气氛。

——毕业以后,我去哪里,就会把你一起带到哪里。

无端的,苏临远的声音浮现在耳边,那是他曾经对她立下的誓言。

白薇在心里苦笑,那个时候,她还天真地以为他们一生就这样不会分开了,自己也不用担心毕业以后的人生该怎么走下去。可是现在呢?她不但无处可去,甚至连毕业前夕和男朋友哭着分手这种悲情戏码都轮不到了。

命运真是无常。

正这么想着,她已经在C栋教学楼后门看到了苏临远。他站在教学楼旁边,倚靠着一棵树,穿着黑色的衬衫和牛仔裤,手里好像拿着什么东西。看到他的第一眼,白薇就感到一阵愧疚,真是的,人家明明自己来了,她居然还在那里乱猜发短信的不是本人。

她有些羞愧地走过去,苏临远也注意到了她,抬起了头。

夜晚的教学楼后门静悄悄的,路灯在两人的脸上投下明暗交错的影子。夜色中似乎传来藏身在小花园中情侣们的窃窃私语,让白薇在局促中又多了一分尴尬。

在周遭的甜蜜气氛中怀揣着一颗冷冰冰的心,这感觉真不好受。

过了一会儿,苏临远先开口了:"你脸色不太好。"

白薇慌了一下,她的肠胃炎还没好透,脸色自然也不会好。但事到如今,她怎么可能把真相说给苏临远这样的人听?要是跟他说了实话,这家伙刨根问底起来可就更麻烦了。

她抬头看了一眼路灯,尽量自然地笑笑:"我脸色没问题,是这里的灯光太白了。"

苏临远怔了怔,随即就知趣地没再追问下去。

两人又沉默了一会儿,还是他先开口了:"你……的补考,有信心吗?"

白薇又是一慌。

这家伙真是的,为啥总是哪壶不开提哪壶,她吊车尾的情况不是整个系都知道吗!身在人才济济的法律系却在毕业前夕面临补考危机,这种事情已经够丢脸了,就请不要这么直白地问她啦!

"……你说呢,"白薇扶额,"你是系里的学生干部,要看谁的成绩单是轻而易举的事情吧?"

"……唉,"苏临远幽幽叹了口气,"你……偶尔就不能争气一点吗?"

听了这句话,白薇突然感到胸口一阵疼痛,进而又是一阵冰凉。

争气?是啊,她是挺笨的,考入法律系之后也很后悔。但没关系,就算没法毕业她也能回家帮忙经营咖啡馆,她从来就不纠结那张毕业证书。

白薇就是这样一个随遇而安的人,她喜欢轻松和快乐,她的家境也允许她这样轻松快乐地度过一生,做不到的事情她从来就不强求,也从来不在乎别人是不是在背地里嘲笑她愚蠢懒惰,不学无术,她也并不需要在乎这种东西。

可她也曾努力过,为了苏临远努力过。在她以为会和他共度一生的时候,为了赶上他的脚步,她也曾拼命努力过一番!有那么一段时间,白薇的成绩远远脱离了惨不忍睹的范畴,甚至与苏临远这种优等生相比也毫不逊色,那样的成绩单让她觉得各种证书和offer已经近在眼前,她有资格可以跟苏临远并肩而行了。

可是这一切,都随着他们的分手而灰飞烟灭。

"争气?"她凄然一笑,声音有些颤抖,"就算我很争气又有什么用呢?我人生的选择有很多,就算不踏入法律界也无所谓。我知道自己读书不行,但是进大学的这几年我一直硬撑着,到底这是为什么你难道不清楚吗?现在的我并不在乎毕业证书和offer,这是为什么,你难道也不清楚吗?"

苏临远噤声了。

他确实不可能不清楚。

进大学后发现所报的志愿和理想中的有所偏差,这种事情很常见，因此转系的人也不计其数。法律系虽然对外声称不能转系，但假如学生真的无法适应教学要求，也可以在小范围内另选一个学系的。

白薇早就可以这么做，但她没有，为了跟上喜欢的人的脚步，为了毕业以后不与他分开，她一直努力着撑了下来。而现在，她已经没有什么理由非得让自己补考通过了。毕业成为法律界的一员，对她来说已经没有什么意义。

但是，他又能怎么办呢？

"……好不容易念了四年大学，不要浪费你的时间和精力，还有这么多学费啊。"良久，他轻声说。

"浪费了又如何呢？"白薇反问，"你知道的，我从来就不在乎这些东西。"

"你真是不懂得珍惜。"

"是啊，我就是这么一个不知人间疾苦的娇贵小姐，我就是这么的愚蠢。我也有想要在乎的东西，但是有些人他不给我机会去在乎，我又能怎么办呢？"

"薇薇，恋爱并不是人生的全部。"苏临远叹息。

白薇一怔。

等到她意识过来的时候，脸颊上已经是一片冰凉。

惨白的灯光映照在她的脸上，泪水像是细碎的冰晶。

她哭了。

她以为心里的伤口已经自愈得够好，却终于明白那只是自欺欺人。她以为自己已经从失恋的阴影里走出来了，但心中虚伪的平静只是因为她始终逃避着去面对苏临远。

她很久都没有见他了，一见到他，努力建立起的虚伪的心理防线，立刻崩溃得一塌糊涂。

看到白薇流泪的样子，苏临远眼中露出一丝不忍。但是他强迫自己冷酷，并没有说什么安慰的话或者去到她身边，事情到了今天的地步，他也只能狠心决断，犹豫和心软只会给白薇带来麻烦。

他伸出手，把一个文件夹递给白薇，这就是她刚才看到他手里拿着的东西。

"这是我的笔记，你当作备考资料拿去用吧。我写得很简单，也都按照你的阅读习惯作了备注。不管什么原因，既然念到了大四就要好好毕业，虽然你说毕业证书无所谓，但是用自己的落魄来惩罚别人的错误，是一件非常愚蠢的事。"

"你的意思是，我是在用自己的落魄来惩罚你所犯的错误？"白薇凄然一笑，"我也知道自己很愚蠢，但是我的心没有那么强大。我已经不需要再追逐你，没有你当目标，我……真的不可能再有动力去争取那张毕业证书。"

"薇薇，别这么幼稚。"

"幼稚不幼稚，并不是你一句话就能解决的问题。"

苏临远无奈地叹了一口气："那你就是不想要这份笔记了？要是你觉得自己学习有困难的话，我也可以辅导你，学习上的事情只要你有需要，我都会尽量帮到，我真的不想看到你留级。"

"……是吗……只有学习上的事情，你才能帮我？"白薇轻声说，"但是……我不需要……"

"薇薇……"苏临远欲言又止。

"别那么叫我！你这样真让我觉得自己是世界上最愚蠢的傻瓜！"白薇哭着喊了起来，那颤抖的声音吸引了路过的学生，众人纷纷侧目这场疑似情侣吵架的情景。

"薇……唉，白薇，别这么大喊大叫的，"苏临远有些无奈，"你……也应该知道季佩佩的性格，万一我们在这里吵架的事情被她知道了，你……会很麻烦的。"

"你怕她？还是觉得我会怕她？"白薇冷笑。

"不……我只是觉得，事到如今没有必要再为这种事情去计较了。是我辜负了你的期待，但是你还年轻，将来一定会遇到比我更好的,所以……"

是我辜负了你的期待。

多么动人的道歉,不管分手的原因是什么,不管这一场错恋的责任在谁,只要这么一句话,就能把自己的责任轻轻松松地化解掉。

白薇漠然地看着脚边的草地,这个时候她已经不哭了,留在脸上的泪痕就像是一颗已然枯萎的心。但她并没有感觉到苏临远的情况比自己强多少,他看起来也是一副愁云惨淡的样子。见她一直不肯接文件夹,苏临远只能悻悻地收回了手,满脸的不自在。

他为什么要不自在呢?在这么一堆破事里唯一获胜的不是只有他一个人吗?他抛弃了一个女人,选择了一个更好的女人,到底还有哪里不满意的?

白薇忍不住讽刺了他一句:"呵,苏临远,能遇到更好的对象只是对你而言吧。对我而言,遇到你已经是我几辈子修来的福气,离开你以后,你觉得我可能还会遇到比你更好的人吗?"

"会的。"

"别说笑了,你这是站着说话不腰疼。一个已经有了真爱的人,轻描淡写地祝福别人也能找到真爱,你不觉得很可笑吗?"

"真爱……"苏临远一声苦笑,"白薇,有些事情看起来很美,事实却未必如此。"

"怎么,难道你是要告诉我,你和季佩佩不是真心相爱的?"

苏临远没说话。

良久,他又长长地叹了口气,白薇突然心中一动,今天晚上,她已经记不得苏临远叹了多少次气了。

她咬了咬嘴唇,在大脑做出思考之前,话已经抢先说了出来:"……你,难道有苦衷?"

苏临远还是没说话,只是落寞地笑了笑。

白薇一怔:"难道真的有?你要是有困难就告诉我啊,我会帮你的。"

苏临远又笑笑："你早点忘记我,就是对我最大的帮助了。"

"为什么?你就这么看不起我?虽然我样样不如你,但我是一个什么样的人我是最清楚的!"

"正因为我清楚,所以才会要你赶快忘记我。白薇,对你我真的很抱歉,我原本已经设想好了跟你在一起的很多未来,也以为一切会按照我的理想那样顺利地走下去。但遗憾的是命运无常,有一些我意想不到的意外发生了,这些意外和你无关,也不是你的力量所能解决的,甚至连我都没法轻松解决,所以我不可能把你卷进来。"

白薇皱着眉,心中充满了不安和疑惑,苏临远是在跟她诉说自己的苦衷吗?但是,为什么她一点都不明白他在说什么?

"你……能说得清楚一点吗?"她问,"到底是什么意外?什么意外会麻烦得连你都没法轻易解决?"

"是一些我的家族和季佩佩家族之间的问题,"苏临远苦笑,"而且,我也没有你想象得这么万能。原本我也曾以为自己是万能的,但最终我发现事实并非如此,我曾经很自负也很自信,但现实把我打垮了,它让我知道原来我也只是一个平凡人。在面对真正的困境时,我甚至没有能力继续保护我喜欢的人,而只能用抛弃她的方式来让她远离我遭遇的困境。"

白薇心里微微一痛,而苏临远还在说:"所以,白薇,听我的话,尽可能地远离我,忘记我,去寻找比我更好的人。我知道你那种单纯、热情、善良的性格,为了朋友你会赴汤蹈火,正因为如此我才更不能和你在一起,否则你的性格会伤害到你自己,但现在的我……暂时已经没有能力来保护你了。"

四周静悄悄的,时间已经晚了,路上几乎没有了经过的学生。

白薇沉默着,她思考了很久,才整理出了苏临远这一大堆话里的重要内容:"……所以说,你并不是真的喜欢季佩佩,而是因为某种迫不得已的原因，必须和她在一起？"

苏临远没说话，但他落寞的表情已经让一切尽在不言中。

白薇知道他不是那种会嚼舌根的人，就算遇到再不堪的家伙，他也不会在背后说别人一句坏话。看起来，事实正如她猜测的那样。

这时，苏临远又说："我当然不会跟她有什么结果的，毕业以后也会全力去解决这件事情。如果浪漫一点的话，我也可以说请你试着等到那个时候，但是考虑到将来的事情谁也说不清楚，还是……请你别等了吧。"

白薇想了一会儿，点了点头，说："如果那是你希望的，我会尽量。"

事已至此，也没什么好说的了。苏临远已经够坦白，他和季佩佩在一起是出于某种原因，并非因为真爱。这其中的原因他并不想说，也根本不打算说。他都已经这么表示了，白薇当然也不可能死缠烂打，那样就太难看了。

但可以确认的一点是，她和苏临远，是真的无法再挽回了。

心里充满了遗憾和酸楚，白薇犹豫了一下，还是鼓起勇气说："那个……我有一个请求……"

"什么？"

"你的笔记我真的不需要，既然我们已经分手了，我不想再在身边看到属于你的东西。"

"哦……也好。"苏临远点了点头。

"但是，如果可以的话，你能不能……"白薇说着，犹豫地伸出了手臂。

苏临远怔了怔。

他想了一会儿，还是没有拒绝，走上前去，然后轻轻地给了她一个拥抱。

白薇攀上他的肩膀，脸埋在他的颈窝里。

温暖的泪水沾湿了苏临远的衬衫，那是她真正的最后的泪水了。

　　两人站在路灯下拥抱着，四周寂静无声，只有路灯那冰冷的光芒，拉长了他们两人孤寂的身影。

　　白薇到最后也什么都没明白，却又似乎什么都明白了。她明白了人生的阻碍有时并不仅仅是努力就可以击垮的，有些东西，当它命中注定不属于你的时候，就真的会不再属于你。

CHPATER03
初恋的终曲

回到宿舍,白薇迎面就被室友一个熊抱,是四妹。因为她力气太大抱得太紧,白薇一阵窒息,同时听见她的大嗓门炸开在自己耳边。

"你到哪儿去啦!手机也不带,我们都快急死了!"四妹怒吼,吼完了又抓着白薇的肩膀使劲摇晃,"你到哪儿去了!到哪儿去了哪儿去了哪儿去了啦!"

"啊啊啊啊……"白薇被晃得眼花缭乱,差点一个踉跄栽倒在四妹怀里。而且要不是四妹提起,她完全忘了自己居然没带手机,刚才收到苏临远的短信之后,她放下手机整理了一下仪容就出门了,临走前因为心里太慌乱而完全忘了手机的事。

她当然不可能说出自己的真实去向,只能干笑着随口撒谎:"四妹你别晃了啦,我眼睛好晕。刚才我是醒了以后看见你们都睡着,想出去透透气又不想打扰你们,所以就一个人出去了。"

"透透气需要透这么久吗?"聪颖敏锐的小爱狐疑地看着她,

"我两个小时前就醒了。"

"透完又顺便到学校外面买了点零食，饿了一天了，嘴馋……"

"你妹！"白薇话音未落，四妹就在她脸上掐了一把。

这谎言听起来确实可信，所以大家都当真了，立刻对白薇大病初愈就乱吃零食的行为展开了一番批判，白薇也只能傻笑着接受批判。

也确实是她太不冷静了，跟苏临远说了这么多话后，她又找了个地方独自发呆，顺便去教学楼的洗手间洗了一把脸，唯恐被室友们看出她哭过。现在好了，泪痕是洗干净了，但出门的时间也因此变得更长，也难怪大家会急得像热锅上的蚂蚁。

她的肠胃炎还没好透，还算病人呢，怎么能乱跑？

想到这里，她越发感到闺蜜比男人可靠多了，虽然大家关心她的方式比较简单粗暴，一骂起她来就没个完，但她还是觉得十分感动。

这么一闹腾，也到了睡觉的时间，大家洗洗刷刷，爬上床随便聊了几句，就熄灯睡觉，寝室里渐渐没有了声息。

白薇躺在床上望着天花板，窗外投进的月光在天花板上投下树枝扭曲的阴影，随着微风轻轻摇晃着。她的心里莫名感到一种空洞和孤寂，就好像被刀子狠狠地挖掉了一块。

那个抛弃了她的人再也不会回来了，虽然他并没有表现出狠心决绝或者寡情冷淡，甚至似乎十分痛恨自己不能做到让每个人都满意，但他毕竟还是离开了。

白薇不是那种钻牛角尖的怨妇，她没什么信心相信自己能一直等待着苏临远。

对寝室里的其他人，以及对无数的人来说，这静静流逝着的只是人生无数普通日子之中的一夜。只有白薇知道，这过去的一夜，确实是有什么东西永远都回不来了。

在她生命里,有一些东西已经永远地改变了。

隔天阳光明媚,又是大好的春日。白薇和往常一样一早就冲到图书馆去K书,接近午休的时候她接到四妹的电话,让她别忘了下午的论文小组讨论会。

最终定下的讨论地点就跟苏临远之前说的一样,是一间没什么人用的自习教室。白薇也没什么意见,教室的环境能够自然提高大脑的紧张感,拿来做讨论确实不错。

吃过午饭,她匆匆赶往自习教室,开始了下午的忙碌。她赶到的时候人已经差不多到齐了,同寝的姐妹们凑成一堆,季佩佩独自坐在另一边,靠近讲台的位置坐着苏临远,三方各自为政,相处得倒也不错。

由于今天是周五,大家归心似箭,组长大人也没太为难大家。既然是法律系的学生,论文内容自然跟法律有关,最终论文确定的内容是民营创业中的法律纠纷问题,而大家本周的任务就是收集自己身边的案例。

"薇薇,收集案例的事情就靠你啦。"散会后,大家收拾东西的时候,小松戳戳白薇的胳膊。

"为什么是我?"白薇囧了。

"你家不是开咖啡店的吗?那也算民营创业吧,去跟你爸妈打听一下有没有遇到过不讲理的顾客啊,凶狠的地头蛇啊,腐败的执法人员啊……这样我们不就都有案例了吗?"

闻言,其他人也纷纷点头:"对对,薇薇,靠你了。"

白薇大　,而在她们闲聊的时候,苏临远早就跟季佩佩收拾完东西走掉了。他也不是那种优柔寡断的人,既然做了决定就不会回头。昨天晚上他虽然看起来挺痛苦,但该说的话已经都说完了,一夜过后他又是神色如常,而且十分干净地和白薇撇清了关系。

今天整个会议的过程中,他几乎都没有看过她一眼,也没有指名让她回答问题，这样的待遇反而让白薇松了一口气。

回到宿舍以后，距离吃晚饭的时间还早，但本周的学业已经算结束了，回家的时候到了。不管平常感情多好，这个时候众人速度整理行装，互相告别，离开了学校。

白薇依然处于大病未愈的状态。在学校的时候她不能麻烦室友太久，又被补考论文和苏临远的事情弄得焦头烂额，都快忘记自己前天晚上上吐下泻的事情了。等到坐上公车，她才感觉到全身无力，手脚发软，眼前直冒金星，几乎坐在了座位上就不想站起来。

等到好不容易坐车到站，下车又是拖着行李一路奔波，到家的时候白薇已经是上气不接下气。远远看见自家熟悉的咖啡馆，她差点激动得两腿一软哭着跪下来。

白薇家的咖啡馆就像它所在的街区一样，祥和、宁静，充满了温馨的气氛。白妈妈是个心灵手巧的人，她将小小的店面装饰得典雅而不失可爱，门口按照季节常年摆放着不一样的鲜花。

当白薇气喘如牛地一头撞进咖啡馆的时候，白妈妈正在柜台后面烤小饼干。她看见女儿一脸苍白满头冷汗还背着大包小包的样子，瞬间三魂吓掉两魂半，赶紧迎了上来。

"这是怎么了呀，我的小祖宗？"

在娘亲面前，白薇也没有隐藏真相的意愿，哭着扑向她就把吃坏肚子的事情和盘托出。白妈妈哭笑不得，又是心疼又是好笑，连忙把白薇满身的背包卸下来，又给她热了一壶水果茶。

还是家里最温暖啊，白薇瞬间就感动得飙泪了，像一摊烂泥似的倒在咖啡馆的沙发上，咕噜咕噜往嘴里灌茶。白妈妈正在把校医院配的药从白薇的包里一样一样拿出来，打算谨遵医嘱让自己的笨女儿乖乖吃药。

虽然已经成年了，但是在白妈妈眼里，白薇永远是个小孩子。

"妈，药我自己会吃的啦，吃牛排才是正事，强烈要求晚上吃牛排！"白薇捶着桌子。

"没门！就你现在这样的胃还想吃牛排？没有，晚上只有小米粥！"白妈妈把点餐要求瞬间驳回。

"啊啊，不接受！不接受小米粥！"白薇撒泼道。

"不接受也得接受！"白妈妈装出一脸凶相，又突然说，"哦，对了，有你一个包裹，挺大的。"说着，她走到柜台后面搬出一个沉甸甸的大箱子。

包裹？白薇有些纳闷，她网购的东西一向是寄到学校的。不过，当她看到快递单上的字迹，瞬间就什么都明白了。

这么好看的字，世上又能有几个。当年这家伙初次来到咖啡馆，结账的时候在信用卡账单上签下自己名字的时候，那字迹漂亮得让白薇震惊了好久。

她抱着包裹，久久没有说话。

是的，是苏临远的字迹，这是他寄来的包裹。至于包裹里是什么，她也能猜得到。过去他们感情好的时候互相赠送过很多礼物，现在到了算总账的时候了。更重要的是，昨天晚上分别的时候，苏临远说过，既然白薇不想再在自己身边看到属于他的东西，就把他之前送的礼物全部扔掉算了。

当时白薇下意识地说了一句，扔了多浪费，大家交换回来不就行了？

没想到，苏临远居然这么雷厉风行。还是说，他早就有了这种打算，也早就把礼物全部都收拾好，只等着寻找机会把礼物寄出去？

白薇不愿意再细想了。

白妈妈站在旁边，看到快递单上的字迹也已经猜得八九不离十。白薇和苏临远有很长一段时间都形影不离，在自家咖啡馆里约会的次数更是多得没法数，那个时候，别说是白薇自己，连做父母的也以为过几年就能吃到女儿的喜糖，暗中偷偷连嫁妆都为她准备好了。但是，未来毕竟是无法预测的，谁都想不到最终竟然是这种结局。

白妈妈想了一会儿，没头没尾地问："要吗？"

白薇一愣，转过头："要什么？"

"这些东西，你还想要吗？不想的话，我帮你扔了吧。"

白薇想了想，还是一咬牙，点了点头："……好的。"

还是不要了吧。

已经送出去的礼物，它寄托着无尽的情思，假如无法留在对方的身边，被对方珍惜着，那就失去了继续存在在这个世界上的理由。

白妈妈接过包裹，狠狠撕掉了快递单，撕得再也看不清苏临远写在上面的任何字。她思考了几秒钟，又嘀咕道："干吗扔掉，便宜了那小子……到旧货市场去卖掉换钱。"

白薇哑然失笑。

这时，白妈妈转过头，看着白薇笑容苦涩的脸："就这样结束了？"

白薇沉默一会儿，点头："结束了。"

白妈妈长叹一口气。

白薇心里一阵酸涩，声音突然就哽咽了："……对不起，是我配不上他。"

白妈妈摸摸白薇的头："傻孩子，从来没有谁配不上谁，只有合适不合适。你们不合适，就这样干脆地了断，去寻找更合适的吧。"

白薇点了点头。

是的，他们不合适。完美无缺的苏临远跟她这种没见识的傻丫头一毛钱都不合适，还是早散早好。适合她的或许应该是与她门当户对的男孩子，跟她一样出生在平凡温暖的家庭里，有些单纯有些傻，宁静安稳地度过一生。

"对了，妈，咱们家有没有被地头蛇欺负过？"突然想起来什么似的,白薇抬起头问。总是苏临远苏临远的,她已经烦了,她不想无休止地停留在这件糟心的事情里。

白妈妈没反应过来,一脸莫名其妙:"什么地头蛇?你想咱们家被地头蛇欺负?"

"不是啦。"白薇立刻把毕业论文的事情说了一遍,并且重点夸张了一下寻找创业障碍事例的重要性。没办法,同寝的家伙们把这个任务留给了她,她必须优秀完成才行。

白妈妈听完,一脸嫌弃道:"在这块地方开店,哪个敢欺负我们?别忘了你爸当年就是这里最大的地头蛇!"

……白薇汗颜。

咳咳,真是的,她怎么忘了这茬?自己的老爸虽然现在是个满脸胡茬的烂俗中年人,年轻的时候据说也是本地一霸,挺厉害的。这样一个家伙在开店,谁敢来找麻烦呢。

两人正说着,白爸爸叼着烟,懒洋洋地从楼上下来了,看到白薇立刻喜笑颜开:"哎呀,薇薇回来了?"

白薇立刻迎上去,抱着一点希望地问:"爸,咱们家的咖啡馆以前有没有被人踢过馆?"

白爸爸愣了一会儿,立刻两眼放光:"踢馆?有啊!想当年我一个人单挑二十个流氓,折凳和板砖齐飞,鲜血共番茄一色,直把那些家伙打得……"

"好好好,我知道了,您说累了吧,歇一会儿喝口水。"白薇扶额,连忙把白爸爸按在沙发上。这家伙,估计是酒喝多了又在胡言乱语了吧。

被按住的白爸爸一脸莫名其妙:"我才刚开始说呢,怎么会累?薇薇你别走啊,别走啊!"

白薇没理他,放弃继续追问的兴趣,自顾自上楼去了。老爸一向喜欢自吹自擂,要是真让他胡言乱语起来,那可就没完没了了。

上到二楼的时候,她听见楼下传来汽车喇叭声,从窗口探头一看，有一辆黑色轿车停在了咖啡馆门口。有钱人当然是不可能屈尊光临这种寒酸的咖啡馆的，说不定又是老爸的朋友。白爸爸虽然经常吹牛，但确实有不少厉害的朋友，白薇从小就经常看见不同款式的轿车停在自家门口。

不过，她对这些事情并不关心，她的性格比较像妈妈，随遇而安，乐观单纯。对于不该感兴趣的事情，她从来不会多问，而老爸也不会特意向她解释那些到底是什么客人。

因为客人的到来，晚上咖啡馆就提前打烊了，白薇和妈妈也再没下楼，两人一起在楼上吃了晚饭。咖啡馆将经营和自住合一，一楼做生意，二楼住着他们三口之家。二楼走廊尽头的阳台上有一个小花园，环境倒也不错。在这个小小的天堂里，白薇度过了幸福的童年和少女时代，如今终于即将踏入成年人的世界。

她一直是这么无忧无虑地成长着，如果能够嫁给苏临远，想必就会继续这样无忧无虑地过一辈子吧。可惜，那个人再也不会回到她身边，这一场无疾而终的恋爱，终于在白薇单纯如镜的心灵上划下了一道伤口。

白妈妈估计也看出了这一点，她看得出白薇郁郁寡欢，脸色苍白如纸。这种时候，做妈妈的又能说什么呢，振作精神重新寻找更好的，这种话白薇肯定已经听腻了，每个朋友估计都会这样安慰她。所以，妈妈也只能温柔地给白薇夹菜，一边说些电视里的八卦和白爸爸的玩笑话。

"薇薇，最近你们学校该办招聘会了吧？"白妈妈问。

毕业季已经到了，每年春天的这个时候，都是各大公司组织校园招聘的高峰期。

"还没呢，好像是下周吧，"白薇嚼着一块榨菜，"我这种吊车尾的家伙，也不知道有没有公司会要我。"

"你这傻孩子，当年报志愿的时候我就说过你智商不高，不适合念法律系嘛，是你自己不听。"白妈妈叹息。

"喂喂,您真是我亲妈吗?!"白薇泪流满面。

"不过没关系,"白妈妈笑笑,摸摸她的头,"就算真的找不到对口的工作,你回家来帮妈妈打下手也挺好的,咖啡馆的客人一天比一天多,妈妈一个人有点忙不过来啦。"

"我来打下手,咖啡馆就省掉了一笔人工费吧?"白薇做了个鬼脸,"行啊,要是真找不到工作,我一定到咖啡馆来当服务员!"

母女俩聊着吃着,不一会儿每个盘子就都底朝天了,白薇的心情也好了不少。

给咖啡馆打工的事情不是玩笑话,她这个人没什么雄心大志,能够一辈子留在父母身边,随便做一份高不成低不就的工作也挺好的。也许会有人嘲笑她没出息,一辈子都不想走出家乡去见见世面,不过她真的无所谓。

一生安乐,谁敢说不是一种幸福?然而,未来的事情谁都说不清楚,她真的能有机会拥有这种幸福吗?

晚饭后,十分凑巧的,法律系的辅导员给白薇打电话,告诉她下周招聘会的事情。虽然补考的结果还不知道,但招聘会总归要努力一下的,否则也太不像话了。

白薇挂了电话,立刻去网上搜索校园招聘会的要点,像是着装规范,面试十大常见问题,如何给招聘官留下好印象,简历制作技巧等等的。不管是招聘会还是面试,一套精致的正装是免不了的,但白薇当了十几年的学生,衣柜里只有各种少女装,看来不破费一下是不行了。

她点开淘宝开始找衣服,又随手拆了一袋水果糖吃了起来。正在起劲地浏览网页的时候,门外传来父母压低声音的交谈。

"……终于也到了新旧交替的时候……"

"那孩子真是……啧啧,前途无量……"

是老爸跟客人聊完了?

白薇探出头，看见门外的走廊上，老爸正一边靠在窗口抽烟，一边跟老妈聊着什么。

对于大人们的闲聊，白薇也没在意，继续刷起了淘宝。

衣服很快选定下单了，等到周末结束，白薇回到学校，周一下午就收到了货，她购买的是一套深蓝色的高腰小西装。白薇身材高瘦，穿这种风格的衣服正合适，她站在镜子前面端详自己的时候，喜欢开玩笑的小松连连夸奖她有了法律界精英的气质，再也不像一个吊车尾的差生了。

咳咳，果然是人靠衣装。

有了好看的衣服，还需要好看的简历，在这一点上不仅是白薇，整个寝室的家伙们都烦恼不堪，因为她们的成绩实在不行。

等到把一切搞定，一年一度的校园招聘会也正式拉开序幕。这一天，白薇寝室的众人都起了个大早，穿戴整齐以后就浩浩荡荡地出发了。

这些女孩们，个个穿上了爽利的职业装，手里夹一叠简历。简历上面的成绩已经伪装得非常完美，能写上去的学业成就和获奖经历也都写满了，不仅是大学期间，就连高中、初中、小学的事情也占据了不少版面，大家甚至恨不得把幼儿园打架打赢的"光辉事迹"都写上去。

而今日的校园，也是不同以往的热闹。不仅是白薇寝室，每个系所有的毕业生都全体出动，熙熙攘攘的气氛就像过节在开展销会似的。说是展销会其实也不算错，在这一年一度的盛况中，毕业生们向各大公司展销自己，把自己当作商品那般贩卖出去，希望被人看中，能开出一个好价钱。

白薇几乎被这样的热闹吓瘫，她入校这么久，还是头一次看见校园里有这么多人。而且这样热闹的气氛并非完全轻松，而是在热闹中夹杂着压力和紧张的影子。

同届的同学们都穿着像她一样的职业装，在无数的公司摊位前流连。他们递简历，介绍自己，看对方人事的反馈，被拒绝，然后立刻奔向下一家，继续递简历，介绍自己……这场盛大的宴会非常嘈杂，但很少看见有人面带笑容，毕业生们全都是压力重重，神经紧绷，急切想要找到一个需要自己的东家，唯恐错过了今天这个重要的机会。

忙了半天，在一家小型私人律所的摊位前面，HR终于多看了几眼白薇的简历，而不是把简历收下以后就赶她走。

"你的成绩，科目的平均分连80分都没有？"人事冷冷地看着白薇。

"呃，哈哈……我，我比较擅长实际操作。"白薇干笑，刚才递了这么多简历，冲着每个HR笑，她已经笑得脸快抽筋了。

HR看着她近乎谄媚的笑容，皱了皱眉，又问："但是理论是操作之本，你连理论知识都没能好好掌握，实际操作又能强到哪里去？"

"我精力无穷，谦虚好学，办事主动，热情友好！而且在律所混，体力是很重要的对吧？我身体很好，很能吃苦的！"白薇继续干笑，搜肠刮肚地回忆在网上看到过的语言技巧。

HR有那么一点被打动了，这姑娘说得确实没错，律所工作紧张压力大，加班到半夜也是常事，很多学校里拿一百分的优等生都坚持不了。成绩确实很重要，但连基本的工作量都无法完成的话，一切都是白搭。再说，现在只是在招实习生而已，这姑娘究竟是不是像她所说那么擅长实际操作，一试就知道。假如她夸海口，到时再把她辞退也不迟。

想到这里，HR点了点头："好吧，你下周一来我们律所报道，直接找我就行，这是我的名片。"

白薇大喜，毕恭毕敬地接过名片，在无数人羡慕的眼神中退出了人群。

幸好，不虚此行。

虽然她压根没听过这间律所的名字,也根本不知道这里的工作量有多大,但有了机会总比没机会好。更幸运的是,这个HR没发觉她的成绩单上没有大四下半学期的成绩,那是因为她补考的那几科还没开考,而且因为之前已经考出的成绩实在太烂,教授根本不肯照顾她的分数。

幸好,大概人事也看了太多简历看昏了头,居然没发现她的成绩单少了一张。

离开招聘会,白薇已经累得满头大汗。她打电话联系了一下舍友,知道了有人还在招聘会里拼搏,有人已经找到了实习单位,早已全身发软地回到寝室去休息了。

白薇也很想立刻躺到床上去,但是她穿着八公分的高跟鞋,还是新鞋,脚已经被磨得惨不忍睹,再也无法走动一步了。

于是,她在校园一角找了一处花坛坐下来,把没发完的简历扔在手边,把律所HR的名片往衣服里一塞,脱了高跟鞋开始按摩双脚。

真的好疼啊。勇闯招聘会的时候太紧张没发觉,现在放松下来,才感到双脚痛得不行,好几个地方已经起了水泡,惨不忍睹。

白薇一边龇牙咧嘴地按摩脚,一边思考着要怎么回寝室。旁边就是侧校门,平常偶尔会有三轮车经过,要不要干脆叫一辆送自己回宿舍算了?

但是,唉……

白薇看看外面马路上停满的轿车,心里暗自叹息。今天不同往常,招聘会规模很大,摊位少说也有几百个,每个摊位一个工作人员,那也有几百个人,就算其中一半的人开车来的话,就是上百辆车子了。

大学的正门面对大马路,无法停车,附近又没有停车场,所以大家都把车子停在了侧门外的小马路上,每届招聘会都是如此。那条马路本来就窄,停满了车子更是水泄不通,几乎连行人都没法走路了。

既然这么挤,三轮车自然也不可能进来,白薇在花坛上坐了半天,都没看见一辆车。

然而祸不单行,正当她哀叹着自己运气真差,并且寻思着要怎么回去的时候,突然吹起了一阵大风。

"啊啊——"白薇惊叫起来,手边的简历和树叶一起被吹飞,雪白的纸张漫天飞舞,有几张还飞出了校门外。

啊啊啊啊!好倒霉啊!!!

虽然也不是什么重要的东西,但自己的联系方式都在简历上,乱丢可不行。白薇硬撑着站起来,踩着高跟鞋一瘸一拐地去拾简历。

她一瘸一拐地东捡一张,西捡一张,时不时抬头看看周围有没有好心的路人能帮忙。但招聘会时期,知趣的人知道这边拥挤,都绕道走了,偶尔有几个在附近的学生,也都是忙着整理仪容和检查简历,让白薇不好意思找他们帮忙。

她就这么艰难地捡完了附近的简历,又艰难地朝校外移动过去。

记得好像有三张被风吹出去的,希望别被人捡走。

白薇一边想,一边走出校门,正看见有个男人站在一辆黑色的轿车旁边。车子看起来挺眼熟,但白薇心里着急,并没在意这件事。

那男人看起来挺年轻,穿着黑色的风衣外套,戴一副墨镜。他手里拿着几张纸,正在低头专注地看。

汗,那,那不就是自己的简历吗?!

白薇震惊了。

简历的纸张是反面雪白、正面浅蓝色的,这是白薇特地挑选的颜色,因此一下子就认出来了。私人的东西被陌生人捡去,还认真地看,白薇又急又恼,也顾不上礼貌了,一边忍痛跑过去,一边喊了起来:"那……那个,请还给我!"

对方抬起头,看了看白薇。

她现在的样子要多狼狈有多狼狈,满头大汗,发丝散乱,衣领的一侧是歪的,高跟鞋还只穿了一半。看着白薇狼狈的模样,华夜在心里笑了笑,她就像他想象中的一样,年轻、单纯、毫无任何社会经验,正用最大的努力在求职的海洋里挣扎。

这正是他需要的人。

华夜摘下墨镜,拍拍简历,朝白薇笑了笑:"白薇?"

"呃,啊?"白薇发出古怪的声音,脑子有些转不过来。

"你的成绩单可不怎么样啊,好几门功课都差点不及格。"华夜又笑,把她的简历还回去,同时在指尖夹了一张名片。

白薇汗颜,这位英雄你有所不知,那几门功课不是差点不及格,而是真的不及格然后硬是被篡改成及格的啊!

她接过简历和名片,指尖触到了名片上颇有质感的花纹。直觉在告诉她这张名片价值不菲,比刚才那间律所的人事给她的卡纸名片要高级多了。

名片上什么职位都没有,只有两个字:华夜。

下面是几个电话号码,有固话也有手机。

白薇结巴:"呃……"

"不是中华的华,是画图的画,念四声,"华夜体贴地提醒,又加了一句,"我的父亲和你父亲是老朋友。"

……啊。

白薇这才想起来,华夜的这辆车,不就是那天停在他们家咖啡馆门口的那辆黑色轿车吗?

原来如此。

CHAPTER 04
一切前途都毁在成绩单上

其实真相也没什么了不起的,华夜的父亲华老先生,很多年前来本市谈生意的时候,不小心在一间酒吧里惹到了几个地痞,当时白薇的父亲正好在场,就顺手解救他脱身。两人相识后发现大家性格相似,志趣相投,一来二去就变成了莫逆之交。

华父很懂得滴水之恩涌泉相报的道理,每年都会来白薇家的咖啡馆坐坐,和白爸爸叙叙旧。但多年以后他渐渐老了,力不从心,今年就把这件事委托给了独生子华夜。

华夜很好地完成了任务,但难得来一次这里,不想马上回去,就在几所大学的校园招聘会上逛了逛,一上午逛完,最后一站恰好是白薇的学校。而当他在车子里小憩的时候,白薇的简历就恰好飘到了他的车子外面。

不过,白薇可并不喜欢这场邂逅,因为华夜全身散发出冷冽的精英气息。虽然他人长得帅,也总是面带微笑,但那种微笑只让白薇觉得全身发冷,完全看得出来他的心并不在笑。

他是一个并不太好对付的人。

华夜似乎对白薇挺感兴趣，把简历交还以后，不厌其烦地点出白薇成绩差："白小姐，你想做女律师？但凭你这个成绩，恐怕会有点难。"

白薇一怔，随即不爽地搬出了她刚才应付律所人事的那一套："我的理论知识或许不太好，但……但我的实际操作能力很强！"

华夜笑笑，什么话都没有说。

这种带笑的沉默让白薇十分难受，因为她看不透华夜心里的想法。他是赞成还是反对，是敬佩还是讽刺？只有他开口，自己才能找出应对的语句；但他不说话，她就根本不知道该怎么办才好。

过了一会儿，华夜才终于淡淡地说："女律师这条路很难走。"

白薇不服气地瞪着他："这和你好像没关系吧，而且就算不好走，我也可以换行业不是吗？"

华夜笑笑："确实，你说得对。不过我看你走路都这么累，不如开车送你回去？"

白薇简直气绝，这算是目中无人呢还是自我感觉好呢？总之，这个男人绝对跟她不属于同一个世界，是那种很有城府的成年人，超级讨厌！

"谢谢，不必了，萍水相逢一场，怎么好意思耽搁您的时间呢？"她硬是挤出一个笑容，"再说我只是回宿舍，离这里不远，不是回家，您不必费心。"

"是嘛，那我也不坚持了，白小姐一路小心。"华夜也没勉强，点了点头就不再说什么了。

白薇看着他淡定自若的模样，肺都快气炸了，假正经！

其实她双脚痛得厉害，真想坐进这辆舒服的车子里，但就算为了争一口气，她也绝不能在华夜面前示弱！白薇原本想站在原地等着华夜先走，但没想到他说完话以后，不但不上车，反而靠在车门上悠闲地点了一支烟,让在旁边站着不动的白薇看起来就像一个傻瓜。她也不知道这家伙是不是故意的,只能一咬牙,转身忍痛就走。

偏偏华夜还在后面出声:"白小姐,校门在那边。"

"我知道啦!"白薇又气又恼,赌气地喊了一声,朝校门一瘸一拐地走过去。

华夜看着她无比狼狈的背影,笑着摇了摇头。

那天到了最后,白薇也不知道自己是怎样活着回到寝室的,只知道小松为她打开门的时候,看到她满头大汗的样子吓了一跳,以为她的肠胃炎又发作了。寝室里,白薇又是泡脚又是按摩,一边按一边嘤嘤哭泣,把大家搞得既同情又好笑。

"薇薇,谁让你穿这么高跟的鞋子,"小爱安慰道,"你个子又不矮,HR也不可能盯着你的脚看,况且招聘会上不是站就是走,应该穿一双舒服简便的鞋子啊。"

"我也没穿过这么高的跟,哪知道会惨成这样!"白薇啜泣,又问,"那你们怎么样了,都找到实习单位了吗?"

一谈起这个话题,大家立刻热闹起来,争前恐后地说起自己在招聘会上的遭遇。

大家都是普通毕业生,遇到的困难自然不会比白薇少。她们有的被假正经面试官刁难,有的简历被收走后直接扔进了垃圾桶,还有受到性别歧视的。中性装扮的小松原本被一家公司的人事误认为男生,看到她简历上的女性性别之后,直接把简历扔回去,冷冷地说:"对不起我们不要女性。"

这就是鲜嫩毕业生的遭遇,他们没有工作经验,没有社交经验,心思就像一张白纸那么纯洁。面对人事的刁难,他们没有任何可以反驳的武器,只能像市场里的菜那样,毫无尊严地被人随意挑拣着。

不过,幸好大家最终都找到了心仪的公司,虽然都是没有名气的私人小律所,不过作为普通等级的学生,他们也只能得到这些普通等级的实习。

晚上,白薇给家里打了个电话,汇报了这条喜讯,二老高兴得喜极而泣,虽然只是实习,公司也不算好,但毕竟也是一个工作机会。自己辛苦养大的女儿终于长大了,终于能自己养活自己了,做父母的能不高兴吗?

接下来的几天更加忙碌,白薇一边要继续准备补考,一边要搜集论文案例,一边要记住实习的注意事项。虽然只是一个没什么保障的实习工作,但她还是很重视,想借这个机会多学一点学校里没有的东西。

除了她,宿舍里的其他女孩也是一样的。宿舍里开始少了一些欢声笑语,多了各种资料和成熟的职业装以及化妆品,原本轻松的学生气氛正在慢慢向严肃的职业气氛过度。

在这种寂静的严肃中,新的一周又到了。

周一,白薇整装待发,开始了她的实习生涯。

K律所位于本市的创意园区,距离白薇的学校坐车有近十站路,不近也不远,总比那些在郊外的单位要好一些。听说创意园区新近开发,急于招商,给出的租金和环境都很不错,所以吸引了众多小型民营企业。

白薇实习的律所在创意园区的一个分区里,几栋崭新的办公楼里分布着大大小小无数律所以及咨询公司,自己的家乡居然有这么多的私人公司让她极为惊讶。

有个笑话,说现在一块石头从天上掉下来砸中十个人,九个是总经理,一个是董事长,看来所言不虚。

按照之前律所人事给的名片,白薇走进C栋楼,坐电梯来到十二楼,迎面就看见了K律所的LOGO。律所麻雀虽小,五脏俱全,环境宁静幽雅,光线明亮,前台的妹子长相甜美可人。看见白薇走进来,前台朝她微微一笑,笑得她心都酥了。

再看律所的办公环境，柔软的地毯踩上去鸦雀无声，格子间小巧玲珑，每个位置都按照员工的爱好布置成了不同的风格。此时正是早上最忙碌的时候，大家都噼里啪啦地打着电脑，专心忙于自己的工作。

一想到自己即将成为其中的一员，白薇的心情有些激动。

她在前台旁边的沙发上等着，过了一会儿又零零落落地走进来几个年轻人。他们单纯青涩的样子，还有穿在身上感觉不太自在的职业装，以及女孩子们不太自然的浓艳妆容，都在告诉白薇，这些人也是跟她一样的实习生。

同龄人相见，分外亲切，几个男生女生很快就聊了起来。话语中，大家知道了彼此来自不同的学校。这可能是律所希望实习生不要因为同校而拉帮结派，所以故意为之。

又过了几分钟，上次面试过白薇的那名HR就来了，是一名打扮干净利落的熟女。既然大家已经是同事了，人事的态度就比招聘会上要缓和了一些。她把大家带到一间会议室，先介绍了一下律所的情况，再说了一些场面话，最后让大家轮流介绍自己。

被挑中的实习生条件大同小异，都是在学校里比上不足，比下有余的。大家大致都表示自己好相处，有耐心，愿意学习，踏实肯干之类的。这些话人事早就听腻了，每年的实习生都是这么平淡无奇，不过律所需要的只是一群短期打工仔，只要别捅大娄子就行，条件平凡一点无所谓。

这些律所，都是跟大学签了协议的，每年都要消化一批实习生。但是与律所正式员工的成熟老练相比，实习生们局促而紧张，都把这次工作机会当作人生的一次里程碑。大家正襟危坐，听人事训了几句话，然后就开始安排工作了。新人自然轮不到什么重要岗位，都是一些打字、复印、传真、跑腿买东西之类的杂活。白薇因为形象不错，被安排去做接待，有客人来的时候就给人端茶倒水。至于没事干的时候，就随便帮忙复印什么的。

唉唉,这就是传说中的实习啊。

在外人看来,穿上职业装的白薇就正式成为一个女白领了,她早出晚归,急匆匆地在公司和宿舍两头奔波,每天天一亮就冲出宿舍赶公车,晚上经常半夜才拖着疲惫的脚步回来。

可虽然上班时间很长,但因为工作内容没有技术含量,又是实习生,所以拿到手的薪水也就是这么一点,这真是悲伤极了。

这样的生活过了几天,白薇渐渐开始适应,并且试着寻找在公司打发时间的方法。律所不是一天到晚有接待任务,复印也有专门人员,需要她的时候并不多。而且律所又不像宿舍,她没有自己的座位,没有电脑,不能上网或者偷看闲书,甚至连手机也不能随便玩。

最后,白薇只能带着笔记本到律所里来复习和整理论文材料,不能玩的话,学习总行吧?补考就在一周后,她得请假去参加考试;论文讨论则放在了晚上和双休日,同样需要请假,而且经常让她苦得都没法回家。

大一的时候,她看见外星文般的教科书和排得满满的课表,觉得自己已经很惨了;到了大四,一边忙着毕业一边还要忙补考,她觉得自己更惨了;但现在呢?又要实习,又要补考,还要写论文,这才是真正的惨啊!

算了,人类的意志是很坚强的,虽然这简直不是人过的日子,白薇还是坚持下来了。

律所的老员工看见这孩子这么努力,还以为她在忙着考证,热心地把一台闲置的笔记本电脑让给了她。白薇在茶水间摆了一张椅子,这就算是自己的办公区域了。闲暇的时候,其他实习生都在聊天打牌,她一个人苦哈哈地学习,旁人都以为她是学霸,只有她自己才知道,实在是事情都挤在了一起,不卖力不行啊!

白薇的努力,律所员工都看在眼里,对她产生了严重的误会,好感噌噌往上涨。

这一天，周五下班的时候，白薇路过人事部办公室，听见人事总监在里面跟助理说："白薇这孩子不错，看看实习期结束以后，有没有机会让她留下吧。"

啊哈，她心里乐开了花。

白薇喜出望外，这个美妙的误会可真是太棒了。自己何德何能，哪配得上留下来？但假如真能转正，又有什么不好的呢？

今天白薇下班很早，还没吃晚饭的时候就回到了学校。实习之后，大家的日程变得紧张起来，白天全都没有空，论文小组讨论就顺势改变了时间，今晚恰好有安排。

吃过饭，白薇立刻赶往自习教室，连身上的衣服都来不及换。同宿舍的姐妹们都已经到了，因为实习原因，大家很久没聚在一起，见面之后分外亲热，你拥我抱，恨不得彼此揉成一团。当然，大家也免不了要抱怨一些实习过程中的苦恼事，这个讲讲自己的变态上司，那个讲讲自己的懒惰同事。

没过多久，苏临远就来了。大家随便跟他打了招呼，白薇也冲他笑了笑。

现在，她已经可以很自然地跟苏临远交谈了，看见他的时候也不会再紧张。难怪有人说工作是最好的疗伤药，或许真是因为繁忙的工作，渐渐抹去了苏临远在她心底的创伤。

苏临远今天的心情却似乎不太好，全身弥漫着低气压，他落座之后就直接开始了讨论，丝毫没在意小组成员少了一个人。

是的，季佩佩没有来。

而且上一次的会议，她也没有来。

大家当然都挺奇怪，但心照不宣地什么也不说。季佩佩缺席这不是工作事务，是人家跟苏临远的家事，外人怎么好插嘴呢？再说这位大小姐是什么人啊，传闻跟全校上下的校长教授都很熟，人家不来讨论又怎么了？说不定就算不交论文也照样能毕业！

白薇心里就是这么想的。

讨论很快就结束了,会议商定了大家各自负责的论文段落,进行得挺顺利。会后,四妹和小爱说她们上班的地方远,急着赶来参加讨论连晚饭都没吃,饿死了,嘴馋的小松也一起跟了过去,最后只剩下了白薇一个人回宿舍。

初夏时分,天黑得早,夕阳还残留着最后一丝光芒。白薇一个人懒洋洋地走在路上,觉得又累又困。这就是成年人的生活吗?假如在律所留下,她今后的人生难道就一直这样了吗?每天都要重复相同的工作,忙碌、疲惫、空虚,她突然觉得有些茫然。

宿舍楼附近静悄悄的,由于实习期的缘故,大家都忙碌了很多,在学校里的时间也急剧减少,甚至有人为了工作方便已经退掉宿舍,到实习公司附近去租房住了。

临别的季节终将到来,能够留在学校里的日子真的不多了吧。

白薇正这么想着,突然看见宿舍楼的门口站着一个人。她侧身在一片阴影里,将自己隐蔽得很好,所以路过的人几乎都没有发现她,但是白薇一眼就看见了。

是季佩佩。

她的长发在夜风中飞扬,雪白的肌肤如同凝脂。看见白薇,她走上前一步,随意拨弄起被风吹乱的头发,即使是如此简单的动作,也如画般美丽,让人窒息。

白薇也有点窒息,但不是因为季佩佩太美,而是看见了她冷漠的表情和眼底的寒意。

她好像不太高兴。这样的认知让白薇头大极了,季佩佩的心思比海还要深,比迷宫还要复杂,多跟她说一句话都觉得累。白薇已经够忙的了,实在不想跟这位大小姐聊什么有的没的。但是,季佩佩站在这里显然是为了等她,而且看起来不像会很容易放过她的样子。

季佩佩慢慢走到白薇面前,拦在她和宿舍楼之间,不让她进去。

"我找你很久了。"她冷冷地说。

"找我？"白薇一愣，想了想，装傻充愣地笑了起来，"哦，哈哈，是为了论文的事情吗？你好久没来参加小组讨论了。"

季佩佩撇嘴："没说这个，我有我的事，一两篇论文算什么。"

这时，季佩佩突然没头没脑地说："那天，我看见了。"

白薇莫名其妙："哪天？看见什么？"

"那天晚上，我看见了，我看见你……和苏临远抱在一起。"季佩佩说着，怨恨地从牙缝里挤出声音。

白薇呆了一下，进而一阵发窘。

晕，她也太倒霉了吧，分手这么久，只跟苏临远单独见了一次面，偏偏被这女人撞见了？还是说她是跟踪狂，天天都在跟踪苏临远？

想到后一种可能，白薇突然一阵恶寒。

季佩佩还在说着："那天以后，我就一直在找你，没想到你还真会躲，呵，是心虚吧？"

你大爷的。白薇终于忍不住在心里爆了粗口。

谁心虚了啊？谁像你这位大小姐这么无聊，正经的论文不写，正经的实习工作也不找，整天耍脾气乱猜疑，玩跟踪玩拦截，我们这种平民百姓学生很忙的好吗！

但她还是觉得没必要为这种事情生气，季佩佩又没有工作和毕业压力，自己的忙碌就算跟她说了她也不会懂。

于是，白薇故作不在意地笑笑："你找我？想找我去论文小组不就行了？我最近都在忙实习，早上四点起床晚上十二点回来，平常时间也就只能在论文小组上现现身了。"

季佩佩狐疑地看着她，似乎在思考她说的是不是真话。

白薇有点烦了，她又累又困，现在只想快点躺到床上，实在没精力再跟这位大小姐折腾。看季佩佩没有要走的意思，她叹了口气说："你到底找我有什么事？有事就快说，没事请恕我失陪了。"

看白薇作势要走，季佩佩立刻拦在她面前，脱口而出："以后离苏临远远点！"

……世界寂静了。

白薇整个都呆滞了。

她脑子里的第一个念头是，没想到电视剧里的情节居然会发生在自己身上。已经分手的前女友被现女友误会，然后现女友堵门撒泼哭嚎威胁什么的，原来真的会在现实里出现，果然现实永远比小说精彩啊！

白薇心里十分无奈，只好默默地看着季佩佩。她烦透了季佩佩，她讨厌这个女人。

所以明明可以把那天晚上的事情解释清楚，白薇犹豫了半秒钟却没么做，反而淡淡一笑，反问道："能不能离开苏临远，这是我能控制的吗？"

一瞬间，季佩佩的表情抽搐了，有一闪而过的痛苦。白薇立刻看懂了这副表情里的意思，就像之前苏临远跟她说的那样，他并没有旁人看起来那么喜欢季佩佩，他们在一起是另有原因，绝不是因为爱情。

而可惜的是，似乎这场交易里，季佩佩用情更深。

女人的直觉在告诉白薇，季佩佩喜欢苏临远，但苏临远不喜欢她。

这种单方面的深情，让白薇在厌恶季佩佩的时候，又无端对她生出一丝同情。看不住自己的男人，只能去警告他的前女友，这是混得有多惨啊，这位大小姐长得这么漂亮，备胎有的是，何必爱得这么没尊严，非要缠着一个根本就不爱你的人？甩了他去找个更好的男朋友，不行吗？

想到这里，白薇突然又明白了什么。

果然是旁观者清，现在深陷其中的季佩佩，和当初的自己又有什么不同？她想奉劝季佩佩去找更好的，而她的朋友们之前不也是这么安慰她的吗？但是，她却一点都听不进去。

直到不久之前，她还哭着跟苏临远说，她不可能找到比他更好的人了。那时的她，跟现在的季佩佩又有什么两样呢？

白薇并不是绝情的人，这样想了一阵子，心已经软了。她想说些什么来安慰一下季佩佩，但季佩佩全身都像是着了火，白薇的那句话把她彻底惹毛了。

——能不能离开苏临远，这是我能控制的吗？

这句话戳中了她最深的软肋，她的确控制不住苏临远跟任何人来往，尤其是白薇！这个女人就是她人生中最大的障碍，只要她一天还在，苏临远就忘不了她，他的魂就会永远留在她身上！

她越想越怒不可遏，咬着牙问："所以你的意思是说，苏临远还喜欢着你，不喜欢我？！"

白薇到了嘴边的安慰话瞬间崩溃了，这位大小姐问的这叫什么问题？她到底是有多幼稚，会这么认真地跟别人较劲，这有意思吗？有空这么闲，她不能去低调地做几件实在的事情，来博得苏临远的好感吗？

白薇真是懒得和她说实话，只能无奈一笑，继续问："苏临远喜欢谁，难道你还不清楚吗？"

季佩佩简直气疯了，白薇的无奈在她看来就是傲慢和挑衅。她确实是没本事控制苏临远离开谁，就算这几天赌气不参加论文讨论会议，苏临远也无所谓，反正他知道她怎样都能毕业。这种漠视比直接吵架还要让她生气，想到苏临远对她不理不睬，却还在晚上跟白薇偷偷见面，季佩佩简直气得要吐血。

当然，她不可能直接对白薇大打出手，那没有意义，她还是要面子的。强迫自己冷静了一会儿，她下定了决心，要想点办法把白薇赶走。她要把白薇从苏临远身边赶走，赶得越远越好，最好赶得消失不见！

"白薇,"她冷冷一笑,"你今天对我说出这种话,将来一定会后悔的。"

说完,季佩佩转身走掉了。

白薇莫名其妙地留在原地。季佩佩走得很快,头也不回,很快消失在白薇的视线里。

不知道为什么,看着她气冲冲的样子,白薇心里涌起一种难言的舒爽。

随便说几句话就让季佩佩吃瘪,真是爽极了。

这件事,白薇谁也没告诉,神色如常地回到寝室,洗漱换衣休息,等同寝的女孩们回来之后跟她们聊天,心里没有任何不适。在她看来,为这么点小事作死作活的季佩佩才是真幼稚,再说她其实今天心情很好,下班时候偷听到的律所人事的谈话,一直在她脑海里挥之不去。

自己真的能在律所留下来,堂堂正正地成为一名正式员工了吗?等到毕业之后再考取律师资格证,她就能成为一名真正的女律师了!

想到这种可能性,那些工作的辛苦和补考的艰难似乎也没那么难以忍受了,虽然白薇的志向早就不是女律师,但能够获得一份光鲜亮丽的职业,毕竟也是让人高兴的事。

明天就是周末了,不过白薇没回家,自从开始实习以后她几乎就没回过家。这阵子太忙太累了,以往周末的时候整个寝室就像是出笼的小鸟,而现在大家被实习折磨得苦不堪言,休息的日子只想躺在床上睡大觉,哪儿也不想去。

于是,这个周末也就像之前一样,大家舒舒服服地睡懒觉,聊天,叫外卖,等吃饱喝足以后就出门逛街,日子过得其乐融融。

彻底的休息,再加上心情的舒畅,让白薇在新一周到来的时候,状态好极了。

周一,她起了个大早,精神饱满地背着挎包去上班。她心里有一点期待，希望律所已经作了留下她的决定，就算还不能决定，让她知道他们有那样的倾向也好。

她到达公司的时候，里面一个人都没有，连前台也不在，整个办公室静悄悄的。

白薇觉得有些奇怪，以往这个时候总有几个工作狂已经到岗了。她往里走了几步，看见前台慌慌张张地迎面跑来，看见白薇，前台吓得惊叫了一声。

汗，白薇也差点被吓得叫起来，现在是大白天呀，她害怕个什么劲儿？

正在奇怪的时候，人事从后面走过来了。白薇看到她，连忙微笑致意，人事的脸上却没什么表情，语气冷淡地说："白薇，到我办公室来一下。你的包不用放下了，直接背着进来吧。"

这是怎么了？

白薇感到一丝异样，抓着包战战兢兢地跟在人事身后。经过办公区域的时候，她看见一群人聚集在角落的电脑前。原来大家不是没上班，是在这里看……看什么呢？白薇正在想着，那群同事已经看见了她，立刻呼啦一声散开了。

有几个人回到自己座位之前，偷偷向她投来了异样的眼神。

心中的不安在扩散，白薇皱了皱眉，犹豫着没跟他们打招呼，直接推门进了人事的办公室。人事已经在等她了，面前的办公桌上摊开着一份资料。

"我……我来了。"白薇站在门口，小心翼翼地朝人事点点头，关上门走到她面前。

人事冷冷地看着白薇，说："白薇，我也不拐弯抹角了，就直接问你吧。你是不是篡改了成绩单？"

白薇的脑袋轰的一声大了。

几乎在同时，她发现办公桌上的那份资料，正是自己面试时候简历上面的假成绩单。

"我……我……"她结结巴巴,手脚冰凉,脑子里乱成了一团糨糊。不是说成绩单根本没人会注意吗?为什么会有人发现她的成绩单是假的?!

看见白薇难看的脸色,人事也明白得八九不离十。她推开成绩单,冷声说:"白薇,说实话我们律所一直很看好你,也有意让你在实习期结束以后留下来。但是,既然你做出这种事就没有缓和的余地了。诚信是一个人品行的根本,想要进入法律界更是要严格要求自己,保证自己的清白和公正。所以很遗憾,像你这样的人我们律所是无法采用的,你现在就走吧。"

"我……我不是……"白薇嘴唇颤抖,脸色苍白,眼底溢满了泪雾。但是一个职场新人面对这种突变根本没有应对经验,她又怎么可能迅速想出一套为自己脱罪的说辞呢?况且修改成绩单本来就是事实,她要怎么推脱?

人事也根本不想听白薇的辩解,把该说的话说完以后,就站起来自顾自地离开了办公室。

白薇愣愣地站了一会儿,但是人事一直没有回来,她浑浑噩噩地走出办公室,经过茶水间的时候,看见自己用的电脑和椅子都已经被人收走了。

实习不是工作,白薇没有自己的办公桌,也从来不在公司留私人用品。现在公司收走了她唯一的两件东西,就等于把她扫地出门了。已经到了这种地步,再赖在公司里也没有用,白薇吸了吸鼻子,看看办公区域各自忙碌的员工们,然后回头默默地走出了律所大门。

见她走了,大家立刻聚集到了一起,窃窃私语起来。

"到底怎么回事啊,改成绩单不是每年都有的事情吗,谁会当真?"

"不知道啊,好像是上面的命令,说是今年要严查成绩单作假的实习生。"

"有这种事？会不会是她得罪了谁？"

"可是她又没背景，来上班也没几天，能得罪谁呢？"

大家七嘴八舌，但最后谁都没法说清楚原由，也只能为那个实习生默默惋惜一把了。

白薇一路走一路哽咽。起先她只是默默流着泪，渐渐就忍不住抽泣起来。

这到底是怎么回事？一个小时之前她还喜气洋洋地走向公司，做着即将成为正式员工的美梦，一小时之后居然已经被扫地出门，什么都没有了。

重要的是，刚才她受的冲击太大，什么事情都没想起来。现在的她面临着很多问题，实习期被人开除是件很麻烦的事情，她的实习协议还作数吗？是不是要去找新的实习单位？可招聘会已经全部结束了，她去哪里找新单位？成绩单作假的事情又会不会记到她的实习档案里，让想接受她的单位都会知道这件事？

心里越想越乱，越想越害怕，白薇都不知道该怎么办才好了。

现在是上班时间，她不好意思向同寝的朋友求助，只能暂时先回学校找辅导员试试。而且，她的心里已经逐渐生成了一个疑惑：实习期篡改成绩单的人不计其数，为什么只有她会被实习单位扫地出门？他们为什么突然较真，又是从哪里知道这件事情的？

CHPATER05
单独谈谈

回到学校的时候,正值上课时间,校园里并没有什么人。也正因为如此,白薇双眼红肿的样子没有吸引多少注意力,不知道算不算幸运。

她走进行政楼,上到二楼去辅导员的办公室。刚上楼梯就看见辅导员端着一杯水从走廊里经过。辅导员年纪不大,是在本校毕业以后留校任教的,模样看起来就像一个还在念书的女学生。

白薇连忙迎上去,还没想好要如何开口解释这件事,辅导员已经发现了她。

"白薇?我正要找你,你的成绩单是怎么回事?实习单位打电话给我了。"

白薇头皮一 ,脸一下子就红透了。辅导员的语气里带着一丝惊讶、一丝嗔怪,但更多的还是担心。见白薇红着脸不说话,眼睛又微微肿着,辅导员也明白得八九不离十,轻声说了一句"这里不方便说话,先走吧"之后,就把她带进了自己的办公室。

安静的办公室里,白薇咬着嘴唇,站在辅导员面前不知如何是好。

"我……真的不知道修改成绩单……是这么严重的事情……"她轻声说。

"这种事,可以说严重,也可以说不严重,"辅导员叹了口气,"按理说,实习期的单位不会很重视成绩或者证书,要到正式聘用的时候才会检查这些东西。但你毕竟也是造了假,所以一旦单位追究起来,你确实没什么可以辩解的。"

"那,我不可能再被那家律所聘用了,是吗?"

"那是当然,刚才人事部门已经打电话给就业中心,解除了你的实习协议。而且本市的律师圈子也不大,出了事情会传播得很快。假如你想找同类单位,我估计已经有点困难了……"

白薇越听越绝望,整颗心一路下坠,直坠进深不见底的黑暗深渊。

看见她苍白的脸色,辅导员赶紧又安慰道:"不过你别着急,我们学校的就业中心还有几个备用的实习单位,专门为了安排因为各种原因没能落实实习的学生。当然,这些单位就都跟你的本专业无关了,也全由校方安排,容不得你挑拣。如果接受安排的话,拿到实习成绩是没问题的,但这个成绩不会太好看,而且实习单位也不会安排你毕业以后的就业,怎么样,你可以接受吗?"

"行行行,没问题!"白薇连忙说,"只要能有实习成绩就行,谢谢老师!"

辅导员"嗯"了一声,转头开始打电话落实这件事。

在等待的时候,白薇感到自己狼狈极了。

法律系今年的就业情况很好,几乎所有人都找到了与专业相关的单位,各自在不同的岗位上忙碌着。可是自己,只有自己……却因为一场飞来横祸,失去了在本市所有民营律所实习的机会。

虽然她还有最后一条路,那就是通过在自家的咖啡馆打工,来换取一份实习成绩，但在当今的情况下，这条路她真的不想去走，即使要继承咖啡馆，她也希望那是在自己主动抉择之下的决定，而不是像只丧家之犬，因为没地方可去才夹着尾巴逃回去。

过了一会儿，辅导员的电话打完了，她告诉白薇，就业中心分配给她的实习单位是学校下属的三产，是一家专门印刷试卷和资料的工作室，白薇的工作是分拣装订教案资料。一听到这个安排，白薇的心就凉了半截，这种事情毫无技术含量，就算是小学毕业的人也能做。

但是，事到如今也由不得她任性，实习期已经过了一半，如果她不服从学校安排执意要自己去找单位，恐怕单位还没找到，实习期已经结束了。再说，还有补考和毕业论文等着她，她不能在实习上浪费更多精力了。

就这样，带着一丝沮丧和不情愿，白薇接受了学校的安排。

离开办公室之前，辅导员突然问了一句："白薇，你真的没有得罪什么人吗？"

白薇一愣，但是辅导员没再说什么，挥挥手让她出去了。

辅导员的疑问又岂不是白薇的疑问？既然修改成绩单已经是实习期中的一个惯例，为什么偏偏会轮到她倒霉？律所又是怎么发现她成绩造假的？人事不可能去主动询问每个人的成绩，那么就是有人知道了她的真实成绩，然后把这件事捅给人事的？

到底是谁，她到底是得罪了什么人？

离开辅导员办公室的时候，白薇虽然满心疑问，但情绪平静了一些，好歹她找到了新的实习单位。下楼之前，她去洗手间洗了一把脸，想要洗干净脸上的泪痕。

被律所开除的事情，她不想让同寝的人知道，那样会很丢脸，而且她也不想让已经很忙碌的朋友们再为自己操多余的心。所以，她希望自己能尽量神色如常地回寝室去。

当白薇洗脸的时候，一道人影从镜子里一晃而过，那个人影没有逃脱白薇的视线,是季佩佩!

这种时候,她来行政楼干什么?

白薇已经对季佩佩的一言一行产生条件反射了,总觉得她不干好事。而且上次她还扬言会让自己后悔……

想到这里,白薇的心脏突然漏跳了一拍。

不会吧……难道……

她咬了咬牙,转身离开洗手间,跟在季佩佩身后。

季佩佩压根不知道后面有人,快步走到辅导员的办公室门口,一闪身进去了。白薇藏身在门边的阴影里,听见里面传来一阵笑声,季佩佩一见到辅导员就热络地跟她打起招呼,两人就像老朋友那样亲热地交谈起来。

"老师,多谢您把全系成绩单的复印件借给我。"

"哪里的话,你跟我客气什么呢?每年的毕业生都要做成绩统计报表,我一个人的工作量太大了。你帮我做完了成绩汇总,我还得感谢你呢。"

"不客气,我也不忙,如果有其他事情您也可以尽管交给我做。"

"你这么说……"

两人说着说着声音就低了下去,白薇站在外面,感到心越来越冷。

话听到这个地步,她已经什么都明白了,季佩佩的脾气她再清楚不过,有成绩单拿在手里季佩佩会干些什么,难道她还猜不到吗?

想了一会儿,白薇转身下楼,她不想跟谁在老师面前起冲突。

离开行政楼,白薇等候在门口,就像那天季佩佩在宿舍门口等她一样。过了几分钟,季佩佩出来了,脸上带着若有若无的笑容,看起来似乎心情很好。

白薇迎上去:"你等等。"

看见白薇，季佩佩一愣。

随即，她了然于心地笑了起来："我还以为是谁呢，怎么，上班时间不好好实习，在校园里闲逛？"

"我为什么会在校园里闲逛，你比谁都清楚吧？"

"哦？我不清楚。"

"成绩单。"

白薇冷冷地吐出三个字，季佩佩愣了一下，随即微微眯起眼睛。这样的反应已经足够证明她是知道自己在说什么了，白薇心里十分清楚。她有一点诧异季佩佩居然承认得如此爽快，本以为她会再抵赖一阵子的。

"白薇，我也不是喜欢拐弯抹角的人，就直说了吧，"这时，季佩佩冷笑着开口了，"你这个人啊，脑子真的不行，不适合在法律界摸爬滚打。所以我做了这么一件好事，送你一程，让你早点离开这个圈子。我记得你家开了一个咖啡馆吧？不错啊，你挺漂亮的，在咖啡馆当侍应生才是你正确的人生道路。"

"你……"白薇气得全身发冷，连声音都是颤抖的，"你有胆子说，你这种转学生能进法律系并且拿到毕业证书，难道都是靠自己的实力吗？！"

"我有没有实力，跟你脑子好不好没关系。"季佩佩又笑，"因为我可没有像你一样，为了做傻事而把这里撞坏了。"

说着，她指了指自己的头。

白薇咬牙，胸口突然堵得难受，她一下子就明白了季佩佩在说什么。

两年前，苏临远还是对她百般的温柔体贴，恨不得把心掏出来给她，她却没有什么可以回报的。苏临远那种人，家里既有钱又有势，白薇就算花光私房钱去买礼物，买来的东西苏临远也未必看得上眼。

所以那年苏临远生日的时候，她爬上自家咖啡馆的后山，想要采花去为苏临远做一件手工饰品,她原本就从妈妈那里继承到了一双巧手。然而,因为雨后地面湿滑,白薇不小心从一处斜坡跌落,脑袋磕到了石头。

幸亏跌落的地方不高,没有受重伤,但从此以后白薇就落下了头痛病,只要忙碌疲惫或者神经紧张,就会头痛。

没想到,季佩佩连这种事情都知道了。

看着白薇的脸色一阵红一阵青,季佩佩笑笑:"当然了,这件事不是苏临远告诉我的,他不是那种人,我也不会在背后诋毁他。白薇,苏临远固然出身很好,但我跟他相比毫不逊色,很多事情他可以帮我办到,但没有他我照样可以办到!所以,如果你脑子清醒的话,就该知道自己怎么做才是对的。"

"我从头到尾就没错过,是你自以为是!"白薇咬牙,"我们已经结束了,以后也不会再有任何交集,为什么你还不肯放过我?我只是一个普通人,让我安稳地过自己的日子不行吗,为什么要这样陷害我!"

"我可没有陷害你,我只是随便告诉别人,某间律所有个实习生好像篡改了成绩单而已。"季佩佩冷冷一笑,"而且,你离开苏临远对我来说并不够,因为只要你还留在这座城市,在法律界工作,你们就肯定会再次见面。而现在苏临远对我很重要,重要到我不希望他身边出现任何会影响我们之间的关系,或者会引开他的注意力的人。所以,我想要你离开这座城市,彻底从他眼前消失。如果不行的话,至少也要让你没法在本地的法律界混下去!"

白薇简直气笑了:"你让我没法混我就没法混,你以为法律界是你家开的商店吗?"

季佩佩冷哼一声:"事实你已经看见了,在本地,你以为你还能在任何一家律所找到工作?"

白薇噤声了。

她知道季佩佩的话并没有夸张的成分,至少现在,她连对口实习的机会都很难找到。

然后,季佩佩又加了一句:"所以,我给你两个选择,去外地发展你的本专业,或者滚回你的破咖啡馆去做侍应生!"

"那不是什么破咖啡馆!"白薇气愤地喊了起来,"你可以看不起我,但是不准你看不起它!"

突然提高的声音把季佩佩吓了一跳,她没想到白薇会突然生气,下意识地往后退了一步。后面恰巧是一块松脱的地砖,她踩在上面绊了个趔趄。白薇一惊,条件反射地要去拽她,然而伸出手的同时,她看见一种奇怪的神色从季佩佩的眼中一闪而过。

季佩佩勉强稳住身体,用力一把抽开白薇的手,哭喊着:"我不用你假好心!"

假好心?白薇一头雾水,正在奇怪的时候,听见身后传来一个她再熟悉不过的声音:"你们在这里干什么?"

她吃惊地回过头,看见苏临远站在那里,微微皱着眉。

季佩佩抽泣着一瘸一拐地朝他走过去,藏在他身后:"临远,白薇的实习机会丢了,正巧碰见我,就朝我乱发脾气……"

白薇怔住了。

"你……"她咬紧牙关,眼中像是有一团火在燃烧。这女人,这女人居然这么不知羞耻地当面扯谎!她刚才居然还想去扶季佩佩,她真是天底下最大的傻瓜!

并且,白薇也明白了那一瞬间季佩佩眼神的变化。她肯定是看见了苏临远走过来,在眨眼间构思好了剧本,在扯谎的同时装可怜。

不,根本就不用剧本,她天生就是一个演技派,这么点小事根本就不需要剧本!

苏临远也不是笨蛋,虽然季佩佩装哭装得很像,可他并没有立刻转身过去安慰她,而是狐疑地看着白薇:"你的实习机会没有了?这是怎么回事?"

白薇咬了咬嘴唇,没有说话。

要是说出真相,万一苏临远要帮她解决困难,又会引发季佩佩新一轮的嫉恨;而如果他不帮她,这种事情说出来只是丢脸而已。

所以,她什么都没有说。

苏临远看着她沉默的样子,已经猜到了八九不离十。如果季佩佩在胡说,白薇肯定会立刻反驳,这没什么好隐瞒的;既然她不说话,就代表这里面果然有问题。他看着白薇,欲言又止,想问个清楚,却又碍于季佩佩在场,不能随便开口。

他当然不怕季佩佩耍脾气,他怕的是她事后会去报复白薇。

三个人僵持了一会儿,突然白薇的手机响了。

她接了起来,听见里面传来妈妈慌张的声音:"薇薇,赶快到医院来,你爸爸刚才突然晕过去了!"

"什么?!"白薇的声音惊恐地变了调,"在哪家……"

在哪家医院?

最后两个字到了嘴边还是咽了下去,她想起苏临远还在旁边,她不想让他知道这件事。他们之间,绝对不能再有任何瓜葛了,一想到季佩佩那森冷的眼神,白薇害怕得只想离苏临远越远越好。

她朝苏临远和季佩佩做了一个有事的手势,转身快步走掉了。

苏临远看着她匆忙的背影,犹豫了一下,还是没有追上去。季佩佩此时已经收起了梨花带雨的样子,冷笑着问:"怎么,你想追上去吗?或者,想问清楚她的实习到底是怎么回事?"

"……我不会问,"苏临远忍耐了一下,沉声道,"只要你别再去烦她,任何有关她的事情我都不会再关心。"

他的想法和白薇一样,为了让季佩佩安静下来,他们彻底断绝往来,才是最好的方法。

半分钟后,白薇狂奔出校门,手里还握着手机。她一边站在路口等出租车,一边跟妈妈确认医院的地址和爸爸的情况。

据说爸爸刚才在咖啡馆和往常一样喝咖啡看报纸,站起来放松的时候突然就倒在地上不省人事，有可能是中风。白薇一边听着妈妈哽咽的声音，一边看见马路对面正好驶来一辆空车，连忙挥着手冲了过去。

"出租车！停停停——"她大喊着，视野里只有那辆车，根本没注意到自己正狂奔在没有横道线的机动车道上。

就在这时，她视线的余光突然瞥到一个黑影，然后一股强大的力量就把她撞飞了起来。

眼前一黑，几乎在瞬间，白薇就什么都不知道了……

头痛欲裂，全身无力。

脑袋里好像有一万只蜜蜂在飞，强烈的耳鸣声让人痛不欲生。

白薇呻吟辗转着，眼皮上好像压着千斤重担。迷离中，似乎有人在轻声和她说话："你醒了？有没有哪里不舒服？"

这个声音很耳熟。

白薇皱着眉头，双手在身边胡乱抓着，非常艰难地、缓慢地睁开了双眼。

映入眼帘的是一张似曾相识的脸，那漆黑的眼睛像是一潭深水，幽深而冰冷，看不见底。和这样一双眼睛对视着，白薇几乎立刻就清醒了。那样冷冽的眼神实在无法令人感到愉快，让她全身的细胞都仿佛浸入了冰水中，带来一种难言的刺痛感。

华夜……他怎么会在这里？

看见白薇醒了，华夜像是松了一口气。他坐在床边，一边按下了呼叫铃让护士过来，一边说："你也太可怕了，我开车到学校来接你，刚在找停车位就看见你冲到马路上来，差点我就来不及刹车。我知道你心里急，但越是遇到大事就越是应该冷静，否则可能会把事情搞得更糟。"

白薇的脸颊有些发烫。

她想起来了，自己一边在路口打电话，一边看到出租车就冲了上去,然后在马路上被车撞了。原来,撞到她的是华夜?这到底算是幸运呢,还是不幸呢……

这时,她又突然想起了一个问题:"你怎么会来接我?接我去哪里?"

"去医院,你们家人手不够,我正好还没走,你妈妈就给我打了电话。"华夜简洁明了地解释,然后又说,"不过,现在我也不用接了,你和你爸爸就在同一个医院的同一栋住院楼里,他在楼上的神经外科病房。"

"他在哪个房间?我去看看。"听华夜这么说,白薇立刻起身要下床。然而才刚抬上半身,眼前就袭来一阵晕眩,她不由自主地倒了下去。

华夜赶紧扶住她,无奈地说:"你不用着急,手术刚做完,他可能明天才会醒,你现在去也没用。"

"哦……"白薇不自在地抓抓头发,觉得自己挺丢脸的。这个时候需要照料的明明是爸爸,自己却因为冒失而躺在了医院里,变成了一个病号。

而且,按照接到电话的先后时间,难道妈妈是先给华夜打电话,再给她打电话的?难道在妈妈眼里,自家女儿还没有一个陌生男人来得可靠?

……呃,说不定还真是这样。

躺在病床上,白薇觉得自己真是没用极了。

这时,听到呼叫铃的护士赶来,为白薇做了一些常规检查。她的伤没有大碍,只是有些轻微的脑震荡和皮外伤,住院观察几天就好了。留下一些嘱咐之后,护士就赶去看其他病人了,白薇躺回到床上,看了一眼窗外,发现此时的天已经黑了,连忙问华夜:"那个……华先生,我昏迷了多久?"

"几个小时吧,现在都快半夜了。"刚才护士来检查的时候,华夜已经站起来离开病床,此时正倚靠在窗口翻看手机。

白薇有些不好意思："那……你也累了很久了，要不要休息一下？"

"我还好，倒是你，遇到飞来横祸没问题？现在正是实习期吧。"华夜反问。

"那个……"白薇不知道怎么说才好，律所已经不要她了，但学校给她安排的装订资料工作，她真的不太想去。

看出白薇似乎很为难，华夜也不追问，收起手机："那你好好休息吧，我去看一下你爸爸。"

说罢，他就走出了病房。

看着他挺拔的背影消失在病房外，白薇长嘘一口气。她抹了一把额头，发现自己居然出了一头的冷汗。

跟华夜相处真是一件压力很大的事情，他待人虽然礼貌客气，却总是带着一丝冷淡和疏离。并且，他的一言一行之中似乎天生带着一种风范，以至于白薇回想起来，发现刚才的所有对话她都一直被华夜牵着走，连一点主动权都没有掌握过。

华夜并没有在与她对话，只是把各种信息单方面地告知她而已，就像一个上司在给下属安排工作。这种怪异的气场，为什么会在这个看起来年纪并不大的人身上出现？

华夜，他到底是什么人？

带着满腹的疑问，白薇过了很久才勉强睡了过去。

隔天，妈妈就来探望她了，顺便把各种生活用品都从家里搬到了医院。白薇的伤势也比昨天好了很多，可以下床去探望爸爸了。经过昨天的抢救，爸爸的情况已经稳定下来，虽然神智还不太清醒，但已经没有生命危险。

想到一家三口居然有一天会在医院里团聚，白薇真是无语。

而她的冒失也被妈妈狠狠批评了一顿，幸亏华夜那时正在找停车位，车速并不太快，如果是被一辆正常行驶的车子撞到，后果不堪设想。在批评白薇的同时，妈妈也顺口赞赏了华夜的宽容慷慨，按照责任划分其实他并没有错,但还是在医院守了白薇大半夜,也为她垫付了医药费。

白薇好几次想问问妈妈,华夜到底是什么来头,话到嘴边又咽了下去。目前这种状况,家里都乱成一团了,似乎不适合八卦别人。

她也打了一个电话给辅导员,向她解释了一下自己发生的意外。辅导员吓坏了,连忙嘱咐她要好好养病,实习那边的事情她会跟校方商量,尽量给她一个过得去的成绩。白薇在心里苦笑,辅导员大概从来没遇到过像她这么倒霉的人,也有成绩单造假的,偏偏她被抓住丢了实习岗位,好不容易拿到新机会,爸爸却突然病危,自己还在赶往医院的路上又碰到了车祸。

看在她这么倒霉的分上,所以才给她一个实习成绩安慰她吧,唉。

挂掉电话,白薇还没喘口气,又收到了苏临远的短信。内容很简单,问她有没有事。

简单的话语,似乎包含了巨大的信息量,他肯定觉察到昨天白薇接电话的时候样子不正常。但白薇一丝犹豫都没有,默默地删掉了短信。苏临远是多聪明的人,不管她回答什么,都能从里面分析出一大堆的线索,所以只有沉默以对才是最好的方法。

白薇在医院里住了一个星期,白天和妈妈一起照顾爸爸,晚上自己休息。家里的咖啡馆当然是临时歇业了,妈妈一个人做不了这么多事。

同寝的姐妹也曾打电话来询问,小爱的家在咖啡馆附近,白薇出车祸的那天她正好回家途中经过,发现咖啡馆居然歇业了,还以为白薇家出了什么大事。白薇思考再三,也没有对她们说出真相,只是骗大家说外地的亲戚家出了一点急事,她和父母要过去看一下。

姐妹们当然半信半疑，但白薇也打定了主意死不松口。遇到了这么多事情，她突然觉得心里很累，想要独自安静地休息一阵子。她想远离所有人，远离她珍爱的朋友们，越是在这样的非常时刻，她就越不想让她们费心。

诚然，学校里还有一堆事情在等着她，补考、论文、实习、毕业……但是她已经不在乎了。或许是伤痛磨灭了她的斗志，但更或许是因为爸爸的突发疾病占据了她的所有心思。

爸爸虽然醒了，但情况并不太好。

他的右手一直在颤抖，走路时腿脚也变得不灵便了，医生说这是中风的后遗症。后遗症已经不可能痊愈，并且今后会反复发病。爸爸年纪大了，身体在逐渐走下坡路，白薇记忆里那个精力充沛、身体强壮的爸爸，已经再也回不来了。

看着爸爸虚弱的样子，某个念头又重新出现在了她的脑海里，并且越来越清晰——她想继承家里的咖啡馆。不仅是爸爸，妈妈也不再年轻，白薇舍不得放下妈妈一个人，自己去其他地方艰难打拼。

她知道学校里很多前辈的生活，他们毕业以后，有的留在本地，有的转战大城市，从早到晚忙忙碌碌地出入高级写字楼，为了事业、财富和地位日以继夜地努力着。他们虽然看起来光鲜亮丽，却像只陀螺似的不停旋转，永远都没有能停歇的时候。

而他们年迈的父母，也无一例外留在老家，过着平静而寂寞的生活。逢年过节的时候，他们才能偶尔和孩子们见一次面。甚至有时因为孩子工作太忙，连过年也没法回来。

白薇不想过这样的生活。她想永远留在本地，现在看爸爸这副模样，更加坚定了她的决心。但是，没等她把心事说出来，妈妈倒是主动跟她来谈话了。

有一天晚上，妈妈把她叫到了爸爸的病房。那个时候白薇正在收拾东西，她明天就能出院了，但爸爸还需要多静养半个月。

白薇来到病房,看见爸爸躺在床上闭目养神,妈妈坐在他身边,气氛似乎有点严肃。更令她惊讶的是,华夜居然也在。

他站在窗前眺望着外面的风景,见白薇进来也没什么反应。白薇真不明白这家伙到底是怎么回事,他好像特别闲,在上次把她送到医院以后,他三天两头都会过来逛逛,带着一大堆白薇根本没听说过的营养品。

"薇薇,"妈妈示意白薇坐下,然后开口了,"这段时间,辛苦你了。"

"哪里的话,明明是妈妈更辛苦。"白薇勉强笑笑,她早就发现妈妈的头上多了好多白发。

妈妈摸着白薇的手,叹息道:"耽误你的学业了吧。"

白薇摇头,想了一下,趁此机会把心里的想法说了出来:"没关系,我已经想好了,实习或者毕业已经不重要了,我打算来继承家里的咖啡馆。以前爸爸做的事情,将来就由我替他做吧。"

妈妈一愣,不仅是她,连爸爸也愣了一下。

病房里的气氛有些怪怪的,白薇感到十分不解,难道是自己说错什么话了?就在这时,她听见一声轻不可闻的低笑,是华夜。

妈妈长叹了一口气,握住白薇的手又用力了一些:"薇薇,谢谢你的好意。但是……我们已经商定了,咖啡馆……可能要暂时到此为止了。"

白薇怔了怔:"到此为止是什么意思?"

"你爸爸身体不行,我又要照顾他,分身乏术。所以,咖啡馆可能会暂时盘给别人。"

"为什么?!"白薇大吃一惊,"我们家经营了这么久的咖啡馆要盘给别人?我不是已经说了吗,我会留下来帮忙的,你们不用担心的啊!"

"薇薇,我们不想你留下,"爸爸苦笑,"你年轻漂亮,有学历又有前途,不应该埋没在这种小地方。经营咖啡馆对你来说是大材小用,我们不能拖累你,所以我们已经商量好了,你……跟华夜走吧。"

白薇的耳边嗡了一下。

她抬起头,怔怔地看着华夜,华夜神情淡定,这件事他显然已经知道了。

"我已经同意了,"他不紧不慢地说,"我的公司需要白小姐这样的人才,而去一个充满竞争力的环境锻炼,对你这样的大学毕业生也有好处。如果你执意要留在本地,不如先留在我身边做几年,如果到时候觉得不适应,那时你有了工作经验,也有积蓄,再回来打理咖啡馆也不迟。"

白薇深深地皱着眉。华夜的话听起来合情合理,但是,为什么她觉得哪里怪怪的?

"你的公司……在哪里?"她问。

华夜说了一个城市名,白薇呆住了。

全国最著名的一线城市,是国内的金融中心,她只在电视里见过。那种地方,她一直以为离自己很遥远,是自己一辈子也触及不了的。而现在,爸爸妈妈居然要让一个陌生男人把她带到这么远的地方去?

她突然有点害怕。

"薇薇,你也可以再考虑一下。"妈妈柔声说,"或者,我和你爸爸可以跟你一起过去,在那边租房过一段时间。等到你适应了那里的生活,我们再回来。"

"不……这怎么行,我又不是小孩子,到外地去工作怎么可能让你们陪着!"白薇又问,"但是……我真的不想离开家乡,我想留在你们身边照顾你们,不行吗?"

爸爸和妈妈都没有说话,良久,妈妈长叹了一口气。

"薇薇,我们知道你是个好孩子,"她摸着白薇的头,"但是人总归是要长大的,雏鸟况且终有一日要离巢,你又怎么可能待在我们身边一辈子呢？我们手脚健全，自己会照顾自己，你需要考虑的不是我们，而是你的前途和未来。实话说，假如你因为我们而选择留下，一生碌碌无为，我们……也是不会高兴的。"

白薇低着头，心里充满了酸涩。

父母的问题也就算了，为什么华夜也会同意这种事？她虽然身在法律系，但成绩一直不好，也没什么特长。只要华夜跟她父母一谈就会了解的，为什么还会需要她？

"那你……也真的决定了？"她不确定地看着华夜，"我不是什么优等生，临近毕业了都还在忙补考。如果你需要的是一个未来的法律界精英，那我可能要让你失望了。"

"是吗，我倒是不知道补考的事情，"华夜笑笑，"但这没关系，或者反而更好。白伯伯过去对我的父亲有恩，可惜我们家一直找不到回报的机会。这次假如能帮上你们的忙，那是再好不过的事情了。"

"你爸爸也真是，"躺在病床上的白薇爸爸虚弱地笑了一下，"我都说过不知道多少次了，这么一点小事，干什么总是记在心里不放。"

华夜笑了笑，没有说话。

事情谈到这个地步，一切大致都已经有了结论。看着爸妈和华夜客气而热络地聊着家常，白薇发现他们对于他的好感似乎远胜于自己认为的。有可能在自己知道这件事之前，他们早就把一切都商量好了。他们今天并不是真的在征询她的意见，而是联合起来说服她接受这个结论。

这也难怪，自己的爸爸是华夜父亲的恩人，他父亲又经常会来咖啡馆坐坐，两家彼此的关系必定不仅仅是普通朋友。想到这里，白薇就觉得，在父母眼中华夜已经不能用"陌生男人"这种身份来衡量了，他是一位老朋友的儿子，并且是一个帅气多金的好儿子。

要自家女儿跟着这样一个男人背井离乡……好像哪里不对。

白薇突然想起了什么，一下子双颊发烫，猛地站了起来："……那个，华先生！"

　　华夜抬头："怎么了？"

　　"我……我能不能跟你单独谈谈？"

CHPATER 06
前途堪忧和别无选择

病房里的东西已经收拾好了,本来计划是明天出院,现在有了和华夜谈话这个借口,白薇干脆跟医生护士打了个招呼,在前一天晚上先把行李搬回家。

白爸爸和白妈妈放任他们俩去了,并没有什么顾虑。他们连白薇被华夜带走都能接受,让他们独处一会儿当然就更无所谓了。

病房的行李很多,白薇看见华夜在病房门口打了个电话,过了一会儿,就匆匆赶来一个司机模样的年轻男子。男子娴熟地将行李分批扛走,白薇一脸惊诧,等到她下楼离开住院部的时候,已经看见门口停着华夜的车。

行李都塞进了后备箱里,司机也在恭候他们了。

白薇看了看华夜,他一脸从容:"我今天有点累,不想开车。"说完,他示意白薇上车。

轿车在深夜的道路上平稳地行驶,平常这个时候白薇早就睡了。但今天,她还在情绪亢奋地向华夜描述自己的劣迹。

"我大学四年都是吊车尾,至今还有八门功课不及格,很可能连毕业证书都拿不到!我对毕业论文毫无头绪,又被实习单位辞退了,连以前的男朋友都嫌我没出息,跟我分手了。"

"哦。"华夜心不在焉地看着窗外。

白薇简直气绝了:"你在认真听吗?我的学习成绩真的很差,不是夸张或者开玩笑!"

"我知道,你已经说过好几次了,"华夜依然心不在焉,"你这么诚实倒是让我省心,不用去学校调查你了。"

白薇咬牙,她实在看不透华夜的心思。

她想等着他主动说实话,但看他淡定成这样,什么都不想谈的样子,她想了一会儿,只能自己鼓起勇气摊牌,厚着脸皮大声说:"我,我才不会做你们华家的儿媳妇!"

华夜总算回头了,眼中带了些诧异。

瞬间,白薇的双颊烧透了,幸亏窗外的夜色和一闪而过的橘色路灯掩盖了她红透的脸。

华夜看着她,过了一会儿,幽幽地说:"白小姐,我并没打算跟你结婚。"

白薇羞愧得好想挖个地洞下去。她也曾想过自己是不是误会了,但凭着白薇那点寡淡的智商,除了这种狗血烂俗的理由之外,也实在无法解释华夜这种不合理的行为。

看着白薇一副想要钻进座椅里的痛苦样子,华夜笑了笑。然后,他把手放在了白薇的头上,摸了摸。

白薇一怔,那暖洋洋的触感通过手心传递过来,让她心里麻酥酥的,又像是感到无限的安宁。这样的触感,就像是爸爸妈妈在抚摸她,但感觉又有一丝难以描述的差别。

"我没把话说清楚,让你误会了,我非常抱歉。"头顶上,传来华夜宁静的声音。

"我原本并不想现在就对你说实话,因为现在的你或许还无法明白我说的一切。但既然你无法释怀,我也不介意坦诚相告,我之所以需要你,是因为我需要一个——自己的人。

"华家的产业是你无法想象的大,其中的人员配置也是你无法想象的复杂。我没办法掌握每一个人的情况,所以需要一些帮手去充当我的眼睛和耳朵,让我即使不在场也能知道自己想知道的事情。

"所以,我需要一些人,把他们分布在不同的岗位上。他们要对我绝对服从,我也能给予他们绝对的信任。这种事或许你听起来很简单,但我一直为此而烦恼着,这世上能让我完全信任的人实在太少,问题一直都很棘手。"

"……所以你的意思是,你完全信任我?"白薇不确定地问。

"你会做出让我失望的事情吗?"华夜反问,"你的父母对你寄托了无限的期待,如果我因为不满意把你送回去,他们会怎么想?为了他们,你也不得不听我的话,是吧?"

白薇微微睁大了眼睛,感到全身冰凉。

华夜的语气依然很平静,她却感到一种彻骨的寒意。就连刚刚覆盖在她头上的手,也似乎变成了千斤重担。

看出白薇眼中的不安,华夜又笑笑:"不过,你不用觉得害怕。跟着我,我会给你最好的教育,让你过富足的生活,进入更高层次的圈子。而你所要做的,就是随时向我汇报我需要的情况。"

"这算是……商业间谍?"白薇眨了眨眼睛。

"那些都是我们自家的生意,哪来的间谍……"华夜有些无语,"我只是需要知道底下有没有人在动歪脑筋。就算是间谍,也是他们,不是你。"

"哦。"白薇点点头。

——也就是说,她是老板的走狗对吧。

心里这样想着,不过她没有说出口。不能在上岗前就得罪大老板,这点规矩她还是明白的。

"另外,我劝你不要太想以后的生活,"华夜又说,"我对待下属是很严格的,你成绩不好又不够聪明,将来会比别人花更多的时间来达到我的要求。"

白薇点点头:"我明白。"

"但我保证不会对你不利,结婚之类的事情肯定是不会有,你的私生活是完全自由的。"

"那种事……就不要再说啦……我自作多情真是太丢脸了,我这种人……哪里配得上你……"一提到结婚,白薇又羞愧得想钻地洞了。

"不是你的问题,是我……"华夜说着,轻声叹了一口气,"以后你就会慢慢明白,我是一个非常讨人厌的男人……"

待白薇回到家,一切都收拾妥当之后,早已夜深了。这一晚,是白薇长到这么大头一次独自在家过夜,家里寂静得让她感到一种难言的恐惧。

就这样决定了吗?她今后的人生,就这样决定了?

按照父母之命去追随一个陌生的男人,成为他的下属、他的左右手,按照他的要求去成为一个成功的职场人士?诚然,有了华夜罩着,她在大城市打拼起来会更容易;但也正是因为有了华夜,她也感到一种无形的压力。

她看不透那个男人,他的心深不见底,让她感到恐惧。

但是,她没有合适的理由去拒绝,父母已经老了,亲戚也少有来往,如果天资不佳的她硬是要独自努力,那真的是前途堪忧。

隔天,华夜一大早就过来接白薇了,带她去医院办理了出院手续。途中白薇接到了辅导员的电话,她带来了一个非常不好的消息——因为各项成绩实在太差,又严重缺席了论文讨论和毕业实习,白薇可能拿不到毕业证了。

挂掉电话,白薇一脸忧愁,华夜看了看她:"怎么了?"

白薇把事情简单说了一遍，华夜听完脸上也没什么表情，过了一会儿，说："我给你转学吧。"

"啊？"白薇一愣。

"你在学校劣迹这么多，校方心里有数，肯定对你很不满。就算你留级一年，一年之后实习和论文答辩的时候，说不定他们会刁难你。所以干脆转到一个没人知道你底细的新学校去，要是没意见的话，我等一会儿就让人去办这件事。"

白薇的舌头完全打结，她没想到居然还有这招。

华夜说得很有道理啊，想当初季佩佩也是转学生，大家都对她充满好奇，觉得她美丽而神秘，身世成谜非常戏剧化。但是她以前的情况，完全没有人在乎啊！

如果要告别过去，或者隐藏什么秘密的话，转学到一个十万八千里以外的学校，真是一个好方法。

况且，她原本毕业以后就是要跟着华夜走的，现在只是将时间提前了，并没什么问题。

于是白薇点了点头，用沉默表示同意了。

华夜的办事效率很高，打了几个电话就找到了能办事的人，立刻着手帮白薇安排转学籍。新学校就位于华家所在的K城，那座繁华的金融中心，该校的法律系没有白薇的母校这么有名，但学校整体的名气可要大多了，听说那边的毕业生连留学都会被优先对待。

白薇一边在心中感激和敬佩华夜犀利体贴的办事风格，一边又忍不住臆想这其中的端倪。

华夜说不定已经开始改造她这个新下属了，他要她从毕业的时候，就能完美地满足他的要求。一个开红灯吊车尾的大学毕业生，他肯定不会满意。

应该是这样没错。

转学手续很快办好，期间白薇没有再踏进学校一步，只是在医院和家里两地跑，帮忙照顾爸爸，连宿舍里的东西都是妈妈帮着去收拾的。关于转学的事情,白薇也拜托了妈妈别告诉舍友们。

到了这个地步,她很难去面对学校里的熟人,如果别人问起来,她都不知道该怎么解释家里发生的事情。再说,不去学校的话,也能避免撞见苏临远和季佩佩,眼不见为净,很好。

就这样,在忙忙碌碌中,一切都渐渐迈向了终点。

六月的毕业季,在大家都忙着论文答辩和拍毕业照的时候,白薇办完了转学手续,静静地踏上了离开家乡的旅途。她长这么大就没出过城,连坐飞机都是出了娘胎头一遭。临走前,她扔掉了手机卡,没有跟任何同学或者朋友告别。

从此以后,她将要在新的城市迎接新的人生,这是父母希望的,也是华夜为她安排好的光鲜亮丽的人生。

她再也不是小城里那个无忧无虑的野丫头了。

经过几个小时的飞行,飞机降落在K城的土地上,绚烂的夜景让白薇目瞪口呆,她从来没见过这么美丽的夜景。

因为事先没有租房,她暂住在华夜家,但这跟她自己住也没有什么区别。

华夜的家大得不可想象,依山而建,就像一处豪华的别墅区。位于山顶的主宅呈现回字形,华夜和家人住在宅子的东北角,白薇一个人住在西南角。

如果不是刻意要见面,他们一年到头都碰不到面。

崭新而陌生的生活,就在这间豪华冰冷的大宅里开始了。

白薇转入了新学校,重新成为大四学生,跟季佩佩一样受到了大家的瞩目。有消息灵通的人放消息说她和华家有关系,白薇也不是太在意。

八卦和谣言已经不是她应该感兴趣的东西了。如今她寄人篱下,要做的事情就是好好学习让华夜满意,然后顺顺利利地毕业。

她不是不识时务的人,这点道理还是懂的。

重读一年大四并没有很痛苦,因为白薇以前总是偷懒,教科书上的内容对她来说全都是崭新的。这一次，她开始了挑灯夜读的生活，努力程度堪比高三，再加上华夜偶尔会冷不丁地来探望，顺便问问她的成绩，把她的三魂吓掉两魂半。

华夜问成绩的时候，表情和语气都是冷冷的，就好像老板在问下属这个月的销售业绩。

那种冷冰冰的样子让白薇的心都抽紧了。为了不让自己得心脏病或者惹毛这位大爷，她只能加倍努力学习，争取每次被问成绩的时候都能泰然处之。

奇怪的是，在这种高压政策下，她的成绩居然稳步直上，成绩单相当好看。

不被人管就不能好好学习，难道……她是被虐狂吗，呜呜呜呜……

是不是被虐狂没人知道，唯一可以确定的是，她正在逐渐挤进优等生的行列。再加上她走读，而且平常很少与人接触，引发的谣言就越来越传奇。

有人说她是哪个神秘家族的千金小姐，有人说她从小旅居国外，还有人说她是华家未来的儿媳妇。白薇也没精力去一个个纠正这些谣言，再说因为这些谣言，学校里也没人敢骚扰她，都跟她保持一定距离，反而让她能够专心学习。

一转眼，半年过去了。

这一年的冬天，白薇在华夜的安排下完成了为期三个月的律所实习，转正成为高级律师助理。之后，她考到了律师资格证书，完成论文答辩，在春天即将到来的时候提前毕业了。

当然，提前毕业也是华夜的要求，他等不了白薇一年。

毕业以后，一切就都按部就班地开始，白薇正式入驻律所工作。虽然她不跟华夜直接打交道，但这间小巧精致的律所是华家全额控股，几位水平优秀的律师也全部是私人御用，等于这些人是华家在一手养活。

而因为各种法律问题，律所需要时常跟华家其他方面产业的人打交道，行动非常方便。这样白薇不管走到哪里都不会被人怀疑，而且从事的又是她的本专业，可以说这个职位再合适不过了。

就这样，她蹬上高跟鞋，穿上高档的职业套装，梳起时髦的发型，开始出入高级写字楼。

曾经是一介青涩大学生的她踏入职场，成为了一名光鲜亮丽的白领。

春去秋来，又是半年过去，新生活渐渐走上了正轨。除了工作繁忙早出晚归之外，白薇没有什么特别不满意的地方，因为熬夜造成的皮肤问题，她也已经学会了用化妆遮掩。

她逐渐变得成熟而干练，遇到困难会自己安静地解决，而不是像学生时代那样手足无措地向人求助，或者傻乎乎地哭鼻子。

白薇长大了。

一天晚上七点多，白薇刚走出办公楼，就接到了叶诗媚的电话，约她去做SPA。

叶诗媚就是当年白薇宿舍里的四妹，她毕业以后也到了K城来发展。原本她们彼此都不知道对方在同一座城市，有一次非常巧合地在街上碰到了，这才恢复了联络。

跟白薇一样，四妹工作很忙，是一家跨国公司的法务专员。她很喜欢做SPA，尤其喜欢泡在那种大浴池里。她独自在K城住，单身公寓里什么都是袖珍的，唯独浴室壮观宏伟。

白薇被她带着一起玩，渐渐也学会了用泡澡来放松自己。使用热水舒缓身体，从某种程度上来说确实缓解了腰腿酸疼的症状，比保健操有用。

半个小时以后，两个女孩已经在一间私人会所里享受了。偌大的浴池只有她们两人，她们一边笑着一边靠在池边，有一搭没一搭地聊着。

"薇薇，小松的美发中心在老家开业了。"四妹说。

"是嘛，挺不错啊，"白薇笑笑，"她那么喜欢赶时髦，办美发中心是毕生夙愿吧。"

四妹没说话，身体懒洋洋地靠在池沿上。

白薇转头看着她，四妹的眼下有一点阴影，是长期工作劳累留下的黑眼圈。她的父母很早就离婚了，谁都不肯管她，在K城，她拼命工作是为了给自己攒嫁妆。

"四妹，你是不是累了？"白薇轻声问，"平时我们泡澡的时候，你总是点一堆吃的，今天怎么没点？"

"我脚痛，胃口不好，"四妹懒洋洋地说，"中午跟客户吃饭，吃完又去跳舞，跳得脚都快断了。"

"你是法务，还要陪吃饭？"

"我长得漂亮嘛。"

"……"

"我是说真的，那些脑满肠肥的投资客，看见美女就高兴得什么都忘了，谁管我是法务还是公关？反正事后老板也不会亏待我，就当是工作应酬嘛。"

白薇沉默以对。

四妹的皮肤细腻白皙，骨架娇小，脸也漂亮，打扮后的她一向是光彩照人。白薇也知道人在职场身不由己，但总是不愿意看到学生时代无忧无虑的好朋友，如今为了工作去做自己不愿意做的事情。

想了好一会儿，她干巴巴地说了一句："四妹，保护好自己。"

四妹睁眼看看白薇，哑然失笑："噗……薇薇，你还是跟以前一样，是个老好人啊。别担心，我又不是小孩子，应该应酬到什么地步，我有分寸的，再说老板也不会允许我乱来嘛。"

"那就好。"

"倒是你自己，整天应付那个暴君，很累吧？"

四妹说的暴君自然就是华夜，华家在整个K城的名气都响当当，四妹所在的公司也与他有业务往来。因为华夜在工作上对待下属既冷淡又严厉，所以关于他的可怕传闻非常多。

最初知道白薇是华夜下属的时候，四妹震惊了。后来知道了白家与华家的渊源之后，她就更加震惊了。没想到，世界上居然有平民能跟那种冷硬的资本家交朋友。

当然，关于这一点，白薇也一直很佩服自家老爸。

她想说些什么，解释一下华夜并没有传说中的那么可怕，却正巧有一个女服务生进来了。

"白小姐，您的电话。"

白薇点头，跃出浴池，从女服务生手中的托盘里拿起手机。

来电人是华夜的助理薇薇安，一个美丽冷傲但办事很公正的御姐，她一向不爱废话，开口就说："白小姐，许琛判了三年，华先生让我谢谢你。"

白薇一愣，随即笑笑："判了就好，这是我分内的事，华先生不用客气。"

许琛是华氏企业底下某家餐饮公司的一个小供应商，虽然权力不大，但人八面玲珑，所以很吃得开。白薇跟上司温小姐去那里处理一些法务问题的时候，白薇发现经过许琛之手的货物，价格高得有些不正常。许琛解释说是季节导致的价格波动，白薇却凭经验感觉有些不对，回头就把事情捅给了薇薇安。

薇薇安在华夜的指示下，暗中调查了一阵子，很快掌握了许琛勾结批发商抬高价格收受回扣的事情，数额十分惊人。之前说过，许琛的人缘很好，所以如果不是白薇这种局外人发现的话，这件事永远不会有人知道。

除了许琛之外，应该还有共犯跟他合作，但白薇没兴趣知道，她的任务已经完成了。

她的心里总觉得有些不舒服，觉得自己像个专打小报告的阴险小人,可这就是她的工作。

"白小姐,华先生送了你一些礼物,聊表心意。"这时,薇薇安又说。

"谢谢。"白薇也没客气,长久的经验告诉她,华夜一向赏罚分明,她做出了成绩就该得到奖励,这方面他绝不会吝啬,也不喜欢下属拒绝。

两人又闲聊了一会儿,薇薇安就挂了电话。白薇把手机交还给女服务生,回头一看,四妹已经睡着了。

唉,她今天是真累了。

白薇苦笑着摇摇头。

但是,驰骋在职场中的白领们,又有哪一个人能说不累呢?

一个小时以后,白薇回到家里,她已经在华宅借住很久了,至今和华家人鲜少见面,相安无事。华夜也不是慈善家,每个月会象征性地收白薇一点房租,白薇也乐意出钱,否则她会觉得自己欠了华夜的情。

深夜的华宅,依山而建的房子绵延数百米,一眼望不到边。路人一直以为这里是一片别墅区,而不知道这些都是华家的置业。

白薇走上一条小径,在一栋小洋房面前停住脚步,打开铁门进去了。小洋房从外观看来只是别墅区的其中一栋,但其实它的内部构造复杂,有回廊可以通往华家的每一个角落。

当然,白薇从来没尝试过,因为华家没有人告诉过她,回廊应该怎么走。如果自己乱走的话,白薇觉得她搞不好会迷路,然后饿死在迷宫般的大宅里。

洋房很小巧,但精致舒适,生活设施一应俱全。白薇打开客厅里的灯,还没来得及放下挎包,就看见餐桌上摆着一只巨大的礼物盒子。

这就是薇薇安刚才说过的礼物吧?

因为回廊是敞开式的，有需要的时候华夜就会让人过来，有时不一定会打招呼。那些人都很规矩，从来不会乱动东西，所以白薇也习以为常了。

她打开盒子，看见里面是一套晚礼服。

鹅黄色的长裙点缀着手工刺绣的花朵，看起来奢华高雅又不失俏皮，正是白薇喜欢的款式。她拿出礼服，看见盒子里还有一张小卡片，上面写着华夜的字迹：

——明晚有一个宴会，穿上这件，具体情况询问温小姐。

又是宴会。

白薇叹息。

就跟四妹一样，身为律师助理的她也经常有应酬。华夜所说的这些宴会，通常都是他与新客户联络感情的重要社交。于公于私，白薇都得对这些人有所了解，自然不能缺席。

白薇立刻抓紧时间洗漱完毕上床睡觉，这种宴会一向是有开始没结束，客人情绪好的时候玩通宵也有可能，她这种上班族可得养精蓄锐。

一夜无话，隔天白薇早早就赶到律所，知会了自己的上司温小姐。

温小姐全名温佩仪，是个台湾人，会说好几国语言，平时经常打跨国官司。她是律所的元老，手上的案子多，掌握的资料丰富，本身又有权威，白薇跟在她身边从来没人敢欺负。

这也是华夜的刻意安排。

他需要白薇行动自由，也要她有机会不断学习新东西提高水平，温小姐恰好可以满足这两点。

其实，白薇觉得温小姐知道自己的特殊身份，但她很懂分寸，不该问的从来不问。

两人见面以后，温小姐谈了一下今天的工作安排和晚上的宴会情况，就带着白薇出门跑外勤了。今天有几件法律纠纷要去访问当事人，她们的行程很紧。

这天上午，她们跑了几家公司，搞定了诸位当事人，下午回律所开会。忙碌的时间总是过得特别快，等到白薇腰酸背痛地从会议室里走出来，已经快要到傍晚了。

"薇薇，车子快要来了，你准备一下。"这时，温小姐在她身后提醒了一句。

白薇点点头，回到办公桌收拾东西，顺手拎上了昨天华夜送的那套礼服。过了一会儿，温小姐和其他几位律师也过来了，他们都收到了华夜的邀请，几个人一边闲聊，一边带着赴宴的任务提前下班，等到了楼下的时候，一辆加长黑色轿车已经在门外等候。

宴会场地是华家订下的，楼上包了一整层的客房作为休息室。抵达会场之后，白薇上去换衣服，补妆，盘发……半小时之后，她已经从职场白领变身为精致的宴会女贵宾，然后离开了房间。

晚上的宴会厅灯火通明，热闹非凡，宽敞的空间里人影绰绰，舞曲曼妙，一派奢华艳丽的气象。白薇缓缓走进大厅，看见诸多衣着光鲜的客人正兴致勃勃地交谈着感兴趣的话题，四周时时传来欢声笑语，这又将是一个愉快而奢侈的夜晚。

温小姐和其他律师不知在哪里，白薇一个人百无聊赖地走来走去，看着一张张或熟悉或陌生的脸。她的手指无意识地捏弄着缀满蕾丝的手工花边，然后，听见自己的肚子在咕咕叫唤。

咳咳，没办法，忙了一天又赶着赴宴，都没怎么吃过东西。

铺着白布的圆桌上摆满了精致美味的小食和饮料，白薇不客气地走上去大快朵颐起来。然而今天的宴会似乎格外平静，在她吃饱喝足的过程里没有一个人来找她，也没有无聊空虚的有钱客人来跟她闲聊。

没有任务的时候，真不知道该干什么，实在是可惜了这条华夜送的裙子。白薇一边想着，一边左顾右盼，这条新裙子很合身，也很能衬托白薇的气质，完全不比老裁缝手中的定制礼服差。有几位贵妇从白薇身边经过，纷纷称赞她的裙子美丽，让她的虚荣心大大地满足了一下。

可这些人不是白薇的目标，宴会上的贵妇们通常都是企业家们的夫人，平常大门不出二门不迈。她们除了整天吃喝玩乐，手里并没有什么权力，对白薇的称赞既不能吃，更没有用，都是虚的东西。

华家需要的是有利可图之人，跟他们做个朋友，然后想尽办法拉拢对方成为自家盟友，最后榨个干净。在这方面，华夜从来都是不遗余力，所以白薇总能在宴会上看到他各种巧妙的交际手腕。但是今天估计是看不到了吧，时间已经过了这么久，白薇连华夜的人影都没看见。

没人找她，是不是就等于她没事了，可以回家了？

被水晶吊灯的光芒照射着，白薇的身体莫名其妙地僵硬起来，真想立刻洗个热水澡然后睡觉。

"白薇。"

正当白薇无聊透顶的时候，有人在身后叫她，是温小姐。她今天穿了一身黑色的礼服，漆黑的丝质面料如星辰般闪耀，映衬得她双眸灵动，神采飞扬，完全看不出已经是年近四十的熟女。

"温小姐，"白薇立刻迎上去，"有什么需要我帮忙的吗？"

"帮忙倒是没有，估计今天华先生没空来看我们了，"温小姐笑笑，"他来了一位重要的客人，本来预定是下周到，没想到提前了，正在那边聊着呢。"

哦，看来是一位贵客？

白薇心里好奇，就跟温小姐一起过去看了看。在靠近阳台的位置，她看见那边围着一群人，站在中间的正是华夜。

那挺拔俊秀的身影，在任何地方都是一道亮丽的风景，其他客人都好像是衬托他的绿叶……不，今天，似乎有哪里不一样。

除了华夜之外，站在他身边的另一个人也颇受瞩目。

看到他的时候，白薇的心似乎被什么东西敲了一下，不重，却狠。

她曾经以为一辈子都不会见到那个人了。

"温小姐，白小姐。"华夜注意到了温佩仪和白薇，抬头看了看她们。温小姐立刻知趣地走了过去，白薇定了定神，也迈步跟在她身后，尽量自然地笑着。

"这是我的御用律师之一，温佩仪小姐，还有她的助理白薇小姐。"华夜很客气地介绍，"这位是苏临远先生，刚从国外回来。"

听到这个名字，白薇心中又是狠狠一抽。

苏临远，这个带给她无数甜蜜与痛楚回忆的名字。

没有想到，他们居然会在这里再一次相见。

但眼下是社交场合，白薇尽量压抑住心中奔涌的情感，客气地朝苏临远笑笑。

苏临远的表情有些僵硬，像是震惊，又像是呆滞。但到了最后，他还是非常巧妙地恢复了平静，微微朝温小姐和白薇点点头。

他的样子并没有太大的变化，只是眉眼间比白薇记忆中更多了些冷淡疏离的味道，这或许是因为工作的磨砺让他成长了。高级的银灰色定制西装穿在他的身上也熠熠生辉，仿佛他与生俱来就该是这般潇洒的模样。

与略微冷傲的华夜相比，苏临远身上的气质更加文艺而温和，就像是水彩画中走出来一般美丽。他与今晚的其他宾客比起来都不太一样，再加上华夜如此郑重其事地介绍他，让白薇隐隐明白了，他就是今晚的主角。

但是，她却做不好配角，至少在这一刻她无法冷静。

心脏像是被抽紧那般的痛，她的眼前模糊而晕眩，浑身发冷，情不自禁地偷偷抓住了温小姐的手臂。

温小姐回头一看，被白薇苍白的脸色吓坏了。

而在温小姐有所反应之前,灵敏的华夜就发现了白薇的异样。他淡定自若地笑笑,对苏临远说:"那边还有几位朋友等着,我去为你引荐一下。"

趁此机会,温小姐把白薇拉走了。

介绍的目的已经达到,她们立刻离开也没关系。温小姐和白薇走了以后,华夜和苏临远也转战到其他朋友那边,两拨人就这样分开了。

这看起来只是再普通不过的一次互相介绍,任何人都看不出暗藏其中的风起云涌。

白薇找了个借口,对温小姐说自己是吃多了冷食,肠胃抽痛。善解人意的温小姐也没有多刁难她,嘱咐她坐到一边去喝杯热水,就知趣地走开了。

捧着玻璃杯坐在角落,白薇的心里乱成一团。

华夜是要跟苏临远有生意上的合作吗?还是要与他成为竞争对手?为什么是他,为什么非要是他……

突然,她感到有视线朝自己这边投来,抬头看的时候,却没有发现任何人。

宾客之中,似乎有苏临远的视线一闪而过。

白薇追逐着他的背影,久久没有动弹。

CHAPTER 07
迷局

因为宴会结束得太晚,一些客人没有回家,就直接住在楼上的客房里。

温小姐和白薇也享受到了这个福利,这里距离律所不远,住下来的话也能节约通勤的时间,晚上可以好好休息。

白薇和温小姐告别之后,一走进房间就全身瘫软。

穿着高跟鞋在宴会厅里来来回回地走,白薇的脚受尽了折磨,双腿也是又酸又疼。

"咿咿咿……痛死了……下次一定要穿低跟鞋……"白薇龇着牙握住鞋跟,狠命一扯,把鞋子甩到地上,虚弱地躺在沙发上。

眼皮好重,身体好累,好想睡……

虽然知道自己的衣服还没有换,妆还没有卸,澡还没有洗,但白薇真想就这么睡过去,睡到第二天天亮。

迷离中,她似乎听到身边传来一丝响动。睁开眼睛的瞬间,白薇差点吓得狂叫起来。

穿着黑色衬衫的华夜正似笑非笑地站在她面前。

"你的房门没锁，"他指指门口，"这样很危险。"

白薇看着他没说话，这边的安保很健全，正常人进来之前也都会敲门，只有他这种大BOSS才会乱闯别人的房间吧？

"太累，所以忘记了……"她语气僵硬地说，"再说都这么晚了，有谁会来？"

"我这不就是来了吗？"华夜说着，也不等白薇邀请，就在她旁边的沙发上坐了下来。然后他做了一件让白薇瞠目结舌的事情——他低头握住她的脚，放在自己腿上，缓缓地揉了起来。

白薇惊呆了，她全身僵硬，颤巍巍地发抖着说："你……你……呃，华先生，你别……"

华夜笑笑："不必客气，今晚你也辛苦了，就当作是员工福利吧。"

谁家员工的福利是被老板伺候着按摩脚，你怎么不去给温小姐按摩啦！白薇心中已经完全凌乱了。

这时，华夜又说："你和苏临远认识？"

白薇一怔，刚才还在颤抖不已的身体，瞬间冰冻了。

她突然明白了华夜到这里来的原因，他这种人怎么可能突然献殷勤，他是发现了她在宴会上的异样表现，来向她刨根问底的。

手掌温暖的触感通过丝袜传递到脚心，但是白薇全身如坠冰窖。这就是华夜的办事作风，他知道她和苏临远的关系不对劲，不问出个所以然，他今天是不会走的。

于是，她不情愿地点了点头。

华夜笑笑，又问："以前的男朋友？"

白薇无语了。

你别猜得这么准行吗！会猜就不要来问我啦，也不要当老板了，去当侦探算啦！

她心里腹诽不已，脸上却苦笑。

华夜看着她，而后转开视线，突然幽幽地叹了一口气。

"你啊，真够倒霉的。"他轻声说。

白薇不解地睁大了眼睛。

"那种身份的人，不是你应该喜欢的。"

心中微冷，白薇深深低下头："是的，我配不上他。"

"我不是这个意思，只是苏家那样的家族水太深，他给不了你理想中那种安稳温馨的生活。因为家族的复杂性，与感情相比，他们有时候更需要的是钱权和利益。"

白薇静默着，华夜以前简单地知道一些她的感情经历，但并不知道她男朋友的具体身份。现在一切真相大白，他难免觉得她的失恋是理所当然的。

"苏家很有钱吗？"她问。

"有，不过比我们家还差一点。"华夜也不客气。

白薇的头上冒了几条黑线，你还真自信啊。

"但是，自从几年前他们得到了季家的股份以后，情况就有了变化，"华夜继续说，"况且，他们都不是K城的本地人，我也没法掌握全部情况，所以，未来还很不明朗。"

他说的显然是生意上的事，但白薇满脑子只有两个字：季家。

季家，就是季佩佩家吧。

难怪他们俩会在一起，原来有家族股份的原因。既然华夜说是几年前，那股份合并的时候她刚好在念大学，那个时候，她连股份两个字怎么写都不知道，苏临远却已经将这种事信手拈来。

他们的差距，就是这么大。

"那么，季家既然能跟苏家合作，应该也挺厉害的吧？"白薇强装镇静地问。

"曾经是，但季家不知为什么，如今只有一个女孩子在当家，名气已经一落千丈。基本上，季家现在是靠着苏家在过活的。"华夜说着，问，"怎么，你突然对生意上的事情有兴趣了？"

白薇连忙摇头："不，只是随便问问。"

华夜淡淡一笑："是吗，那你对苏临远还有兴趣吗？"

白薇一怔，脸颊一下子泛红了。

"我没想过跟他再续前缘。"她低下头。

"那想过要教训一下他吗？"华夜问，"他伤害了你。"

"也没这么严重吧，"白薇呵呵干笑，"你刚才不是已经说了吗，他那种家族，利益比感情更重要。"

"那是他的理由，但你可以不接受。"

"你是要我去报复他？"

"难道你没想过？"

"没有，"白薇摇头，"他虽然对我有过承诺，让我充满期待，但在恋爱中谁没有立下过山盟海誓呢？缘分已尽的时候，当初的话全部都是镜花水月，就算我心怀怨恨也不能让感情回到从前，何必非要纠缠着不放，好好面对将来不是更好吗？"

"你真想得开，我一向很喜欢你这一点，"华夜又笑，"但是，他毕竟占据过你一部分的青春。"

"我也从中得到了甜蜜的恋情啊，并没有多吃亏。"

"哦——"华夜的语调上扬，默默打量着白薇，好像在寻找"甜蜜恋情"在她身上留下的痕迹。

白薇有些恼羞，皱起眉头："好了，不要一直过问我的私事了。从我的主观来说，我是不会去报复苏临远的，我对他没有爱也没有恨，没有任何感觉；但是客观上，如果你有需要，我可以跟他打交道没问题。"

华夜点了点头："你这样说，我就放心了，我确实需要你帮我去接近他，打听一些消息。"

白薇咬了咬嘴唇，华夜又立刻加了一句："最好不要说你为难，我不太会改变自己的主意，你知道的。"

是的，白薇知道。

华夜在生意场上的手段非常冷硬，一旦做了决定就会立刻执行，几乎没有犹豫和迟疑。诚然，她对苏临远有一些感情上的隔阂，但顶头上司的命令，她是无法违抗的。

于是她问："你要我去打听什么？"

"有一块地皮我想要，招标方面苏氏是最大的竞争对手，"华夜不紧不慢地说，"那块地皮我不想拱手出让，但也不想大幅度加价浪费钱。所以，你去帮我打探一下苏氏开的价钱，顺便也查查他们办事的手段里有没有漏洞，是不是全部合法。"

如果他们有漏洞，华夜是不是要以此为把柄，把他们赶出K城？华家是本地的老大，他永远不想把这杯羹分给别人，不论对方来自哪里。

"但是，我还不熟悉招标方面的事情，专业方面没有比我更适合的人选了吗？"白薇犹豫道。

"不熟悉可以现学，我之所以让你去办这件事，是因为……你对苏临远来说，和其他任何人都不一样。"华夜笑笑，"我看得出来。"

白薇不再说话了。

华夜是要她利用自己前女友的身份去算计苏临远，所以才千方百计地问她恨不恨他。她确实不恨，但她也不会不忍心去帮华夜办事，因为这是她的工作。而且，她不得不承认，心底的最深处有那么一点期待，期待苏家在她手下吃瘪的样子。

他们，曾经一直把她当作一个没脑子没见识的傻丫头。

而正当白薇内心天人交战的时候，华夜像是看透了她的心思一般，站起来凑近她的耳边轻声说："白薇，让他们看看吧……你并不是一个任人宰割、一无是处的傻女孩。"

他的声音像是有一种魔力。

心中微微一动，白薇咬了咬牙。

是的，她已经长大了，变得成熟而智慧，她不会再像学生时代那样因为失恋而暗自神伤,她会好好完成华夜交给的任务。

那夜,白薇做了一个长长的梦,梦里她似乎在追逐着苏临远的背影。她喊着他的名字,急切地伸出手,而当她的指尖就快要触碰到他的时候,那背影却突然如风般消散了……

周末,白薇在一位老师家里学钢琴,进入律所上班以后,她时常觉得自己气质欠佳,举手投足不够优雅,就自作主张报了这个钢琴班陶冶情操。这样做,也算是给身在异乡寂寞的自己多添加一项乐趣,当然华夜也知道这件事,并没有阻止。

老师的名气很大,教学也很严格。白薇在音乐方面没什么天赋,每次上课都学得很辛苦。

"啪!"木制的教鞭敲在钢琴上,把白薇吓了一跳。

她哀怨地抬头看着老师,不知道自己刚才弹的那段练习曲又是哪里出错了。

老师推了推眼镜,严厉且不容置疑地说:"有几个音不对,你的注意力不集中,把刚才的那段再弹一遍。"

都已经弹了五遍了啊……白薇满脸不快,却不敢违抗,乖乖地按动起了黑白琴键。

美妙的音符流泻出来,充满整个房间,这次白薇不敢再有闪失,全神贯注。好不容易一曲顺利弹完没出差错,她已经是一身大汗。

老师点了点头,表示满意,然后看看墙上的大钟。

今天的课程快结束了,老师知道有白薇的朋友在外面等她,稍微指出了她的几个小错误之后,就放她走了。

楼下,白薇的同事小希已经等得不耐烦了。

昨天下班的时候,律所的老板通知大家今天有公司活动,是华氏的总公司组织的。大老板华夜看大家最近工作都挺辛苦,安排大家去打高尔夫球。

参加活动的除了律所，还有华氏旗下的一家房产公司，以及一些生意上的合作伙伴。白薇稍稍一想就明白了，所谓的伙伴肯定是苏氏的人。

看见白薇出来，小希连忙迎了上来："薇薇快点，老板打电话来催了好几次了！"

白薇点了点头，立刻跟小希出发了。其实难得的周末她真的好想在家里睡懒觉啊，但是资本家就是这么狡猾，公司活动偏偏不安排在工作日，还美其名曰是福利，而且当然没有加班费。

两个人转了公交又换地铁，下了地铁继续转公交，还走了一大段路。

高尔夫球场位于偏远的郊外，有钱的经理主管们都开着车过去了，像白薇、小希这样的普通职员只能苦哈哈地自己去。如果白薇说一声，华夜带她一程也是可以的，不过在公开场合，他们一向保持距离，互不影响。

到了球场，一些人已经在那里玩得不亦乐乎。今天天气很好，正适合外出游玩，因此大部分同事都兴致勃勃地很早就赶过来，好好呼吸一下新鲜空气，顺便让身体放松放松。

白薇对高尔夫一窍不通，想不通男人们为什么这么喜欢玩这种慢吞吞的游戏。显然不少女同事跟她的想法一样，所以偌大的球场上尽是男同胞们在静默厮杀，女孩子们则三三两两地聚在一起，有的聊天，有的在场边的步道上散步。

球场一侧有一大片草地，专供小孩子玩耍，今天没有儿童客人，草地自然也变成了大家休息的地方。白薇四处走了一圈，没有发现华夜，自己倒是被烈日晒得满头汗，于是她往草地那边走去，想到那边的树荫下面去歇一会儿。

茂密的树荫错落有致，坐着不少正在休息的女孩子。白薇漫无目的地走着，突然发现一条小路边的长椅上坐着一个年轻女子。

女子的身边撑起了一把小巧的绢布花阳伞，为她遮挡阳光。小伞正在微风中东摇西晃着,好像随时都会被风吹走。

白薇还来不及说什么,忽然天空就刮起了一阵不大不小的风,把伞一下子吹飞了起来。小伞晃晃悠悠地朝白薇这边飞来,女子站起身急匆匆地跑过来追伞,恰巧和白薇打了个照面。

瞬间,两个人都呆住了。

掠过白薇脑海中的第一个念头是,这世上的巧事可真多啊。

长长的柔顺黑发,娇小的身形,面容充满了优雅和灵气,清澈的双眼仿佛是一汪泉水。许久不见,这女人的容貌比当年还略胜几分,并且因为时间的洗礼而褪去青涩,更添一分优雅。

是季佩佩。

白薇早就猜到,既然苏临远来到了K城,季佩佩也必定会来。

这时,身后传来脚步声,白薇回过头又是一怔——呵,她今天还真倒霉啊,或者说……真幸运啊。

"你们都在这里?"看见白薇,苏临远愣了一下,但很快恢复了如常的态度。

白薇没有想到,他居然这么迅速就适应了自己的突然出现。看来他的心智已经随着年龄的增长而磨炼得更加坚韧。这时,季佩佩的伞正好吹到了苏临远的脚下,他弯下腰稳稳地拉住了胡乱翻滚的伞,交回季佩佩手里。

"小心点。"他淡淡地说。

季佩佩没说话,扭过了头。

白薇眯眼看着苏临远,他今天穿了一件黑色的衬衫,除此之外身上没有任何装饰物,丝毫看不出贵公子的派头。相比之下,季佩佩的洋装就华丽多了,一副娇俏的模样,怎么看都是一位有钱人家的千金小姐。

但是他们之间的气场依然像她记忆中的一样,充满了难言的冷淡和疏离感。

这种感觉让她莫名的心里一松,继而又是一阵惆怅。

白薇啊白薇，你依然没有自己想象得这么坚强。

明明已经决定告别过去，心底的最深处却还是害怕看到苏临远和别的女人卿卿我我。

白薇在心里深吸一口气，勉强露出客气的笑容。她原本的任务就是要接近苏临远，现在他就在眼前，正是一个好机会，就算心里再乱，她也不能忘记自己的任务。

"真巧啊，会在这里见到两位。"她笑笑，"希望两位今天玩得愉快，让华先生好好尽到地主之谊。"

季佩佩一愣，在她心里，以为白薇应该会叙叙旧，至少会说几句叙旧的场面话，比如"别来无恙"之类的。没想到，她居然直接把话题扯到应酬的方面去了。这女人身上的盔甲，似乎已经修炼得非常坚硬了啊。

听了白薇的话，苏临远倒是没有太大的反应，点了点头，客气道："多谢华先生今天的招待，我刚好要找他，我们一起过去吧。"

说完，他就带头转身走了。

白薇和季佩佩紧跟其后，三个人穿过草地，走向球场。

远远看起来，一个帅哥和两个美女的组合相当养眼，没有人看得出他们各怀心事。

华夜和几位经理在一处单独的球场，看见他们三个人走来，他的视线在白薇身上停留了一会儿，似乎笑了笑。这时，苏临远走上去，跟华夜客气了几句，华夜也颇有风度，随便聊聊以后就约苏临远一起过去打球。

临走前，他朝白薇递来一个淡淡的眼神。

白薇一下子就看懂了，华夜的意思是说，今天苏临远可以让他来对付，至于自己，可以趁机跟季佩佩套套近乎。季佩佩和苏临远一样，和白薇的关系不同寻常，只要她面对白薇的时候产生情绪波动，就会有漏洞可钻，有机会让白薇打听到消息。

季佩佩似乎也不排斥和白薇独处，目送华夜和苏临远渐渐离开，她也并没有要走掉的打算。

等确认两人的背影都消失不见了，季佩佩才转过头，朝白薇冷冷一笑："你捡到了一个好大的金元宝。"

白薇笑笑："不太明白你的意思，我只是一个普通的打工仔。"

季佩佩眯了眯眼睛："也是，华夜那种人，不是你能降伏得了的。"

"哦，他很厉害吗？"白薇故意装作不知情，好奇地问，"我从来没跟他打过交道，并不了解他。"

"呵，你还是别了解的比较好，他可真是太狡猾了。"季佩佩冷冷一笑，"这次的招标，明明是苏氏的条件比较好，他却仗着自己在当地的势力……算了，这种事说了你也不懂。"

看起来，她是要保留商业机密。白薇在心里暗暗地想。

时间的磨砺，也让季佩佩学会了隐藏自己的心事。

"你跟我多八卦点也没关系，反正我就是个打工仔，听听你们生意上的事情，就算是看热闹了。"她笑笑。

季佩佩狐疑地看了她一眼："你在开什么玩笑？白薇，我可是一直都很讨厌你的，这次在K城碰到你真是倒了八辈子的霉，你还想跟我聊天八卦？"

白薇又笑，也没在意季佩佩语气中的无礼："是吗，但是我看你跟我说了这么久的话，好像不如以前那么咄咄逼人。所以，我以为你已经不担心我会再次把苏临远抢走了。"

"你别老是把自己太当回事，好吗？"季佩佩甩了她一个白眼，"这些年，苏临远身边爱慕他的女人无数，我驱赶她们还来不及，谁有空再关心你？我们也只是准备在K城成立一个分公司，不会长久驻守在这里的，劝你不要心存幻想。"

白薇确实没有心存幻想，只是想从季佩佩口中套点话，而且也确实套到了。原来，他们是想成立分公司，所以苏临远才会亲自出马。

"那么，如果你们有开公司方面的法律问题，可以随时来找我，"她客气地说，"我随时恭候。"

"你胆子还真大，"季佩佩狐疑地看着她，"你以为我们是傻瓜？苏氏和华氏是竞争对手，我还来跟你做法律咨询，不就等于主动送上门让你给华夜打小报告吗？"

"我们律所也做普通生意的，并不是只为华家服务，"白薇笑笑，"再说，K城的公司这么多，他哪儿管得过来。"

"……也是，"季佩佩赞同地点了点头，眼中的狐疑却还没有完全消失。她对白薇的话半信半疑，确实，苏氏即将在K城成立的分公司，经营范围和华氏并不冲突，华夜没道理会对他们虎视眈眈。

想了一会儿，她随口说了一句客气话："我知道了，那么等到公司上正轨以后，需要法律顾问的话，我会考虑你的。"

"谢谢。"白薇露出一个职业化的笑容。

接下来，两人就没有再说什么。那边的经理们开始分组打比赛，女职员们都蜂拥过去看，于是白薇也找了一个借口过去，告别了季佩佩。

坐久了办公室，身体实在是不争气。白薇只是在球场上走了一会儿，和季佩佩聊了几分钟，再看了半个小时的比赛，竟然就累得不行，回家倒头就睡。

她是傍晚到的家，等一觉醒来，已经是第二天上午了。

电话答录机在不停地闪，有人打过电话，而她居然没听见。白薇在床上翻了个身，懒洋洋地按下放音键。

里面传来了华夜淡淡的声音："有空的话，来偏厅找我一下。"

白薇头皮一麻，瞬间就清醒了。

偏厅就是华家主宅的偏厅，并不在主宅内部，距离白薇的房子不远。华夜是全年无休工作的，双休日经常就在偏厅里忙碌，如果有工作上的事情要跟白薇谈，也都是跟她在偏厅见面。

老板发话，打工仔不敢怠慢，白薇连忙洗漱打扮，随便吃了点东西就去见华夜。

幸好，他还没有走。

偏厅的光线有些暗，他开了一盏台灯，在看一叠厚厚的文件。

"华先生。"白薇小声喊了一句。

华夜抬起头，也没什么开场白，直接就说："苏临远请我吃饭，非正式的，在他家里，就是今晚。"

白薇皱了皱眉："为什么？这不太合理。"

如果是生意上的伙伴，吃饭的话完全可以找一家店，为什么要去家里？

华夜摇头："我也不清楚，可能他知道我在本地势力很大，想要主动示好与我接近，探听华家是敌是友。"

"有道理。"白薇赞同。

"但是，我想带你去。"华夜突然说。

白薇一惊："为什么？还是不要吧，我还想以法律顾问的身份接近他们的，如果跟你一起行动就等于是你的下属，他们以后会对我有所提防，就不会私下跟我说什么事情了。"

"不要紧，我有我的打算。"华夜淡定道。

既然他这么说，白薇也没有办法。华夜一向心思缜密，既然表示有打算，那应该就是真有打算。于是，她向华夜确认了一些登门拜访的注意事项，包括工作上的事情什么能说什么不能说，然后就回自己家作准备去了。

在生意场上，从来没有真正的吃饭，所谓的"吃饭"，只是谈生意的战场之一。

入夜，华夜来接白薇，两人在车上也没说什么话，各自想着心事。其实白薇并不喜欢跟华夜独处，他的心思太深，让她根本看不透，坐在他身边就好像坐在一座迷宫旁边，让她全身都泛起一种充满无助感的寒意。

华夜的心，华夜的一切，在她眼中都是一个谜。

前往苏临远家的路上，白薇也曾经担心过会不会再见到季佩佩，那样的话，两男两女一起吃饭的场面实在太诡异了，况且苏临远和季佩佩的关系还不一般。但到了目的地，她的担心就烟消云散了，因为季佩佩不在。

苏临远的家位于一处高级公寓区，虽然是公寓，但占地广阔，设计精良，走进楼下的大厅就像进了五星级酒店，公寓里更是宽敞豪华。

一走进门，就有佣人前来接待华夜和白薇。

像这样的佣人，家里还有两三个，而正中间的餐桌上已经准备完毕，就等着客人落座然后开席。除此之外，公寓的摆设单调而冷清，几乎不像是有人住在里面。

白薇默默地环视四周，她在这里看不到一丝居家气息，视线所及之处，只有几个红木架子上摆着一些艺术品，有青铜器、陶器、景泰蓝……但是她对这些一窍不通，只是觉得很好看而已。

不过，华夜倒是对这些东西挺有兴趣，一直带着微妙的表情在仔细观赏。

"欢迎。"身穿家居服的苏临远迎了出来，他看见白薇的时候神色如常，或许是已经有佣人向他通报过了。

"打扰了。"华夜笑笑，和苏临远寒暄了几句，两人就坐了下来。

白薇朝苏临远点点头，挑了一个距离他们比较远的位置。因为客人少，晚餐立刻开始了，菜色比较家常但是很精致，美味得无可挑剔。

一开始，华夜一直跟苏临远扯着无伤大雅的话题，像是天气、旅游或者明星。白薇心不在焉地听着，知道他们是在互相试探，她一直担心季佩佩会不会突然跑出来，跟她说些尖酸刻薄的话。在观察了很久之后，白薇才能确定，这间房子里只有苏临远和几个佣人，再没有其他人。

再加上这家徒四壁的气息，让白薇怀疑这说不定根本不是苏临远的家，只是他在K城接待客人的一个场所而已。有的时候，一个居家的环境确实比饭店更好，能让人更加放松地谈事情。

不冷不热的谈话依然在继续着，两个男人无休止地互相试探快要把白薇搞疯了，他们的耐心真是好。她用视线的余光观察着他们，感觉今天他们的相处似乎更加自然，像是一对熟识的朋友。

此时，他们已经不再像当初在宴会上的时候那么拘谨客套了，看来打一场高尔夫球果然有用。

不过，看起来这场戏明明华夜一个人也能搞定，苏临远根本不是他的对手，为什么还要拉上自己？白薇又不明白了。她真的不懂生意上的事情，迄今为止，她连苏氏究竟是做什么生意的都不知道。

她曾经怀疑过，华夜是不是没有对她说实话，让她牵扯进这件事情里来应该另有目的。但是，到底有什么目的呢？她这种小职员，根本上不了台面啊⋯⋯

就在这时，她突然感到一道凉凉的视线滑了过来，抬起头的时候，正看见苏临远若无其事地把视线转开了。

白薇的心跳突然漏了一拍，她好像明白什么了。

但是⋯⋯不可能吧⋯⋯

她一边搅动着盆子里的汤，一边说服自己忘记这个猜测。然而，越是她想忘记，那个念头就越来越清晰，牢牢地盘踞在她的大脑里挥之不去。

这个念头，让白薇接下来一点也没听见华夜和苏临远在说什么。她只觉得背脊一阵阵地发冷，急着想离开这里⋯⋯

到了最后,华夜和苏临远都没聊出什么有建设性的话题。只是在晚餐的末尾,苏临远提了一下自己是到K城来做艺术品生意的。

白薇心事重重,并没把这件事放在心上。

回家的路上,车子在路灯下飞驰着。白薇在车上看着华夜的侧脸,犹豫了很久,还是开口了。

不问个明白,恐怕她今天晚上会睡不着觉。

"华先生……"

"什么?"华夜漫不经心地问,眼睛看着窗外。

"华先生,我……想问……"话还没有说清楚,白薇自己已经结巴起来。

"问什么?"

"你……你……今晚带我来这里,是不是想让苏临远误会什么?"话音一落,白薇就飞快地转过脸望向窗外,不敢看华夜。

车厢里一片寂静,白薇有些不安,缩着身子一点点地往旁边的角落里靠。对她来说,华夜的沉默无疑是一种煎熬,如果不是心中的疑惑太大,白薇都不想主动开口对他说话。

华夜没有承认,也没有否认,半晌,伸出手摸摸白薇的头。

"白薇,这次的生意和以往都不一样,你不要想太多,好好听我的话,完成我给予你的工作任务就行了,剩下的你不用管。"

白薇的身体僵了一会儿,慢慢点了点头。

其实她一早就该发现,华夜根本不喜欢打高尔夫球,也从来不会安排这种内容的公司福利。大概是他那天在宴会上已经知道了苏临远有什么习惯,因此特意制造出了机会,并且安排一批同事去做掩护。

同事们的掩护让那天白薇的出现变得十分正常,然而那也是华夜计划中的一步。他需要她和苏临远多多见面,再续前缘,而在球场那种轻松的环境下,大家的关系自然会变得十分缓和,效果远远强过一场宴会。

华夜一开始就计划好了,他需要白薇和苏临远重新见面,并且快速地熟悉起来。

虽然这不能算什么大事,白薇却忍不住不停地发抖。

苏临远还没有发现,他根本不是华夜的对手,他只有被华夜玩弄的份儿。

这时,温暖的手掌忽然轻轻覆上白薇放在膝盖上的手背,白薇紧张地抽搐了一下。

"你冷吗,怎么在发抖?"华夜捏着白薇的手指,指尖传来舒适的温度。

"没有……"白薇不自在地挪动着,把手小心地收回来,又往外侧靠了一点。

华夜手中的温暖,竟让她浑身都战栗起来,心里满满都是恐惧。

"我知道你在想什么。"华夜轻叹了一口气,"你是不是在想,我把苏临远算计得太深?你太天真了,那个人绝对不像你想象得这么简单。"

白薇怔了怔,侧过头,看着华夜的侧脸。

华夜还在继续:"在生意场上,他是一个非常强大的对手。所以,这一次我必须拼尽全力,如果大意轻敌,说不定华家在K城这一次就会败给苏家,我绝对不允许那样。"

白薇想了一会儿,她暗暗握紧了拳。

她只要单方面服从命令就好了,就算华夜是利用她,她也不能有一句怨言,因为一切都是为了华氏的利益。

好吧,为了华夜,她什么都愿意做,这是她自己选择的道路。

想到这里的时候,白薇的眼眶突然一阵发热。她用力推开车窗,伸出头去,大口大口地呼吸着外面新鲜的空气。

"小心不要着凉了。"华夜波澜不惊的声音从车里传出来。

"不会的……"白薇小声说。
一串眼泪却被风吹起,飘散身后。

CHAPTER 08
冤家路窄

"薇薇,你的额头怎么这么烫?"四妹问。

"有吗……"白薇坐在沙发上,浑浑噩噩。

今天下班以后,四妹约白薇到自家的公寓聊天看电影,增进闺蜜之情。她买了最新的电影,白薇刚好也想看,就欣然赴约。

但其实她从早上开始就手脚发软,眼冒金星,那天和华夜从苏临远家回来的路上下雨了,白薇回到家里,发现阳台没有关,外面还晾着好多衣服。她冒雨抢收衣服,大概是着了凉,隔天就开始头疼咳嗽。

四妹也发觉了白薇脸色的不正常,拿来体温计,为她量了体温。

"小白痴,你发烧了!自己一点都不知道吗?"

白薇摇摇头,又点点头,表示自己刚才不知道,现在知道了。

四妹怒了:"你是三岁小孩还是怎么的?发烧居然还上班,还来陪我看电影?小心糊里糊涂地病死都没人收尸!"

"别咒我！发烧不会死人的！"白薇挥着拳头争辩，四妹不由分说，立刻搬来一床毛毯盖到白薇身上，把她蒙了个严严实实。

然后，她关掉灯，又转身去拉窗帘。

白薇看着四妹拉窗帘的背影，情不自禁地笑起来。

"你笑什么？"四妹回头问。

"我在笑你，笑你比我妈还啰唆。"

"贫嘴，我这是情比金坚的友情啊，你懂吗！你乖乖躺着，我看你出了很多汗，去帮你拿衣服换。"

"谢谢你，我的好朋友。"白薇逗她，看着她冲自己做了个鬼脸，然后站起来离开房间。

随着一记关门声，房间里安静下来。

电视机已经被关掉了，房间里唯一的光源只有一盏床头灯，光线迷离而昏暗。白薇看着那盏床头灯，眼神渐渐朦胧起来。

她确实发烧了，身体窝在被子里，犹如灌满了铅，一动也不想动。

她为什么会发烧呢？虽然淋了雨，但现在并不是容易感冒的季节。

是不是在潜意识里，她在抗拒自己这一次的工作？自从那天晚上，华夜对她说了那些话之后，她的心底就一直有一丝寒意挥之不去。

她是不想这一次继续为华夜卖命，去欺骗和利用苏临远吗？她可以这么做吗？

工作上，怎么可以夹杂儿女私情呢，自己实在是太不成熟了，不可以这样。

过了一会儿，等四妹回来的时候，发现白薇已经睡着了。模糊中，白薇似乎听见有人开门进来，动作轻柔地帮她换衣服，然后摸摸她的头发。

"薇薇，你……不要勉强自己啊……"

好动听的声音，是四妹，可是白薇没有力气动弹，也不想动弹，只是兀自闭着眼睛睡着。四妹，她这么多年的朋友，只有在她的面前，她才能感到温暖和心安，可以完全不设防地睡过去。压在她肩头上的担子太沉重，但幸亏，她还有这么一位好闺蜜。

看着白薇安详的睡脸，四妹叹了口气。

她很早就知道华氏外表看起来光鲜，大老板却是个无血无泪的资本家，而且跟白薇的父母关系还挺好。本来以为多了这么一层关系，说不定能把白薇嫁入豪门，现在看来不但没这回事，她的好朋友还被折腾得挺惨。

资本家果然没一个好东西。

正在四妹腹诽的时候，白薇的手机突然亮了起来。手机就摆在茶几上，四妹看了看，发现是一个陌生的电话号码。她本来不想接，怕会牵扯到白薇的隐私，但那个电话打了又打，打了又打，似乎没人接就会一直打下去。

四妹看看白薇，她已经睡熟了。生怕对方打电话来是有什么急事，又不太好意思叫醒白薇，四妹犹豫了一下，还是接起了电话："喂？"

电话里面沉默了几秒钟，响起一个语气冷淡的男声："你不是白薇？"

那个声音很动听，却冷硬得好像千年不化的冰雪。

四妹打了个寒战："我……我是她朋友。"

"她人呢？"

"她病了，在我家，已经睡熟了，请问你是……？"

那边又沉默了一下，才说："我是她老板，有点工作上的急事要找她，你的地址是哪里？"

四妹一愣："工作？但现在早就下班了，而且我刚才说过，白薇病了，已经睡着了……"

"请问，你的地址是哪里？"对方置若罔闻，又问了一遍。

四妹无语了,她以为这个自称是老板的家伙是白薇供职的律所的老板。但她不知道,对方其实是华夜。为了不让同事发现他们熟识的关系,白薇从来不储存华夜的号码,只要听到他的声音,她自然就会辨别出来。

刚才华夜接到通知,说佣人发现白薇今晚到现在还没有回来,觉得不太对劲,就打了她的电话。没想到,居然是这么一回事。

他冷硬的态度让四妹很不高兴:"这位先生,我已经说得很清楚了,白薇正在生病,她需要休息,您就不能体谅一下别人吗?"

提高的声音把白薇吵醒了,她朦朦胧胧地睁开眼睛:"四妹,是谁……"

四妹没好气地回过头:"是你上司!这种时候他还要跟你谈工作,真是没人性!"

白薇一下子就清醒了,半秒钟之内,她就明白打电话来的是华夜。

看见白薇慌张的神情,四妹呆了一下,难道这个上司真有那么可怕?还没等她回过神,白薇就伸手抢过电话,有气无力地说:"你来吧,我在××××××……"

华夜默默记下了地址:"好的,我会派人来接你。"

然后,电话就挂断了。

四妹难以置信地看着白薇,白薇苦笑着,摇了摇头:"四妹,我也没办法,别让我为难。"

是她自己没料到,居然会在四妹家里睡着了。她本来打算看完电影就回家,那样的话到家的时候还不到午夜,华夜不会在意的。不管怎么说,他们两家的父母很熟悉,是自己的父母把她托付给了他,突然大半夜发现她不在家里,他肯定会担心。

过了一会儿,车子就来了,司机在四妹楼下按了按喇叭。

白薇披上四妹借给她的大衣,跟她告别,然后摇摇晃晃地下了楼。

黑色轿车已经在门口等候，司机也许是得到了华夜的嘱咐，下车来搀扶她。白薇全身发软地跌进了车子里，一句话都说不出来，坐下之后就疲惫地闭上了眼睛。

车子启动，很快融入了夜色中。

临走前，四妹给白薇吃了一片退烧药，以至于她在回家途中就睡着了。但当白薇一觉醒来，发现自己已经躺在床上了。

全身出了一阵大汗，感觉舒服多了，她迷离地朝四周看看，却发现自己并不是躺在自己的房间里，这里是哪里？

这个房间比她的卧室要宽敞多了，但周围没有什么摆设，似乎长久没有人住，今天临时收拾起来让她睡觉的。白薇皱了皱眉，感觉哪里不对劲，于是披衣下床，小心翼翼地推开门。

外面的走廊又长又深，看不见人，白薇胡乱走了一阵，看见前面的一扇门里透出灯光，立刻走了过去。

才刚走到门口，她就听见里面有说话声，便偷偷往里看了一眼。

但就是这一眼，差点把她吓得魂飞魄散。她似乎来到了一间书房，书房里面的人一个是华夜，另一个是一位气质优雅的老妇人。白薇曾经在华氏的年终宴会上见过这位老妇人一眼，知道她就是华夜的母亲华夫人，前任华氏的女当家。

因为华老先生身体欠佳，华夫人专心照顾他，已经很久不过问生意上的事情了。如今华氏的当家人自然就是华夜，但他毕竟不是铁打的，无法纵览全部的大局，因此有时也会跟家里人商量生意上的事情。

屋子里的灯光很暗，华夫人坐在沙发上沉默不语。华夜站在窗前，似乎十分疲倦的样子。

过了一会儿，华夫人说："你啊，不要总是让自己这么辛苦。"她声音很轻柔，并没有富贵女子的那种张扬。

"没有办法，这是我的工作。再忙一段时间，等这次的生意谈完就好了。"华夜闭着眼睛,轻叹了一口气。

"你每次都是这么说。"华夫人皱了皱眉。

华夜无力地笑了笑:"那就等下一次的生意谈完吧。结束以后,我给自己放假。"

"不要敷衍我,你这样身体会搞坏的。"

"我自己的身体自己明白,您照顾好父亲就行了。"

"你这孩子……"华夫人摇着头,没有把话说下去。

听到这里,白薇默默地离开了。她是华夜的下属,偷听是绝对不允许的行为。

这时,外面突然闪了一下,然后炸开一个响雷。

白薇吓了一跳,发现不知何时,窗外已经大雨瓢泼。

她退到走廊拐角,站在窗前听着外面哗哗的雨声,眼神空洞。看样子,这场雨整夜都不会停了,如果刚才是自己回家的话,会不会在途中淋到这场雨,然后病得更重?

正当白薇胡思乱想的时候,书房那边传来一点响动,是华夫人出来了。她走了以后没多久,华夜也离开书房,站在了走廊的窗前。

白薇躲藏在拐角,默默地看着他。

她看见华夜点了一支烟,指尖漾出了一缕雪白的烟。但是,他一直没有动那支烟,就这样站在窗前,任香烟慢慢燃尽。

从书房透出来的灯光在他脸上投下一层金色的光芒,有一种无言的俊秀和神圣,白薇不知不觉就看呆了。就在这时,华夜的手忽然一缩,似乎是被烟蒂烫到了手指。

他看看已经燃尽的烟蒂,打开窗子,手腕轻轻一甩。烟蒂划出圆润的弧线飞出窗外,在倾盆的大雨中消失不见了。

扔掉了烟,他转过身,白薇以为他要回房间了,正想离开的时候,华夜却对着她藏身的地方淡淡地说了一句:"你站在那里,不冷吗?"

白薇的脑袋嗡的一声大了。

原……原来她已经被发现了啊……

"进来吧，我这里有壁炉。"华夜又说了一句，然后也没理她，自己进了房间。

白薇咬了咬嘴唇，犹豫了一会儿，跟了上去。既然华夜已经开口，她就没有拒绝的余地了。

书房里果然很暖和，踏上毛茸茸的地毯，白薇全身狠狠打了个寒战，这才发现自己在走廊里站得太久，手脚都冻僵了。华夜也没有理睬她，坐在书桌后面阅读着一叠文件。

"华先生……"白薇低下头。

"生病了，大半夜还不睡，是觉得自己很健康吗？"华夜抬头看她一眼。

"呃……突然醒了，又躺在一个不认识的房间里，所以……"白薇虚弱地辩解着，不自在地动着身子，双手不停地搓来搓去。

正在这时，突然又一个雷劈了下来，黑暗的天空瞬间被照得如同白昼。随即，震耳欲聋的雷声响起，连耳膜都几乎要被震破。白薇吓了一跳，倒抽一口冷气，条件反射地缩起肩膀。

响雷过后，华夜看了看她，说："那个房间是我吩咐人收拾的，距离主宅不远，也比较安静，适合养病。你到K城这么久，身体一直很好，这方面确实是我考虑得不周到，抱歉了。"

白薇连忙笑笑："异地工作独居的人，谁不会有个头疼脑热？我自己会照顾自己的。再说，我还有朋友，必要的时候可以互相帮忙。"

华夜没说话，过了一会儿才点点头："好吧，你这样说，我也不勉强。不过，既然我当初答应了你的父母要好好照顾你，就有义务对你的事情上心。这样吧，我跟温小姐说一声，给你请三天假，这段时间正好是律所业务的淡季，她没有你也不要紧。"

白薇受宠若惊："谢谢华先生。"

说实话，来到K城以后她一直连轴转，都很少好好地过一次双休日。健康的时候还能扛得住，现在生病了，觉得全身的力气像是瞬间被抽干了似的，只想在床上好好躺几天。

就算华夜不给她请假，她说不定也会打电话给温小姐的。只是，如果是她自己去请假，肯定拿不到三天这么多的假期。

"我叫人过来送你回去。"这时，华夜按了对讲机，过了一会儿就有女佣过来接白薇。华夜没再多说什么，直接就让她把白薇送走了。

临走前，白薇最后看了一眼华夜，他还在灯下忙碌着，像是不再关心她这边的情况。

他今夜微妙的异样，以及那间专门为她收拾的房间，仿佛是察觉到了什么，又仿佛是在表现什么。白薇以为他或许会说一些平常听不到的真心话，但直到她离去，他终究还是什么都没有说。

再一次醒来的时候，白薇的房间里暗暗的，透过窗帘的缝隙可以看见外面已经是白天了，可是雨依旧下个不停。整个天空都显得灰蒙蒙的，没想到这场雨下了一夜，还是不肯停。

四妹发来了短信，问她的情况怎么样。昨晚白薇被带走以后，她几乎一夜失眠，心疼死这个重病还要被老板压迫的好闺蜜了。

白薇被缠得没办法，把事情言简意赅地介绍了一下，借口说老板看她病得厉害，就让她提前回家了。四妹这才松了一口气，但坚持要到白薇家来看她，白薇原本不答应，但四妹却带来一个让她吃惊的消息。

小爱，她学生时代同寝的另一个闺蜜，也到K城来了。

她是趁着这次休年假的机会过来旅游的，听说白薇在这里，而且在重病中，立刻表示要和四妹一起来探望她。

而重要的是，在小爱工作的T城，她服务的公司不是别人，正是苏氏的总公司，苏临远的产业。也就是说，小爱是苏临远的下属的下属的下属……他们本身并不认识，但这没关系，小爱的工作性质已经让她对苏临远的生意非常非常了解了。

所以，现在的房间是不能待了，白薇迅速下床出门，穿过迷宫般的走廊回到自己家，准备了一些招待客人的点心。

下午时分，四妹和小爱登门拜访，白薇开门迎接。

两人一看到她那惨白虚弱的脸色，就知道她的烧还没有退，立刻冲进来，一左一右地架起她，拖进卧室，扔到床上。

"喂喂喂，你们干吗！"白薇震惊了。

"你说干吗，病人就给我乖乖躺倒床上去休息！"四妹恶狠狠地说。

"嗷嗷嗷，你们这些流氓！"她惨叫着抓起被子捂住自己。

"好啦，不跟你开玩笑了，你好点没？"小爱坐到白薇床边，帮她掖了掖被子，"我难得出门玩一次，没想到跟你这么有缘。不但有缘，你还这么倒霉地病惨了。"

"谢谢你专程来看我……"白薇把被子拉到下巴，眯着眼，半真半假地装着病。

"客气什么，我给你带了梨，四妹去削了。"小爱笑笑。

梨？离？听着好像不怎么悦耳，才见面就想着离开吗？白薇说出这个想法的时候，小爱无奈地笑起来，"你这家伙怎么这么迷信？"

两人闹了一会儿，四妹端着削好的梨子进来了。三个女孩围在床上，津津有味地一边吃梨一边聊了起来，就跟曾经在寝室里那样的轻松和惬意。

"薇薇，你是不是那天去打球太累了？"四妹关切地问。

"没这回事，我只是吹了风着的凉，过几天就会好的。"白薇笑笑。

"你要快点好起来啊，"四妹又说，"小爱还会在K城逗留一阵子，北街上新开了一家店，东西很好吃，等你病好了以后我们一起去吧。"

"哦，北街又有新店？那里都有什么好吃的？"白薇的眼睛亮了起来。

四妹立刻如数家珍，小爱也在旁边饶有兴致地听着。三个人很快约定了出门的时间，白薇也被责令要求快速养病快速痊愈，不能拖大家的后腿。

边聊边吃，一盘梨子很快就见了底，白薇玩弄着手里的塑料叉子，不经意地问："小爱，在苏临远手下打工，感觉怎么样？"

小爱一惊，嘴里嚼了一半的梨块差点掉了下来。

"你……你别搞突然袭击啊！"她摸着胸口，一脸惊魂未定的样子。

白薇扶额："我也不是故意要煞风景，实在是老板大爷逼我逼得太紧。这次我们上面的总公司要跟苏氏做生意，希望我们以法律顾问的身份打探一下这家公司的情况，我这是急得没办法啊。"

她的话半真半假，稍作修饰地表明了自己的难处。她当然不可能说这件事华夜只交给了她一个人，要不然小爱追问起来，她都不知道该怎么解释。

见白薇一脸纠结，又加上小爱从四妹那里听说了白薇带病被老板逼着加班的事情，自然就相信了她的说辞。大家先是把万恶的资本家批判了一通，然后小爱就开始介绍苏氏的情况了。

原来苏家做的是高档艺术品生意，家族里的众多亲属都早年留洋，分公司遍及海内外，世界各地都有拍卖行。过去国内的暴发户不懂这个，现在逐渐学着装风雅，艺术圈就红火了起来，苏氏也开始将海外的生意逐步扩张到国内。

在K城，他们的生意才刚刚起步，对于称霸本城的华家，虽然他们主营地产业，互相并没什么竞争，但苏氏也希望能让对方认识到自己的实力。当然，华氏对这个陌生的公司也相当警惕，双方既想合作又互相防备着，处于最初的试探阶段。

小爱的话说到这里,白薇隐约明白了,那天去苏临远公寓吃饭的时候,放在客厅里那些古朴陈旧的摆设都是价值连城的艺术品。说不定,苏临远故意摆出这些东西,是在向华夜展示自己的财力。

那么华夜呢?他看得懂这番深意吗?白薇不清楚他的想法,但他必定对苏氏不是很友好,因为毕竟华氏在K城称霸了多年,不可能立刻客气地接纳一个外来的家族企业。

至此,白薇对苏家的情况有了初步的了解。

"但是,当年的苏临远并没有要从商的打算,而且他看起来并不是适合做生意的人啊……"她轻声说。

"现在估计也不是,"小爱笑笑,"我上班的公司专门负责艺术品管理的工作,老板也是苏家的人,温文尔雅得像个文学教授。他们干这行,你不觉得再合适不过吗?如果玩艺术的长得一副暴发户模样,第一感觉就会让人不舒服吧?"

"也对。"白薇若有所思地点点头,在她的记忆里,苏临远的专业虽然是法律,但是在文学艺术上也颇有造诣。他写得一手好字,擅长中式乐器,水彩画画得也不错,他这样的人和艺术品在一起,那景色必然是相当和谐的。

"另外,薇薇,"这时,小爱突然压低了声音,"有一件事挺奇怪的。"

"什么事?"

"你知道的,苏临远和季佩佩当年不是厮混在一起的吗?现在他们也在一起。"

"我知道。"白薇点头,他们三个已经见过面了。

"既然如此,按照常理推断,苏家和季家应该是资源共享,地位平等对吧?但奇怪的是,我好像听说季佩佩是帮苏临远跑腿的,在公司并没有什么实际地位。"小爱继续说。

"真的?"白薇困惑地皱起眉头。

"不是吧,难道那个大小姐这么爱他,爱得连财富地位都不要了？"四妹打趣。

虽然这样勉强也说得通，但白薇觉得，应该并不是这么一回事。

聊完了八卦，大家又说笑起来，小爱说了一些她毕业以后的情况，四妹和白薇也悲伤控诉了K城的生活节奏有多快，工作有多忙。转眼间，天色已暗，小爱下榻的酒店离白薇家很远，必须告辞了，白薇不顾她和四妹的阻止，硬是从床上爬起来把她们好好送出门，三个人依依不舍了一番，这才告别。

回到家里，白薇从冰箱里翻出一袋饺子当晚饭。和学生时代的好朋友促膝长谈，让她心情舒畅了不少，身上的热度似乎也消退了。

没想到苏临远居然真的成为了生意人。

白薇夜晚闭着眼躺在床上，眼前浮现起他的音容笑貌，似乎逐渐感受到了他的不简单。

还有一丝陌生。

一夜几乎无眠，隔天是病假第二天，白薇睡了个懒觉，觉得身体状况还行，中午的时候就出门透透气。她的身体素质确实不错，退烧以后很快就病愈得差不多了，甚至还有点嘴馋。所以，趁着和闺蜜们相约的时间还没到，她打算自己先去北街上的新店尝个鲜。

北街距离白薇家不远，正值上班时间，路上的行人不多，各种店堂里更是空荡荡的，简直是大吃大喝的最佳时机。

白薇趴在一家的橱窗上，瞬间就流口水了。

好多蛋糕……都是她喜欢的口味……大病初愈就是要补充热量多吃甜点……

她正兴奋地想着，突然注意到玻璃橱窗上映出一个熟悉的人影。并且，对方还正一脸惊诧地对着她看。

白薇僵硬地回过头，对方表情也略显僵硬。

两人对视了一会儿，白薇干笑着，结结巴巴地开口："真，真巧啊，苏先生……"

苏临远尴尬地笑笑："是挺巧，白小姐。"

这就是上班时间偷懒的下场，如果没有请病假，白薇绝对不会在这种私人场合遇到这个超级麻烦的家伙。

都已经碰上了，说再见当然不可能，那现在该怎么办？东西不吃了吗？然后呢？跟苏临远随便聊聊工作还是立刻打道回府？后者好像不太礼貌，但前者又能聊什么呢？她对艺术品一窍不通啊。

白薇脸上的冷汗都快下来了，最最痛苦的是，她明明是到这里来大快朵颐的，现在遇到苏临远，再大吃特吃肯定不可能。那样的话，等于是业务人员在客户面前丢脸，她不是小女孩了，可做不出这种傻事。

正在白薇纠结地思考着怎样把对话进行下去的时候，苏临远慢慢走了过来。他并没有问白薇为什么上班时间会在外面乱逛，而是看看橱窗里的蛋糕，问："这家新店，一起去尝尝吗？"

白薇呆滞了。

"不行吗？"苏临远笑笑，"我们之间没有什么商业竞争关系吧？"

白薇想了想，默默垂下头。

确实没有，没人限制他们不准在非正式场合见面。既然没有，美食当前就不要浪费，愉快地吃起来吧。

半个小时以后，蛋糕店的某张桌子上已经留下一堆狼藉，白薇风卷残云地扫掉了一桌子的蛋糕，满意地抹抹嘴。

"你还是这么好的胃口。"苏临远笑笑。

"胃口不好怎么补充营养，营养不够怎么应付那些吸血鬼资本家。"白薇忧伤扶额。

经过这么多年，她也成长了，终于可以比较自然地再与苏临远来往。

见白薇这么说,苏临远眼中闪过一丝深邃。但是他也没有多问,只是轻声说:"辛苦你了。"

"不辛苦,你们这样的老板,发钱给员工本来就是要他们工作的,不是看他们偷懒的嘛。"白薇眯眼一笑,玩弄着手里的叉子。

"也是,"苏临远点点头,"不过,看到你这样我就放心了。原来,你在工作以外的场合还是可以放下拘谨的。"

白薇一惊。

"不明白你的意思。"她皱了皱眉。

"没什么意思,只是之前的几次见面,你看起来都很正式,很严肃,让我觉得十分紧张。但幸好那只是你的工作形象,让我……可以有机会放松地跟你说说话。"

苏临远的声音很温和,那犹如潺潺泉水般柔软的语气,让白薇的脸颊莫名有些发烫。

"我在工作时间和私人时间,言行举止确实有所不同,那是一名职业人的基本素质,"她笑笑,"如今你和我的身份,你应该是清楚的。我们已经不是……什么话都可以说的了。"

苏临远垂下眼睫,微微点头:"是的,你说得对。"他站了起来,"不过,一起走走总是可以的吧。"

一起走走当然可以,所以两人就一起在北街上逛了起来。

"你脸色不太好,身体不舒服吗?"苏临远柔声问。

"不,没什么?"白薇下意识地否认。

"逞强对你并没有什么好处,"苏临远苦笑,"既然你不舒服,刚才直接拒绝我,自己回家去休息不就行了吗?"

白薇语塞,过了一会儿,她有些恼羞地说:"那样多丢人,我难道能说,我吃蛋糕的时候身体舒服,吃完蛋糕逛街身体就不舒服了?我没这么馋!"

苏临远哑然失笑:"这么点小事,我不会在乎的。不过,既然你这么大方地愿意跟我逛街,不如我再请你吃点东西吧。"

"不不,刚才蛋糕已经很够了。"白薇连忙摆手。

"从这里走半个小时,有一座挺有名的海鲜酒楼。走到那里的时候,你也差不多消化完了,我们正好去吃饭。"苏临远淡定地说。

白薇扶额,有个知道她贪吃的旧识,旧识还拐弯抹角地揭穿了这件事,真是讨厌。

不过,那座海鲜酒楼她也略有耳闻,因为价钱太贵而只能望海鲜兴叹。但有了苏临远就不一样了,人家倒卖艺术品的,腰缠万贯,请客吃一顿海鲜还不是小事一桩。

于是,不久以后,白薇和苏临远坐在了酒楼里。

一盘盘的海鲜轮番上桌,白薇的眼睛紧紧盯着,忽然听见对面的苏临远笑起来。

"笑什么?"她盯着桌上的菜肴,没好气地问。菜已经上齐了,但苏临远不动手,他不动手她就不好意思动,看着不能吃,真火大。

"你就像一只狼,眼睛都绿了,这么饿吗?"苏临远笑问。

"你刚才不是自己也说了吗,走了这么多路,我已经消化完了。"白薇抬眼看看他。

"也对。"苏临远半真半假地点点头,说着便伸手拎起一只大虾,仔仔细细地剥起来。

白薇一动不动地看着他挥动灵巧的双手把虾子剥干净,又装进盘子递到她面前:"吃吧,你脸色这么差,要多吃点有营养的东西。"

她狐疑地眨眨眼睛。

苏临远笑笑:"快吃吧,你跟我客气什么呢?"

好吧,人家都这么说了,自己就真不应该客气了,况且……况且白薇觉得,苏临远在街上与她偶遇之后并没有很快与她告别,反而拉着她东玩西玩,应该是有原因的。

他是来K城是办正经事,不是旅游,不会这么无聊地跟别人逛街吃饭。

白薇一边想着,一边就故作饥饿地拿起虾子,用手抓着蘸了酱就吃起来。苏临远苦笑地看着她大快朵颐,赞叹道:"你的吃相还真是奔放。"

"是你自己说的嘛,跟你客气什么呢。"

"……"苏临远被打败了。

两人在酒楼大吃了一顿,又聊了很多有的没的,直到暮色渐浓才打道回府。

苏临远的车停在蛋糕店附近的停车场,他坚持要送白薇回家,而白薇又是狂吃又是狂走路,也的确累了,就没有拒绝他的一番好意。

车在路上平稳地行驶着,天色已晚。

白薇坐在副驾驶,看着反光镜里苏临远专注开车的样子,心中五味杂陈。

她为什么会跟他独处了这么久,还同意他送她回家?这一天她过得浑浑噩噩,好像和苏临远说了很多话,却又记不起都说了些什么。他们明明已经没有什么关系,即使苏临远是另有所图,她也会有办法让他把真话说出来,可是,和他在一起,她的脑子里就好像是一下子放空了。

或者说,放松了。

是不是因为,从苏临远的角度看来,他和她没有利益冲突,也不是需要谨慎相处的上司和同事,所以只要不泄露公司机密,随便说点什么也没关系。

或许,正因为如此,她才放松了精神?但是……

她又偷偷看了苏临远一眼。

许久不见,他仍然是她记忆中的那副模样,至少在表面上看来是这样。他亲切客气,温和体贴,像是一道温柔的阳光那般温暖着她。与他相比，那个心思成谜的华夜就像深夜的一抹冷月，白薇光是想起他那双又深又冷的眼睛，心里就是一阵寒战。

如果苏临远不是出身于富贵的家庭该多好，如果他没有遇到季佩佩该多好。如果没有当年的那一切，他们就不会分手吧？或许，他们真的会成为人人羡慕的一对，毕业之后就结婚，办一场隆重的喜宴，拍漂亮的婚纱照，住进自己的新房。

然后，他们也会生下很多可爱的小孩子，看着孩子们从只会爬到会走会跑，学会叫爸爸妈妈。他们会努力把孩子们养大，变成孝敬的好孩子，再看着他们也有了孩子，而自己则升级成爷爷奶奶。

那个时候，他们或许会在阳光灿烂的公园里，挽着手颤巍巍地散步，累了就坐在长椅上，用掉光了牙的嘴一边吃着面包或者香蕉，一边口齿不清地回忆过去的事。

那时他们已经不再年轻，脸上只剩下时间雕刻出的皱纹，可是看着对方的时候，依然觉得他是自己心中最美丽的人。

那时他们也已经再没有牵挂，只需要好好停下来休息了。

他们会回忆起许多年前，那最初的相遇是多么富有戏剧性，这一路走来又是多么的漫长却幸福。最后在温暖的阳光里，互相靠在一起，沉沉地睡去。

手拉着手。

学生时代，白薇还对未来满怀憧憬的时候，曾经做过这样的美梦。只是那时候的幻想，真的已经变成了幻想。

"白薇？"这时，苏临远突然叫她。

"什么事？"白薇一愣，脑海中的思绪瞬间消失。

"到你家了。"

"啊？"白薇抬头往窗外看，看见自家房子那熟悉的尖顶，在夜晚的月色下朦胧不清。

"你在想心事？"苏临远问她。

白薇笑笑没说话，跟他挥了挥手，转身去推车门。

但是,苏临远却突然按住了她的手。

"要是你不赶时间,听我说几句话好吗?"他静静地看着她。

白薇愣了一会儿,缓慢地点了点头。

该来的还是终于来了,苏临远陪了她一天,终究是有原因的。

CHAPTER 09
心碎的旧爱

车子里寂静无声,半晌,苏临远长叹一口气。

"白薇,当年你突然退学的时候,我到你家去找过你几次。"他淡淡地说,"但是,见面的话太尴尬,所以我每次都是远远地看着你家的咖啡馆,想能不能弄清到底是怎么回事。"

"弄清楚了吗?"白薇问。

"没有,不过,我看到他了,我看到你……你上了他的车。"

白薇没说话,她知道苏临远口中的他指的是华夜。准备转学和离开K城的这段时间,白家的事情都是华夜和他手下的人在帮着跑腿,苏临远看见她上华夜的车也是很正常的事。

而后,她又听见苏临远说:"……另外,这里的别墅区,也全部都是华家的吧。他们在K城的产业,我们已经大致了解过了。"

听到这些话,白薇就更没什么可说的了。华家的私人情况在普通人眼中非常神秘,但苏临远不是一般人,他要打听他们的情况简直是易如反掌。

那么,他得到什么结论了呢?

一切很清楚了。

白薇双手紧握在膝盖上,手指微微地颤抖。尽管知道她的这种状态会被任何人误会,但听到这些话从苏临远嘴里说出来,她还是感到无尽的悲凉。

他对于她,毕竟是不一样的。

"……那个时候,我从来没感觉到自己是这么的渺小无力,"白薇轻轻地说,"你离开了我,不会再回来了。季佩佩认为我的存在会对她造成威胁,处处为难我,还毁掉了我的实习机会——那件事,你知道的吧。"

苏临远沉默了一会儿,点了点头:"我从辅导员那里听说了,然后猜到了是怎么回事。但我想找你的时候,你已经离开本地,连手机都换了。"

白薇凄然一笑:"都已经混成这样了,我还怎么好意思留下来呢?我的成绩一塌糊涂,因为实习的意外也不可能再找到对口的工作。正在焦头烂额的时候,爸爸也倒下了,无人经营的咖啡馆只能盘出去,我喜欢那个地方,不想失去它,但是我却没有力量把它留下来……那段时间里,我第一次感觉到自己是那么的无能,那么的愚蠢,我一点都帮不了我爱的人,连生命中最重要的东西也无法保护……"

她微微地哽咽了。

"……只有华夜,他帮助了我,因为我爸爸对他的父亲有恩,他想向我们报恩。他把一切问题都游刃有余地解决,让我离开这片伤心地;他也给了我机会,让我能够从一个废物蜕变成冷静成熟的大人,让我知道该如何解决困难,而不是在障碍面前手足无措地哭泣……华夜他……帮了我很多……"

"你家的咖啡馆后来没有盘给别人,"苏临远轻声叹了口气,"华夜确实帮了你很多。"

"所以，你觉得我会以身相许吗？"白薇苦笑，"可惜你跟他还不熟悉，不了解他的性格。他看起来确实很完美，很优秀，但只有在他身边日复一日地工作，才能渐渐认识到他的可怕。确实，我的父母曾经肖想过，也抱着一丝期待，想要通过父辈的那层关系让华夜帮助我出人头地，然后给我一个什么名分……但是华夜只是利用了这种期待，把我培养成一个好用的工具为他办事而已。并且，我这个工具是不会离开他的，因为他是我的老板，也是我的恩人，我离开只会让父母觉得是我自己不争气，和老板对着干，浪费了在华氏工作的大好机会。他们会为我伤心难过，我不忍心看到他们这样……"

苏临远叹了一口气："原来如此，抱歉，我不该胡乱猜疑，让你想起了这么多难过的事情。我也了解过华夜的一些脾气，他确实对待下属十分严苛，也很懂得利用竞争对手的弱点，是一个冷酷到骨子里的生意人。你在他手下……受委屈了。"

白薇无奈一笑："有什么可委屈的？华夜虽然在工作上冷酷无情，但华家全部都是懂得知恩图报的人，是他们挽救我离开困境，给了我前往大城市发展的机会，安抚了我的父母，发给我一份丰厚的薪水，甚至贡献出了华家的一栋私宅，为我解决异地工作的住房问题。他们对恩人的女儿这么好，我还有什么不满足的呢？"

"但是，这个样子，你觉得快乐吗……"苏临远轻声问，"我记得你最初的梦想，是继承家里的咖啡店吧？"

白薇的肩膀颤抖了一下。

随即，她轻轻地叹了一口气："是的，那是我的梦想。但在这世界上……有多少人能心想事成呢？放弃自己毫无意义的任性，老老实实地去做自己应该做的事情，这就是所谓的成长吧。"

苏临远一愣。随即，他的眼中覆上了一层阴影，低声说："……没错，这就是成长，放弃美丽的梦，去担负起现实的责任……我明白的，我懂你的心情。"

白薇笑笑:"你懂我,是因为你被迫要跟不喜欢的女人在一起吗?"

"不仅仅是这么简单,"苏临远摇头,"你知道,我到底为什么会跟季佩佩在一起,而且一直没有分开?"

白薇心头一跳。

她当然想知道,她太想知道了!因为太想,她反而说不出任何话,只是微微颤抖着身体,向苏临远投去探寻的眼神。

苏临远看着她,一字一句地说:"那是因为,她除了苏家,已经没有任何人可以依靠了。"

白薇一怔:"你的意思是……"

"在季佩佩大学毕业前夕,她的父母在美国出车祸去世了,留下她一个人远在异国他乡。季佩佩从小在国外长大,季家与我们家一直有很密切的商业合作关系,但是,季家本身亲戚之间的关系却不太好,因此在季佩佩的父母去世之后,整个家族就陷入了复杂的股权争夺问题,由于当时季佩佩才二十岁,一些亲戚就想以此为理由收养她。"

"恐怕收养只是借口,真正的目的是要得到她手里的那部分股权和遗产。"白薇蹙眉。

"你说得不错,而且季佩佩自己也知道。但父母已经不在了,她在家族中孤立无援,人又不在国内,很多事情都很难办。所以,在得知这件事以后,我的家族向他伸出了援手。"

"……你的家族,目的恐怕也和她的亲戚一样吧。"

如果是学生时代,白薇一定会以为苏家是出于善心才会这么做,也会以为苏临远是那样一个善良的人。但现在她已经不是小孩子了,苏家是生意人,或许他们会在某种程度上做些好事,但假如这件好事完全没有利益可图,他们是不会做的。

苏临远叹了口气:"确实如你所说,我的家族也只是看中了季佩佩手上的那些钱。当然,还有她一并继承到的季家公司和各种社会关系,她的性格你也是知道的,她天真骄纵又刁蛮任性,对生意方面也一窍不通,那些资源在她手上只是浪费,更何况……她和我,从小是一起长大的,两家的关系还算不错,论竞争力的话,我们家甚至比季家的那些亲戚更有竞争力,而且……"

说到这里,他犹豫着停顿了一下。

"而且,她喜欢你。"白薇帮他说出来了。

苏临远的表情有些僵硬。

"你利用她对你的喜欢,去争夺她手里的那些财产,不觉得……卑鄙吗……"白薇轻声说。

这一刻,她突然觉得季佩佩有一点可怜。

"没人逼她,是她自己愿意,是她最终抛弃了她那些狼心狗肺的亲戚,主动选择了我们家,"苏临远不冷不热地说,"她最最需要的东西,在爱情之前首先是一座靠山,而我们家也只会成为她的靠山,至于她想要我的感情……她和我都清楚,这是办不到的,不喜欢就是不喜欢。或者说,你很想看到我和她结婚?"

"不……我不是这个意思,"白薇窘迫地低下头,"我只是……觉得她这样寄人篱下的生活,很可怜。"

"更可怜的事情我还没有说,"苏临远淡淡一笑,"你大概不知道,她手里早就没有季家的任何财产了。我们两家现在名义上是合作关系,但事实早已是苏氏一家独大。也正因为有了季家的那些赞助,我们才有余力到K城来发展。至于季佩佩自己,我保证能给她的只是一份稳定的工作,一个舒适的住处,以及各种生活上的需要。其余的,不论是我还是我的家人,都不会再满足她的任何要求。"

白薇感到身体发冷。

苏临远向她讲述这些事情的时候,声音一直是不紧不慢、温文尔雅的,但这其中却没有包含一点温度。她相信这不是伪装,苏临远确实对季佩佩没有一丁点的感情,整个苏家也没打算给她任何名分，只把她当成一件敛财的工具。

"我没想到，你会是这样的人，"白薇轻声说，"我一直知道你们是青梅竹马，但当年我只以为你们双方的家族是定了婚约或是别的什么，你反抗不了，所以只能离开我。当一个人没有力量保护爱人的时候，离开她也未必不是一种好方法，当年我那么蠢又那么没用，如果执意要跟你在一起只会成为你的绊脚石，结局只会让我们俩都毁灭。"

苏临远眉间一颤。

"谢谢你……能够明白我的难处，"他苦笑，"那个时候我们真年轻啊，我并没有比你强多少。我当时并不明白季佩佩对苏家的重要性，只是肤浅地知道我们家需要她，不会抛弃她，必须让她成为苏家的一员。那时我很痛苦，我根本不想跟她在一起，我知道她的自私和偏激，也知道她心眼小，嫉妒你。但是，我却没有能力跟整个家族为敌，而且即使我真的那么做了，即使我真的抛弃一切只要你，我们也不会有好下场。我的家族为了利益是不择手段的，这就是商人，他们会把你当作绊脚石。他们不会为难我，但是他们会毁灭你，还有你的家庭……"

"不用说了，我明白的。"白薇轻轻一笑。

"……这件事之中的道理，是在我毕业出道以后才逐渐明白的，"轻呼一口气，苏临远继续说，"商场上的厮杀，恪守家业的艰难，还有竞争对手诡异狠毒的手段……这些东西，在我负担起家族的责任之后才渐渐明白。我懂得了长辈们当年的无奈和苦心，有了季家的那些资源，确实给苏家的事业带来了很大的帮助。"

白薇咬了咬嘴唇，犹豫了一会儿，鼓起勇气说："但是，既然如此，你应该更能体会季佩佩的重要性。你不应该这么冷酷地对待她，至少……也该给她一个名分。"

苏临远怔了怔，浅笑道："你可真大度，但是我做不到你这么大度。当年她在学校里的时候是怎么欺负你的，我全知道，但那时我没有力量改变这一切。除了让你远离我，我别无他法，那种无力和愤恨的心情我一直没有忘记。薇薇，虽然你有了华夜的帮助，如今生活无忧，前程似锦，但是你想过没有，如果没有他，你现在会过着什么样的生活？"

白薇心中一凛。

确实，因为季佩佩，她失去了至关重要的实习机会，几乎无法毕业。而就算她勉强找到工作，只要留在本地，季佩佩就会不断地找她麻烦，让她无处可去。她能抵挡住她的手段吗？她能保护自己和家人不受她的伤害吗？

这时，苏临远继续说："薇薇，不要因为你现在幸福，就忘记了过去的伤痛。"

白薇这才发现，不知不觉，苏临远对她的称呼也变了。

已经有多久没有听到他这样叫她了？她以为一辈子都没法再听到，却没料到真的还会有这一天。她强忍住泪水，感到心中满溢着温暖，还有一丝酸涩，她不奢求更多的东西，只要这一刻苏临远实实在在地坐在她身边，她就感到幸福极了。

突然，有暖暖的东西覆盖在了她的手背上，是苏临远握住了她的手。

白薇心头一颤，想要挣脱，却终究还是下不了决心。

"薇薇，你对这么狠心的我，很讨厌吗？"苏临远轻声问，紧握着她的手指。

"不……"白薇摇头，"只是……我不想你为了我，去做一些对你来说没有意义的事……"

"有意义，即使不是为了你，我的家人也并不打算给季佩佩什么名分。他们不喜欢她，也担心给了太多的东西的话，季家的亲戚会把她夺回去，然后利用那些东西在圈子里卷土重来。你不必觉得不忍心，这就是成王败寇的道理。或许你会对我们的行为感到恐惧，这点我很抱歉，我确实不再像以前那么优柔寡断，我有很多方法去防备和抗击我的敌人。"苏临远说着，顿了一下，"……但是，无论我怎么变，有一件事是永远不会变的，那就是……我对你的感情。我一直都还爱着你，曾经对你立下的誓言也从来没有忘记过，只有你……只有你，是世界上任何人都无法替代的。我曾经以为再也见不到你了，因为如此，我的心也已经死去，但是没有想到冥冥之中自有天定，我居然还能再一次看到你。那天在宴会上遇见你的时候，我不敢相信，但那真的不是做梦，我高兴极了，这一次我不会再错过了，只要你愿意，我会好好补偿你过去受过的伤痛，没有人再可以欺负你……"

白薇静静地听着，等到苏临远把话全部说完，她才轻声笑了笑。

"临远，以前你说过，会跟我结婚，还记得吗？"

"当然记得。"苏临远立刻点头。

"现在，这些话还作数吗？"

"作数，只要你愿意，我当然可以跟你结婚！"

"但是，这样真的可以吗……"白薇苦笑，"你是苏氏年轻的继承人，我是华氏的员工，确切地说，我是华夜的……走狗。"

苏临远眼神一怔。

"所以，从立场上来说，我和季佩佩是一样的，我们的身份都可能对你的家族造成威胁。我明白你的感情，也很感激，如果退回到学生时代我一定会立刻答应和你结婚，可是现在……我已经很难做出一个果断的抉择了。想一想，假如你非要让我们的关系复合，你的家人会多么为难，我和你的事业又该怎么办？还有我的父母……妈妈已经老了，爸爸也长年卧病在床，他们都是普通人，未必能够理解你当年抛弃我的理由。而且，他们一心想要我在华氏出人头地，好好为华夜工作，假设我抛弃一切也要跟你在一起，他们……会怎么想？毕竟，不管你有什么原因，对他们而言你都是一个抛弃了我的负心男人，他们早已对你心灰意冷了……"

白薇的声音淡然而清晰，就像一柄看不到的剑，深深刺痛苏临远的心。

他沉默着，空气里弥漫着令人窒息的寂静。

良久，白薇轻轻抽回了手。她并不想说太多刺痛苏临远的话，但他们已经过了能够不顾一切去爱的年纪。为了自己的家人和事业以及更多的东西，他们不能太任性，

过了一会儿，苏临远低声开口："你说得对，我也担心过这些问题。我想，如果你愿意嫁给我，任何困难我都可以为你排除，我会有方法的；但是，如果你本身有所顾虑的话，我……也不会勉强你。"

白薇的心中微微一痛。

"抱歉，临远，我做不到你那样果断，你就当我是一个胆小鬼。"

"别这么说，我理解你的难处。"

"谢谢你，对了，今天你怎么会在北街闲逛？"

"算是缘分吧，季佩佩要我陪她买衣服，我好不容易抽出时间她又说不想去了，要临时帮助苏氏的媒体公关部去接待一批记者。空出来的时间不想浪费，所以我到这边的商业区来做市场调研，没想到会遇见你。"

"那我影响了你的工作啊。"白薇抱歉地笑笑。

"无所谓，工作可以再补上，跟你单独见面的机会可不多。"苏临远说着，看了看外面漆黑的天色，"时间不早了，你该回去了吧。"

"嗯，我得失陪了。"白薇点点头。

"薇薇，"临走前，苏临远又说，"我明白你的犹豫和顾虑，也不会强迫你做什么决定。但如果你有什么困难可以告诉我，我会尽量帮你的。"

听到这些话，白薇心中一动。

苏临远对她是真心的，那么，她是不是可以打听一些消息？不，不行，不应该亵渎他的感情，虽然那是她的工作，但她不可以越过道德的底线。

压抑住强烈的罪恶感，白薇没有说什么，她跟苏临远简单地告别之后，就下车了。

关上车门的前一瞬间，苏临远又从车里伸出手，紧紧地握住她："别忘了，我会尽量帮你的，这不是敷衍。"

白薇回过头，看见苏临远的眼中闪烁着熠熠光辉。

她点了点头，转身快速离开。

回到家，白薇关上门，靠在门板上急急地喘着气。

火热的脸颊被冷风吹散了温度，头脑却还是一片混乱。

家里依然和平常一样安静，客厅里一片黑暗，冷冷清清，但她却第一次感到自己不再孤寂。

苏临远又回到她身边了，而且还跟以前一样爱她。即使他们不能立刻重新在一起，只要苏临远惦记着她，白薇心里也高兴极了。

她哼着歌踏进客厅。

就在这时，黑暗中传来啪的一声。紧接着，沙发旁边亮起了壁灯幽暗的灯光。

白薇头皮一麻，看见有人坐在沙发上。

是华夜。

他手指支着下颌，一声不吭地微侧着脸，姿态冰冷而僵硬。

昏暗的灯光下，他并没有在看着白薇，只好像正在等待着她回来。

白薇心中感到一丝不安，华夜从来不会不打一声招呼就跑到她家里来，而且……似乎有哪里不对劲。

毕竟也跟这个男人相处了很长的时间，白薇也对他的性格略知一二。虽然他平常就很冷淡，但跟现在的样子还是相当的不同。

想了一会儿，白薇鼓起勇气开口："华先生，有急事吗？怎么不打一声招呼就坐在这里，吓了我一跳。找我的话，打电话就行了。"

华夜没说话，抬头默默地看了看她。他的眼睛像是一潭深不见底的湖水，那冰冷的寒意让白薇生生打了一个寒战。

"你，到我这里来。"他招了招手。

白薇犹豫了一下，想过要拒绝，但还是没能敢。他对于她的重要性远胜于一个雇主，所以就算他一声不吭就闯进自己的家，她还是不敢对他生气或者呵斥。

白薇慢吞吞地走到华夜面前，不自觉地低着头。

突然，她的手腕被他一把抓住。

"你的手臂流血了。"华夜说着，从茶几上的盒子里扯过几张纸巾，按住了她的伤处。

白薇转开视线不去看他，她没有注意自己是怎么受伤的，可能是刚才下车的时候情绪太激动，不小心擦到了路边围墙铁栅栏的尖锐处。

"没关系，这点小伤清洗一下就好了，"她勉强笑笑，想了一会儿，下定决心问，"那个……华先生，关于上次说的竞标，你要我去打听苏氏的情况，我一直找不到机会，现在还需要继续想办法打听吗？"

"怎么，你有办法了？"华夜淡淡地问，这样平静的语气听来很奇怪。白薇不敢肯定，他是不是看到了自己刚才从一辆车上下来的情景。

"不是，我今天在街上遇到苏临远了，说了很多话，他似乎对我没什么戒心。"算了，面对这位心思深沉的雇主，还是说实话比较好。在他面前再精巧的谎话也是儿戏，何况说谎也并没有什么好处。

窗外传来细密的雨声，华夜并没有接白薇的话头。他长久地沉默着,整个房间安静的令人窒息。

白薇站在他面前,心跳如雷,她现在可以确认华夜生气了。但是他为什么生气?到底有什么事情会让他生气?

良久,华夜一字一句地说:"我记得,我并没让你私下跟他见面吧?"

白薇心中一颤,果然,他看到苏临远和她在一起。是这件事让他生气的吗?有什么可生气的?

白薇不明白,苏临远跟她恢复关系难道不好吗?她与他熟识,他则想与她旧情复燃,这难道不是会让今后的工作变得更加方便吗?

甚至,她居中让双方好好谈的话,说不定他们可以抛弃竞争关系,成为真正的合作伙伴。毕竟,华夜和苏临远从商的领域是风马牛不相及的。

而就在白薇胡思乱想的时候,华夜突然站了起来。他狠狠瞪了白薇一眼,转身大步走出客厅,带起一阵微冷的风。白薇吓呆了,她从来没有见过华夜这么可怕的眼神,那眼神既冷又狠,像是忍耐着无尽的愤怒,她害怕极了,不假思索地追上去大喊:"华先生!"

她不能让他生气,她不可以做任何让他不满的事情,否则她之前的一切努力都会付之东流!

白薇噙着眼泪追出房子,追进了与华宅连通的走廊。

今天的走廊里没有开灯,窗外投进的月色把墙壁映照得光怪陆离。白薇急急地追着,看见华夜还在怒气冲冲地向前走,立刻提高声音哭喊着:"华先生,请等一下!请问我是到底做错了什么让你生气了?"

华夜的脚步顿了一下,但是没有停。趁此机会,白薇追了上去,一把抓住了华夜的衣袖,华夜下意识地猛力一甩,白薇没有防备,一下子被他甩得倒退了几步,后背狠狠地撞在墙上。

"啊！"她发出一声惊呼，后脑磕在坚硬的墙壁上，痛得眼冒金星。

华夜站住脚步，回头冷冷地看着她。

他没有继续离开，而是转过身朝她一步步地走过来，站在她面前很近的地方。

他的身躯挡住了窗外的月光，更显得这高挑的身影冰冷可怕。白薇紧贴着墙壁，恐惧地抬头看着他，全身颤抖着。她似乎听见自己的牙齿在咯咯作响，就算当年被季佩佩陷害而失去实习机会，很可能前途尽毁的时候，她都没有这么恐惧过。

她看见华夜慢慢伸出手，一把抓住了她的肩膀。

好痛！

无法想象的巨大力气，让她差点尖叫起来，华夜狠狠揪着她的肩膀，就像要把她身上的肉揪下来一般。泪水顺着她的脸颊淌下，她不知道这是因为疼痛，还是恐惧，或者是莫名惹华夜生气而导致的绝望感。

"你……为什么还要追过来……"华夜咬牙挤出声音，揪住她肩膀的手用力晃了两下。

白薇咬着嘴唇不敢吭声，泪水已经模糊了双眼。华夜咬着牙，另一只手捏住她的下巴，用力抬了起来。

"你知不知道自己到底做了一件多愚蠢的事情？！"他厉声质问。

白薇虚弱地摇了摇头，华夜的力气实在太大了，她无法挣脱，甚至感觉整个身体都被他提了起来，脑子里越发一片混乱。

华夜看着她茫然而恐惧的神情，眼中的愤恨无以复加："你在私人场合跟苏临远来往，真是大错特错！你贪图一时之快，很可能会毁掉我至今为止的全部努力，甚至可能会毁了你自己！"

"为……为什么……"白薇吃力地问，她什么都听不懂，"我……我只是和他偶然邂逅，谈了一些往事。为什么会毁灭……

我……不明白啊……"

"你真的以为那是偶然邂逅吗？K城这么大，他怎么可能这么凑巧就能在今天遇到你！你真以为他还是当年那个天真无邪的毛头小子吗？如果他真的这么单纯，为什么我又要花这么大的力气去接近他，打探他，他根本没有你想象得这么简单！"

"我……我知道啊……我知道苏临远和我一样，已经成长了，他是一个很有能力的领导者。但是，这跟毁灭……又有什么关系呢……"

"毁灭是因为你的身份！你在华氏和其他人都不一样！虽然除了你之外，我在公司里还有很多亲信，但因为多了一层父辈的关系，而且你年纪小又是女孩子，我一直对你特别照顾！我的这么多亲信，只有你一直留在我身边。现在这一切，因为苏临远送你回家而全部被他确认了！他已经知道你住在我的地盘上，在这种情况下，苏家要捏造一些耸人听闻的消息难道还不容易吗？你到底明不明白！"

——苏临远是不会做那种事的！

这是白薇脑海中闪现的第一个念头，但是她硬是忍住没有说出来。华夜正在气头上，要是再敢说这种话，她就真的死路一条了。

"你的意思是……苏家要捏造我和你的绯闻？"她颤巍巍地问，"但是，这种事对你根本造不成打击，到底……有什么意义呢？"

华夜的眼中流露出一丝冷笑，那笑容既像愤怒到了极点，又像是冰冷的嘲讽。

"不会这么简单，你……很快就会明白的。"他说着，一下子放开白薇，转身离去，背影很快消失在走廊尽头的黑暗里。

白薇背靠在墙壁上，身体缓缓滑下，坐倒在冰冷的地面上。长发垂落在她的耳际，她低下头捂住脸，无声地抽泣起来。

到了最后，她还是不明白自己到底哪里做错了，而且她也不愿意相信苏临远接近她是另有所图。她只是华夜手下的一个小兵,没有任何地位和权力,有无数人可以随时替代她,就算她被谁算计并且被赶出华氏的公司,又有什么意义呢?

相比之下,华夜莫名的愤怒让她更加不安。该怎么办才好?他会赶她走吗?如果离开了华氏,她要去哪里?怎么向父母交代?

入夜的走廊冰冷刺骨,白薇却毫无知觉。她的心脏仿佛冻结了,再寒冷的温度,也已经碰触不到她冰冷而绝望的心。

不知过了多久,她的眼前微微一亮。白薇抬起头,看见走廊两侧墙壁上的壁灯亮了起来。因为这条走廊是连接她家和华家住宅的唯一通路,平常没什么人使用,所以也不开灯,如今骤然亮起的朦胧灯光,似乎给这黑暗的夜晚带来了一丝暖意。

走廊尽头,华夜正在慢慢走来,他回来了。

白薇心中一惊,但很快感到他身上已经没有了之前的那种愤怒。看见白薇坐在地上哭泣的样子,华夜皱了皱眉,快步走到她面前。

"你这个傻瓜,坐在这里哭什么?走廊里这么冷,你的病才刚好,小心又着凉。"

说着,他俯下身,把白薇拦腰抱了起来。

白薇一怔,还没有说什么,华夜已经抱着她快步往她家的方向走去。他温暖的体温透过双臂传递过来,令她的全身莫名战栗起来。

这时她才发现,自己的身体已经快要冻僵了。

华夜一路把她抱回家里,放在沙发上,而后低下头,脸埋在她的长发里停留了一会儿。

"抱歉……"他轻声说,"我并不是要故意责怪你,是我自己……给你出了一个难题。"

"不,怪我没能克制住自己的私心。"白薇低垂着脸,不敢看他,"如果你真的这么生气,就算赶我走……也没关系。"

华夜怔了怔,没有说话。然后他摸了摸白薇的头,起身离开了客厅。

白薇抱着靠垫,蜷缩在沙发的角落,华夜临走前打开了暖气,空调发出咝咝的声音吹起暖风,让她的身体渐渐暖和起来。

在温柔的暖意中,她开始感到疲倦,她想睡觉,想在梦中逃离这一切,忘记这可怕的一夜……

CHAPTER 10
比你想象中喜欢得多

隔天醒来的时候,天早就已经大亮了。

窗帘的缝隙间投进一丝丝的亮光,隐约能听见窗外鸟儿清脆的叫声。白薇躺在沙发上,眯着眼一动不动,她身上盖着毯子,衬衫从一侧的肩头滑落,白皙的肌肤上泛着可怕的青紫色,那是昨晚华夜狠狠抓住她的肩膀所留下的痕迹。

这片痕迹让白薇知道那时他究竟有多生气。但他还是忍耐了下来,并且返回来看她,把她送回家里去。

心中五味杂陈,白薇起身,一边扎起长发一边走到窗前,望向窗外。

太阳出来了,昨晚似乎下过雨,温暖的阳光照亮了地上一个个小水洼。

安静的窗外,一个人也没有。昨晚苏临远停车的地方空荡荡的,那些甜蜜的回忆仿佛是一场梦。

白薇长吁一口气,突然不想看到那块空地。不仅如此,她连屋子里都不想待了，这个空旷寂静的地方让她感到全身冰冷，她想逃走，逃到一个人多热闹的地方去。

那么，去上班吧。

虽然病假还有一天，但提前上班总归没有坏处。这几天白薇经常接到温小姐的问候短信，表面上是在叮嘱她好好养病，言语间却透出很希望她早日来上班的意愿。

律所工作繁忙，缺少一个员工就是一项大损失，反正在家里待得太久，骨头也硬了，就上班去活动活动筋骨吧。

白薇开始忙着洗漱，昨天糊里糊涂地没洗澡就睡着了，全身上下又脏又乱。她花了一个小时细细打扮自己，一切完毕后才走出盥洗室，当她刚刚在冰箱里翻出一袋面包来吃的时候，电话响了。

铃声很不同，是内线电话，来自华家主宅。白薇以为是华夜的电话，连忙接起来，然而里面传来的是一个略微耳熟的老年女声。

"是白小姐吗？"

"您是……"白薇一下子没反应过来。

"你好，我是华夜的妈妈，麻烦你过来一下好吗？"老年女声的语气平稳而温和，听不出什么情绪。

白薇的身体瞬间就僵硬了，脑海中浮现出那天晚上她偷看到的谈话。

白薇并没有跟华夫人接触过，只是凭印象感觉她是一位高雅又不失严厉的人。她的妈妈和这位夫人的关系似乎不错，因为去年华夜的父亲也因为中风入院了，华夫人心急如焚，就来向白薇的妈妈讨教了一些康复食疗菜谱。

可上班时间就快到了，华夫人找她有什么事呢？

白薇犹豫了一下，还是立刻赶去了华家的主宅。

她不能得罪华夜，同样也不能得罪他的家人。

昨晚她和华夜争执的那条走廊里还是静悄悄的，她一路大步走，就像在一座迷宫里那样七拐八绕。走了几分钟，她看见一位中年男佣站在走廊的尽头,看见她就行了一个礼:"白小姐,华夫人正在等您。"

沉重的大门缓缓打开,映入白薇眼帘的是一处奢华优雅的餐厅。

餐厅很大,长条桌的另一头坐着华夫人。她的头发已经半白,脑后挽着发髻,身穿一件深红色的天鹅绒睡袍,看见白薇后,她淡淡一笑,然后给男佣使了一个眼色。

大门在白薇身后慢慢关上,悄无声息地合拢了。

偌大的餐厅里,只剩下了白薇和华夫人两个人,空气里弥漫着令人窒息的寂静。华夫人对白薇笑了笑,但眼中却好像有一丝淡淡的烦恼。

"薇薇,辛苦你了。"她对白薇温和地说。

白薇一怔,窘迫得不知如何是好:"呃……没有,我没有很辛苦,只是和所有人一样在工作而已。"

华夫人又笑笑,眼中却透出更多的忧郁。

"你……看看这张报纸吧。"她轻叹了一口气。

长条餐桌的另一端就在白薇面前,桌上放着一张报纸。

白薇十分不解,上前一步拿起报纸。瞬间,她的头上仿佛炸开一个响雷,只是看了一眼头版,她就脸色煞白。

——华氏总裁情妇深夜密会富豪公子,疑为新欢?!

下方的照片,赫然就是昨晚她坐在苏临远车子里的场面,而且抓拍到的角度,恰好能看见他们两人的手紧握在一起。

白薇全身颤抖着,报纸从手中滑落。

她惊恐地捂住嘴。

华夫人忧郁地看着她,柔声说:"现在,你明白他昨晚为什么要对你发脾气了吧。"

"我……我真的不知道会……这样……"白薇颤声说,双脚几乎站立不住。

但是，她还是努力平静了一下，捡起报纸看了看全文。

报道者显然对华家的产业十分了解，知道白薇所处的住宅是与主宅相连通的一处偏宅，由此，报道推断出她与华家有着密切的关系，加上华夜至今依然是单身，这其中的缘由玩味起来就十分引人遐想了。而在遐想的基础上，报道又推测了白薇与苏临远深夜密会的种种可能性，劈腿新欢只是其中之一，或许她有可能是受了华夜的指使，巧施美人计企图从苏临远口中套取商业机密。

如果真是这样，那情况就严重了。华氏在K城一直是以强势正派的形象示人，涉及的生意项目遍及众多领域，在海外发展得也不错，算是K城的一个精神标志。几乎每年年末的各种表彰，华氏都是榜上有名。

这样一个大企业，居然会派出美女去跟初来本地发展的苏氏搞公关，未免也太肮脏了。不但如此，报道甚至猜测，能让华氏不惜耍手段也要打探消息，这个苏氏还真厉害，难道说这家企业非常具有竞争力，让一向从容的华氏也感到惊慌了？

虽然这一切都是猜测，但由此引发的影响力，白薇已经十分清楚了。这篇报道，是在一桶一桶地往华夜身上泼脏水，同时暗地夸赞了苏临远一把。

她的心脏仿佛冻结，是谁在背地里这么做，又是为了什么，她不敢去细想。

"薇薇，"这时，华夫人又说，"我看你的打扮，是要去上班吧？"

白薇点了点头。

"暂时先不要去了吧，陪我吃点东西。如果情况不妙的话，接下来的一段时间……恐怕也得委屈你了。"

"……不，这一切本来就是我的错。"

白薇心中充满了苦楚，华夜昨晚的话居然都成真了，而且来得这么快，这么严重。

这下子，她终于明白华夜所说的毁灭到底是怎么回事。出了这种丑闻对华氏的打击可大可小，如果公关做得不好，或许华夜真的会身败名裂！

究竟是怎么回事？为什么有人会知道昨天晚上她和苏临远在车里，而且偏偏这么凑巧地拍到了他们双手相握的照片？如果真是事先有预谋，那难道从一开始他们就被人跟踪了？

白薇回想着，眼前浮现出了苏临远微笑的脸。

热闹的北街，温暖的阳光。

她和他在这里邂逅了。

不……不会的，她不相信苏临远会这么做！那个时候，他还在车里对她微笑着，说愿意和她结婚，难道那些甜言蜜语和温暖微笑都是骗人的？！不，她不相信！

况且，他能有百分百的把握，确信通过她能够把华氏击溃吗？成功了对他又有什么好处？华氏是一个多么强力的合作伙伴，更何况华夜这个人一向是有仇必报，出了这种事他一定会揪出幕后黑手，任何敌人一旦落到他的手里都是死路一条，没有例外！

白薇相信，苏临远不可能那么蠢，从别处来到K城，企图扳倒一个本地大企业，这根本是不可能而且没有意义的。况且他和华夜一样有着身为实业家的骄傲和自尊，他不可能会乐于使用这种卑鄙低级的手段。

想到这里，白薇突然想起一件事："对了，华夫人，华先生他去哪里了？这件事……他知道吗？"

"他很生气，"华夫人轻轻摇头，"他现在正在发动一切力量调查这件事，最近会很忙，没法顾及到你。所以，他想让你在主宅住一段时间，也尽量不要出去，以免再遇到什么意外。"

白薇心中一痛，这个时候，华夜居然还想着要维护她。他不是应该狠狠地把她赶出华氏，甚至毁掉她在K城的工作前途，勒令她一辈子也不准回来吗？

"我……真是……"她的眼中溢着泪水，不知道该说什么才好，"都已经这样了，华先生居然还……"

华夫人摇头叹息："也不能全怪你，如果他能早一点向你坦诚心意，事情也不会落到今天这种地步。"

白薇怔了怔："您……说什么？"

华夫人有些为难地笑笑："你没听错，华夜那孩子，挺喜欢你的。"

白薇震惊地捂住嘴："……这……不……怎么会……我，这……不可能！"

他明明应该恨透了她吧，他应该恨透了她的天真和愚蠢，还有她对旧爱的念念不忘！为什么……他们根本不是一个世界的人，为什么会发生这种事！

"抱歉，我吓到你了吧，"看见白薇惊愕的神情，华夫人有些抱歉地说，"华夜也是怕你会这样，才迟迟不愿意表露心迹。他想再等等，毕竟你一点都不喜欢他，是不是？"

"不，我……"白薇尴尬不已，"不是，我，我只是……我只是一个普通人，什么优点都没有，出身也很平凡，我和他不合适的，一点都不……我……"

"那些华夜一向都不在乎，我也不想干涉他。他爸爸因病辞退董事职务的时候他还很年轻，为了守住家业他吃了很多苦，所以，我不想在生活上给他诸多束缚，他喜欢什么样的女孩子，我都不会反对。只是，我对于他的纵容反而是害了你。如果你们早些互相坦诚心意，说清楚能不能互相接受，就不会有现在这些乱七八糟的事情了。"

华夫人既自责又忧愁，说完话之后闭上眼睛，轻轻揉了揉眉心。白薇见状，连忙走到华夫人身边，俯身帮她揉了起来。

"对不起，我……一点都不知道……"她轻声说，"我只是以为华先生像他说的那样，觉得我年纪小又是女孩子，所以对我特别照顾。"

"我也不太清楚他的心思是从什么时候开始发生了变化,但是你从来就没有喜欢过他,是吧?"华夫人问。

白薇咬了咬嘴唇,点点头:"我……很敬畏他,他是一位值得尊重的上司。"

"既然如此,他就更不可能对你说真心话了,否则,他担心会把你吓到,你会逃走的。"

"但事到如今,我也不可能再继续留在这里。这件事错在我,我不想……连累华家。"

"你这是说的什么话,"华夫人叹了口气,"……算了,也罢,我知道你是个很要强的孩子。你们年轻人的想法,我是不太懂了,就按照你觉得合适的方法去做吧。"

白薇点了点头,她很感激华夫人的开明。正在这时,餐厅的门突然被人推开了,一个佣人慌慌张张地冲了进来:"不,不好了……偏宅的窗户被人砸坏了!"

"什么?"华夫人一下子睁大了眼睛。

偏宅就是白薇的家,当她赶回去的时候,客厅里一片狼藉,玻璃碎片满地都是。地上还散落着几块砖头,很明显这就是凶器。

华家已经报了警,但现场没什么线索,要抓住肇事者恐怕有些困难。白薇看着那些玻璃碎片,更加坚定了搬家的决心。事情还没有结束,如果她不走,不但会继续遇到麻烦,恐怕也会波及到华家。

白薇开始在网上找房子,也委托了一下四妹,她在K城的交际圈子比自己广泛很多。

四妹自然也已经知道了那篇恶心的报道,但她相信白薇是清白的,绝对是被什么人陷害了。因为照她的话来说,虽然这些年白薇的工作能力有所提高,但骨子里还是个呆萌蠢蛋,才玩不起美人计这种高端的计谋。

这种现实而残酷的话，让白薇悲愤地简直要撞墙。

在事情平息下来之前，白薇不太合适外出乱跑，因此短时间内很难和四妹见面了。小爱也还逗留在K城，但白薇自然也无法继续作陪，之前三人约好的北街之旅也完全泡汤了。

等待和躲藏的日子十分煎熬。

白薇整日待在家里，感觉时间的流逝从来没有这么漫长过。

一开始，她还心怀侥幸，白天休息，傍晚出门去超市采购日用品。然而第一次出门她就很倒霉地遇到了等候多时的八卦记者，三个身材高大的男记者举着相机和话筒，从三个方向朝白薇逼近，吓得她落荒而逃。

这些年华家的事业发展得如日中天，私生活却很低调，媒体圈早就被憋得内伤了，好不容易有这次机会，记者几乎把华家当成丑闻明星那样，使劲地八卦着。

白薇真是烦透了。之后她只能在深夜外出，其余时间都把窗子全部关上，拉紧窗帘，切断自己的所有联系方式，一个人缩在沙发角落里发呆。在日复一日的煎熬中，她也听说了华氏在这起事件中受到的影响。

有照片为证，加上那篇恶意揣测的报道，华氏的声誉自然遭到质疑。相关公司的股票大幅跌落，部分合作伙伴因此毁约，华夜甚至暗中被人冠上恶劣而难听的名号。

因为闹得实在太大，连远在老家的妈妈都听说了这件事。她和白薇在电脑上视频时，白薇一看到妈妈的脸，忍不住哭了。善解人意的妈妈并没有提起新闻的事，只是跟白薇随便聊了些家常。

她说，白爸爸的身体情况不错，只要注意别太劳累，病情就能保持稳定。如果白薇愿意的话，可以随时回家来看看。

"要是实在没空的话，天气冷了，我给你织件毛衣吧。"妈妈的脸在屏幕上笑得很温柔。

"别，毛衣我可以自己买，别累着你们。"白薇连忙说。

"不累，在家里反正闲着也是闲着，练练手而已。"妈妈笑了笑。

困难的时候有了妈妈的安慰，即使不用织毛衣，她也觉得心情好多了。她开始适应这种昼伏夜出的孤单生活，但还有一根刺横亘在她的心中无法消失——那就是苏临远。

那天晚上他走了以后，就再也没有出现，没有电话，也没有任何联系。白薇觉得，他不会再在她面前出现了。这种猜测让她心如刀割。

白薇的心不是铁打的，虽然她喜欢苏临远这么多年，但她恐怕已经无法再单纯坦诚地面对他。即使他们今后还有机会见面，只要一看到他的脸，白薇相信自己一定就会回忆起这件事情。

无论这件事的始作俑者是谁，她的心里已经留下了一道深深的伤口。

即使，她依然是这么地喜欢他。

事情发生两周以后，风波有渐渐平息的趋势，白薇给律所打了个电话，想问问公司里的情况。接电话的是温小姐，她听到白薇的声音喜出望外。原来她以为白薇已经离开K城了，毕竟闹出了这样的丑闻，普通人可能早已没法在华氏待下去，但既然白薇还安然无恙，就代表华夜愿意挺她。

温小姐告诉白薇，律所已经给她派了新的助手。虽然白薇的人事关系还留在律所，但已经是停薪留职的阶段，可能华氏对她的去向有新的安排。也有很多人打听过白薇的情况，但温小姐自己也不清楚，所以什么都没说。

根据温小姐的描述，白薇已经不敢再去律所了，有了被记者围追堵截的遭遇之后，她现在非常害怕人多的场合，更加不想被熟人询问八卦。

她在律所的职业生涯，已经结束了。

但她已经不是当年毫无经验的毕业生，现在的她心里很平静，即使离开律所,即使离开律师行业,她也有其他去向。

谢过温小姐之后,白薇挂掉电话,长吁一口气。

这,应该是她人生某一阶段的终点吧。接下来,她应该怎么走呢?

正在这时,她感到身后有一丝异样,便转过身去。

华夜正站在客厅门口。

一开始,他只是沉默地看着白薇,他的身影还是那么潇洒迷人,微冷的神情像是阳光下凝结的坚冰。白薇以为他在这次的事件里受到的冲击比自己更大,但他看起来并没有很疲倦的样子,反而比平常更加神采奕奕。

这样的华夜,让白薇觉得哪里不太对劲。

"砸玻璃的事我听说了,你没事吧。"华夜缓缓扫了一眼客厅,最终视线停留在白薇身上。

"没事,但是有件事我想和你说,"白薇轻声说,"继续留在这里会给我自己和你们带来很多危险,所以我决定要搬走。"

坦白地说,华家偏宅的居住条件非常不错,这里设施完备,房租便宜,而且白薇有足够的私人空间。此外,在有需要的时候她只要打内线电话,就会立刻有佣人来帮忙解决困难。但白薇实在无颜再继续赖在这里不走。

听了白薇的话,华夜脸上也没什么表情。

"好吧,"他淡淡地说,"如果你找到了新的住处,记得告诉我。"

他连一句挽留的话都没有说。如果是过去,白薇觉得这再也正常不过了,华夜的脾气就是这样清冷寡淡。但是经过那一日和华夫人的交谈以后,她知道华夜对她的冷漠疏离之下,隐藏的是怎样一种复杂的情感。

他不是不想挽留,而是不能吧?他知道她是那种做了决定就不想再回头的人,也知道她会对他的一言一行都无比在意。他是她的顶头上司，是她的君主，他的任何异样举动都会让她感到紧张和不安。

白薇对华夜一直是小心翼翼的，华夜也知道这一点。所以，他不会让自己流露出工作以外的任何私人态度，他不想让白薇感到紧张，然后花费精力来揣测自己的真实用意。这就是属于华夜独有的体贴吧，他并不是一个没有七情六欲的工作机器，他一直很在意她的感受。

白薇想了一下，不愿意再等待了。

华夜是华家的主人，就连华夫人也无法命令他。只要他不愿意，没有任何人能够逼迫他袒露心意。他肯定已经知道了华夫人和她的谈话，却依然保持着沉默，白薇明白，这说明他不想改变自己在感情上的做法，他很执拗。所以，只能由她先说了，她不想不明不白地离开华家。

"你……真的一点都不想挽留我吗？"她问，"我走了以后，说不定会告诉你假地址的。"

华夜愣了一下，而后淡淡地说："我会调查到的，除非你离开K城，离开华氏。"

"如果你一直不肯说真心话，说不定我真的会！"白薇提高了声音。

华夜沉默了一会儿，说："要是那样会让你觉得高兴也无妨。你已经从我这里学到了足够的工作经验，我也逼迫你做了太多超越自己能力的事情。我知道你在我手下过得很辛苦，以后，我不想再这样勉强你了，你还年轻，就算离开了我，在其他地方也一定会有更好的前途。至于你父母那里，我会去解释的。"

白薇皱眉："你这是……在赶我走？"

华夜闭上眼睛，叹了口气："事情已经背离了我的初衷，我不想再让你受到无谓的伤害。"

"可这……难道不是我自己的责任吗？是我太不谨慎，被爱情冲昏了头脑……"

"在你的错误之前,是我错在先,把这个太重的任务压在了你的身上。"

"不是……"白薇继续说,"如果要追究你的责任,不是因为你给了我这个任务,而是……你一直都没有告诉过我,你对我的心意……如果不是华夫人,我……我永远都不知道……"

华夜又沉默了一会儿,而后淡淡一笑:"你想得真简单,如果我说了实话,难道你就不会跟苏临远约会了?"

白薇一怔。

华夜继续说:"为什么我要隐瞒,你不明白吗?你心里有别人,那个人对你来说比我重要得多。我对你而言只是一个严厉冷酷的上司,而他才是你想携手一生的人,如果我硬要争夺你,并不会让你感到幸福,反而会把你的生活搞得一团糟。最初的时候,我为了帮助你才把你带在身边,这一点我不会忘。所以不论我对你的感情发生了什么样的变化,我都不会改变自己的初衷。"

白薇怔怔地看着他。他的眼神冷冽如冰,漆黑的眼瞳里像是有雾气在缭绕。

白薇的心里,突然有一点微微的疼痛。是怎样严苛的人生,让华夜学会了如此完美地控制自己?或者说,正是因为他有如此完美的自制力,才能凭一己之手将华氏带领到如此强大的地步。

白薇以为自己已经学会了很多,但是与华夜相比,依然遥不可及。

"抱歉,我……总是这么幼稚。"她轻声说,"我那么任性,都一把年纪了,还像个傻乎乎的怀春少女。我不奢求什么东西,只是想明白一下,你到底……"

白薇低垂着头,感觉自己的身体在微微颤抖。

华夜走近了她几步,然后猛力地一把抱住她。

白薇发出一声惊呼,身体跌进一个温暖的怀抱里。华夜的手臂牢牢地禁锢着她，那力气像是要把她的五脏六腑都从身体里挤出来，让她几乎无法呼吸。

她心跳如雷，感觉到华夜温暖的气息缓缓接近她的耳旁，低声说："我比你想象中，要喜欢得多……"

白薇睁大着眼睛一动不动，脸靠在华夜的胸前。

那清晰的心跳声传入她的耳际，那么的温暖而真实。

她突然什么也无法思考了，脑海中混乱一片，连双脚都站不住。她想不起任何事情，耳中只是回荡着那清晰的心跳声，还有那句话。

——比你想象中，要喜欢得多。

她从来没有想过会有这么一天，这个永远寡情而严苛的男人，居然会如此失控地拥抱着她，说喜欢她。她总是很怕他，但对他更多的是感激，他帮助了她太多，如果没有华夜，她如今的人生不知道该是什么模样。

这份感情，她应该接受吗？

如果是以前，她满脑子肯定想的都是苏临远，然后坚定地对华夜说不。

可现在，她茫然了。因为只要一想到苏临远，她心上的伤口就剧烈地抽痛起来，那件意外对她留下的伤害实在太深。她只是一个年轻的女孩，承受不了这么多的诽谤和污蔑。

就这样沉沦吗？白薇想不到一个确切的答案。

很多事情还一团糟，她不能因为自己受伤的心，而自私地贪恋一个新的温暖怀抱。那样做是对华夜的不公平，她不应该利用他的感情去为自己寻求安慰。

想到这里，她的头脑清醒了起来。稍稍一挣扎，她摆脱了华夜的怀抱。

华夜依然沉默地望着她，深邃的眼瞳像是一池望不见底的湖水。

白薇抬头看着他,静静地说:"我不会离开华氏,在弄清楚这件事情的真相之前,我不会一走了之。"

华夜没说话,但神情似乎微妙地松懈下来。

"谢谢你,"他轻声说,"我不会勉强你做什么事,但你愿意留下来帮助我的话,当然更好不过。"

白薇笑了笑:"我不是那种闯下祸以后只知道逃走的人,那么,我能帮你做什么呢?"

华夜想了一会儿:"现在这样的情况,你不适合再抛头露面,我打算先给你换岗。"

白薇一愣:"换岗?换到哪里去?我可没有别的专业技能啊。"

"不用担心,我会把你调到华氏总公司的档案室去。那里算是一个养老部门,员工基本都是退休后返聘的,背景清楚,对华氏忠心耿耿,比较安全。"

"安全?"

"因为我还不太清楚到底有多少人牵扯到这次的事件里来,所以不能贸然让你到外面去工作了,调到档案室比较合适。"

"哦……"白薇有些沮丧,华夜摆明了并不需要她帮忙。

"你可以看看卷宗,"华夜加了一句,"那里有华氏成立至今各方面的法律纠纷资料,以及各种商业合作协议。你没有接触过这些东西,以完全陌生的眼光去看,说不定能发现一些端倪。"

"哦?"白薇立刻又不沮丧了,这种口气是要让她调查谁是这次的幕后黑手吗?

华夜看着她忽冷忽热的表情,有点无奈地叹了口气:"你的心思不要这么好猜行不行?一下子就会被人看透的。"

白薇一愣,有些羞愤地捂住脸:"只是你比较会猜!"

华夜还想说什么,内线电话响了,是华家主宅打来的。

他接了起来:"……是我,是的,我在这里……好的,我马上来。"

挂掉电话,他回头道:"那我走了,要开一个家庭会议。"

白薇皱了皱眉:"是关于这次事情的?"

"对,和家里人商量一下对策。"

"我……能去吗?"

"你?"华夜不解地看看她。

"我不是要参与,只是……有点好奇,"白薇揉揉鼻子,"不行的话就算了。"

华夜想了想:"你不太合适在场,一定要听的话,就在外面听吧。"

靠,还真是一点都不客气!

白薇晕了,她以为华夜会大度地说"一起去吧没问题",结果这家伙还真不让她旁听?!这男人的意志果然坚如磐石,觉得她不适合在场就绝对不会让她在场,太冷酷了!

话虽如此,假如华夜真的带她一起讨论,她还真有点下不来台。毕竟,她在这件事里完全就是一个犯傻的炮灰,是一个小得不能再小的角色。

既然如此,也就没什么可膈应的了。

华夜的想法很合适,于是白薇不再耽搁时间,稍微整理了一下仪容,而后就跟着他离开了客厅,前往华家主宅。

CHAPTER 11
提前进入养老生活

到了主宅,华夜把白薇带进上次的那间书房里。它与隔壁的会议室有一扇门连通,白薇可以听见里面的声音,但不被发现。

白薇凑近门缝,低头往里面看,隔壁的会议室装饰很简单,只有一张巨大的椭圆形会议桌和一圈椅子。已经有不少人坐在那里等候,白薇一眼就看见了华夜的父母,他们身边分别坐着一位秘书,除此之外就是几个西装革履的中年男子和职业装的熟女。

他们是谁?是华家的亲戚还是华氏的管理层,或者是华夜的心腹?

白薇正在想着,看见华夜推门走了进去。

"各位久等了。"他一边说,一边走到华夫人对面的位置坐下。

"你和白小姐谈过了?"华夫人凑上前问他。

"现在不适合讨论这些,"华夜的神情十分冷淡,看了看自己父亲身边的秘书,"拿出来。"

秘书取出一叠厚厚的资料，华夜一眼都没有看，拿起来直接放在了会议桌上。

华夜朝他们扫视一圈，冷声说："各位，我知道你们为华氏多年尽心尽力，有些是公司的元老，有些是与我血脉相连的亲戚。这一次的事件明显是有人在背后陷害，这些资料是与华氏合作或者竞争过的所有对手，我希望大家能够帮助我分析，弄清楚到底是谁想要借机搞垮我们。"

"这件事难道不是苏氏在从中作梗？"有人问。

"关于这一点，我将信将疑，"华夜冷冷一笑，"且不论苏氏在K城还没有稳固的立足之地，未必有这么大的能耐在我眼皮底下兴风作浪，更重要的是他们没那么傻。舆论是一把双刃剑，他们想要往我们身上泼脏水，自己可不一定能全身而退。"说着，他看了一眼秘书。

秘书点头，立刻拿出几份报道："确实如华先生所说，在这次的事件中，除了我们，苏氏的声誉也受到了损害，尤其是苏临远先生的品行问题。因此，与苏氏的嫌疑相比，有人想利用这个机会同时搞垮华苏两家的可能性更大。"

看到那些报道，与会的众人都不出声了。

"闲话我也不想多说，"华夜继续开口，"就按照我刚才说的，请各位把近十年与华氏关系比较密切的公司，无论是合作者还是竞争者，把它们的情况都具体向我做一份说明。叶经理，就从你开始吧。"

被称作叶经理的中年男子点了一下头，开始向华夜汇报自己接触过的客户。光是他一个人，手头就有几十个客户，规模大小不一。在他之后，其余的经理主管们也开始一个接一个地汇报，华夜皱眉听着，时而低声交代秘书记录些什么，时而用手势示意暂停汇报，询问一些细节。

白薇一直站在门边，起先还认真在听，渐渐地就分不清哪个经理在介绍哪个公司了。与华氏合作过的客户实在太多,有小型的民营企业,也有跨国的大企业,甚至有些鼎鼎大名的公司,让白薇光听名字就暗自咋舌。

但无论对方是什么身份,在华夜眼里只有三个字:嫌疑犯。

他并没有被愤怒和嫉妒蒙蔽,小心眼地把仇恨集中在苏临远一个人身上。正如之前他对白薇以及经理们所说的那样,这次事件并不是一起简单的绯闻,它可能隐藏着更深的阴谋。

这一点,是白薇始料未及的。而华夜从中表现出的强硬和警觉,又让她对他多了一份新的认知。

这个男人,即使在极端的愤怒中也不会忘记冷静思考,依然可以纵观大局,并且找到隐藏的真相和最正确的解决方法。

她突然感到,苏临远或许远不是华夜的对手。

苏临远是一个愿意忍耐、退让、等待和放弃的人,为了尽量不让自己和身边的人受到伤害,他可以违背自己的意愿舍弃很多东西。就像那时他抛弃了她一样。虽然他很爱她,但是为了她的幸福和未来,他可以抛弃这份爱。

可华夜不同,他就像是一团冰冷的火焰,会将一切阻挡他的、让他感到不愉快的东西燃烧殆尽。倨傲和冷漠只是他的外表,其实他的内心充满了炽热的侵略性。

这种侵略性,让他在商场上无往而不胜。这一点也是白薇在苏临远身上从来没有看到过的,无论是过去还是现在。

她幻想着,如果是华夜遇到了季佩佩的纠缠,结果又会如何呢?或许她根本没法像在苏临远身边这样安安稳稳地活到现在,而早就会被华夜想办法榨干之后打发走吧?

会议还在继续,经理主管们依然一个接一个地汇报着,而华夜始终沉默地听着。会议的气氛非常严肃,一分一秒都没有放松过,所有人都害怕华夜会从他们的汇报中听出什么端倪,然后大发雷霆。

白薇长吁了一口气。

华夜虽然那么的年轻,但早已奠定了他在华氏中的霸主地位。没有任何人会质疑,也没有人敢质疑。

感觉会议的气氛实在太紧张,白薇悄悄退走了。远远离开门口,她才发现自己已经出了一身的冷汗。真不知道那些经理主管是怎么忍耐住老板的这种压迫力的,大概他们已经习惯了吧。

这时,手机震动起来,有短信。白薇打开一看,是四妹发来的,告诉她合适的房子又找到了几处,让她过去看看。

这段时间里,白薇和四妹分别都找了不少房源,但因为白薇需要躲避媒体,又要上班,就一直没有找到称心如意的房子。这次的新房源,白薇也没有抱太大希望,晚上吃过饭以后就出门跟四妹见了一面,没想到无心插柳,这一次的房子居然相当称心,各方面都很合适。

白薇最后选定了一处,签约付定金,迅速搞定。然后,隔天她就搬进去了。

她身上没多少行李,只带了一些衣服和电脑,琐碎物品全都留在了华家。她不想太大张旗鼓,引来媒体注意,也不想太惊动华家的人。

到达新家的时候已经是深夜,房子里的生活设施一应俱全,只需要打扫一下,再添购一些生活用品就行了。白薇扔下行李,稍微检查了各处的情况,就疲惫地倒在床上,呆呆地望着天花板。

没有任何的阻拦,也没有挽留,她就这样轻轻松松地走了。她可以这样轻松地离开华家,是否也可以这样轻轻松松地离开K城,离开华夜的身边?

白薇心中的某一处,似乎已经和以前不一样。经过这次的事件……不,说不定这件事只是一个让她觉悟的契机,她的心早就已经变了。

华夜已经坚信,偷拍照片的另有其人,并且开始调查嫌疑犯了。那么她自己呢?她已经没有勇气跟苏临远复合,并且又没那么喜欢华夜,还要躲避那些神出鬼没的媒体。留在K城让她十分痛苦,何况她早就有了足够的工作和社交经验,再也不需要依附华夜来求得安稳的生活了。

既然如此,为什么不离开他?

这是白薇跟着华夜来到K城之后,这么久以来第一次主动生出这种念头。

虽然她觉得自己在这种时候不应该离开,而是应该帮助华夜解决这次的危机,而且也曾下定过决心。但旁听了那天的会议以后,她发觉华夜根本就不需要她。说不定,她的存在对他还是一个累赘,因为不知道什么时候媒体还会偷拍她。

她是不是真的应该离开华夜,真正去开始另一段新的人生?

到了这个地步,父母那边也不是那么难通融的吧?况且华夜说过,如果她要走,他会去帮她解释的。

不知过了多久,她才发觉手机在响,而且已经不知道响了多久。她一直在发呆,居然完全没有听见。

她连忙抓起来接电话:"喂?"

"你在干什么?这么久不接电话。"耳边传来华夜淡淡的声音。

白薇一怔,随口扯谎:"哦,我……我刚才在洗澡,没听见……"

电话那头沉默了一会儿,华夜似乎在判断她有没有说真话。

过了一会儿,他淡淡地问:"你搬走了?"

他的语气没什么起伏,因此白薇也无法判断他对自己搬家这件事有什么看法,只能老老实实地说:"对,搬走了。"

"找到称心的房子了?"

"嗯。"

"怎么也不跟我说一声?"

"……呃，怕你工作太忙，就没打扰。再说只是拎包入住，很方便的，我一个人能搞定。"

"哦。"华夜的语气依然没什么起伏。

白薇有些紧张，她最怕华夜这种深藏不露的样子。于是，她小心翼翼地说："华先生，你真的不用在意我的事情。我自己这边可以处理好。"

"我知道，只是你一声不吭就走了，我和家里人都很担心你。"

白薇一怔，家里人是指华夫人吗？

她沉默了一会儿，咬了咬牙，说："华先生，谢谢你们。不过我也有我自己的打算，之前是我太自以为是了，觉得自己可以帮你一起解决这次的问题，但看过你主持的会议以后，我才发现我根本一点用处也没有。所以，或许我暂时离开你会比较好，否则不但对你没有帮助，还可能给你添乱。"

华夜没说话，半晌，似乎叹了一口气。

"因为你有兴趣，我才会让你去旁听会议，并不希望你胡思乱想什么。那么你所谓的暂时离开，是要离开华家还是离开华氏，甚至是离开K城？"

白薇咬住嘴唇，不知如何开口。

华夜又说："不管你是哪一种，我都不会允许的。你应该知道我的脾气，我不喜欢朝令夕改和犹豫不决。既然你说过要留下，就不准再走，待会儿把你的新地址发短信给我。另外，我也会把你的新工作地址发给你，下周一你就去报到。早点休息吧。"

说完，他就挂断了电话。

白薇怔怔地听着手机里的忙音，半天才缓缓放下手。

心脏怦怦地狂跳着，华夜那冰冷而低沉的声音依然回荡在她的耳旁。

脑子里乱哄哄的一团，手脚微微发冷。白薇刚才还酝酿了一大堆准备跟华夜告别的话，然而他在电话里短短的几句话，让她构思好的内容瞬间飞到九霄云外了。

刚才说到最后，他好像有一点生气。这种隐忍的怒意，让白薇不敢再多想离开K城的事情了。

她老老实实地把新地址发了过去。

过了一会儿，华夜回信了，告诉她档案室的具体地点和一些注意事项。最后，他又加了一句：我明白你的为难，但逃避不是解决问题的好办法。

那句话，让白薇的心被一种看不见的东西轻轻击中了。

她握着手机，对着那句话，怔怔地看了很久。

离开K城的计划还没有开始就结束了，白薇的生活似乎又回到了正轨。

她依然独居，上班，只是地点都换了而已。

周一她从新家出发，乖乖地前往档案室报到。之前的律所华夜也不需要她去关心，他会把一切都安排好。

档案室属于华氏总公司的行政部门，占据了办公楼的一整层，平时少有人去。正如之前华夜所说，那边是一个养老部门，工作人员都是退休返聘的老年员工，耳聋眼花，日常工作内容就是喝茶看报晒太阳。

这样的人事安排，倒是不担心档案资料会泄露出去。

新同事们对白薇的到来并没有表示多大的兴趣，还是该喝茶的喝茶，该看报的看报。年轻的白薇在这群人中显得格格不入，无奈跟他们一起过上了养老生活。

档案室的工作很简单，有人过来的时候，按照他们的需要把资料找出来复印就行，毫无技术含量。白薇于是按照华夜之前的吩咐，没事的时候就把资料翻出来看，研究华氏的每一个合作对象，累了就放松一下，随便上网看书听音乐。

她的工作比之前轻松了无数倍,但依然有一个最重要的任务,一直都没有变。

那就是,她依然是华夜的心腹。

必要的时候,她还是得盛装打扮去出席各种宴会,接触各种华氏的新旧大小客户,用自己的法律专业剖析了解那些客户。距离诽谤报道事件已经过去很久,几乎没有人再注意到白薇就是那件事之中的女主角。

回家以后,她经常跟四妹煲电话粥。四妹是白薇为数不多可以继续唠嗑的好闺蜜了,以前她在的律所也有几个要好的女同事,但随着工作调动,大家也就失去了联系。

白薇约四妹来自己的新居小住,四妹却拒绝了。

"咳咳,这怎么行,"她说,"你现在身份不一般,我还是不做电灯泡了。万一某个男人突然来找你,我在那里多煞风景啊。"

"……"白薇很无语,"你想多了。"

"没想多,你觉得华夜会是那种想来找你,还提前好几天打电话,让你好好安排日程的人吗?"

"呃……"

"你觉得他是那种看见你闺蜜我,就会乖乖回家去的人吗?"

"这……"

"你觉得他如果知道你跟一个电灯泡厮混在一起,内心会十分大度地成全我们的闺蜜情吗?"

"呜……"

"更重要的是,假设你俩突然有一天想在那间甜蜜小屋里共度春宵,而我睡在隔壁房间……"

"停停停停!"白薇大喊,"你都说到哪儿去了,我怎么可能会留那种人在自己家里过夜!"

"那种人是哪种人?这不是挺正常的吗?"四妹认真地表示疑问。

"你真是想太多!"

"是你想太少。"

"可我并没打算要跟他怎么样……"

"你讨厌他?"

"呃……倒也不是,他帮过我很多忙。"

"那不就得了?不讨厌就够啦,你都多大了,也别幻想干柴烈火般的真爱啦,那种东西校园里玩玩也就算了,进了社会可不能当饭吃。"

"但是……"白薇握着电话,半天也说不出什么。

"华夜真对你挺好的,"这时,四妹又加了一句,"换成普通人,搞出这种难看的事情,早就把你一脚蹬飞再也不许你回K城了。"

白薇怔了一下,轻声说:"我明白……"

她比四妹更加清楚这一切,只是现在,她似乎还无法说服自己接受这份感情。

听白薇半天不说话,四妹立刻换了一个话题:"好啦,聊点别的吧。小爱明天就要走了,你知道吗?"

"小爱?!"白薇一惊,这阵子糟心的事情实在太多,她居然已经把来K城休假的小爱忘得精光。

听四妹说,小爱也知道白薇最近心烦,所以贴心地不来打扰。她在K城的休假结束以后就去邻城参加一个培训,培训之后她是打算回老家探亲的,但因为邻城没有直达老家的飞机,但是K城有,所以她先返回K城,再从K城坐飞机回老家。

航班就在明天晚上,如果不是四妹提起,白薇根本不知道小爱明天就要走了。

给朋友送行,就算天上下冰雹也要去。

白薇隔天下班以后就和四妹相约,直冲小爱下榻的酒店,而小爱得知白薇能来送行,当然也是喜出望外。三人有说有笑地前往机场,抓紧这最后团聚的时刻。

在候机大厅里,白薇和四妹依依不舍地跟小爱告别。虽然这段时间发生了很多事,不过最后一切慢慢平静下来,也能与朋友有一个圆满的离别,白薇也很满足了。如果今天没能来机场,她一定会觉得非常遗憾。

"拜拜啦,下次年休的时候再见。"小爱笑眯眯地朝她们挥手,准备登机。

"拜拜,下次见啦。"四妹也朝小爱挥手告别。

白薇看着小爱离去的背影,感到鼻子酸酸的。而一直开心笑着的四妹,在小爱转身离去之后,脸上的笑容也渐渐消失了。

送走了小爱,白薇和四妹有好一阵子都没说话,两人并肩坐在候机大厅里,对周围喧闹的人声充耳不闻。这一刻,她们似乎什么也听不见,心里只有满满的送别好友的惆怅和忧伤。

她们再也回不到从前了。

"我去买点咖啡,早上起床早,困死了。"这时,四妹站起来,故作轻松地笑笑,朝大厅一角的星巴克走去。

白薇心不在焉地应了一声,继续盯着来来往往的人群发呆。

就在这时,她的视线停顿了。

那是……

白薇猛然站了起来,又一下子跌倒下去,死死抓住座椅扶手。她的身体在颤抖着,心跳如雷,那尖锐的耳鸣嗡嗡作响,几乎要穿透她的耳膜!

苏临远!

她几乎怀疑自己是不是看错了,但她相信自己就算看错全世界的人,也不可能会看错他!

和苏临远在一起的依然是季佩佩,微卷的淡褐色长发披散在她的腰间,身着精致的洋装,手臂上挽着一柄天蓝色的阳伞,笑得很甜。苏临远的笑容,也是一如既往的温柔,似乎心情很好的样子。

白薇以为事情已经过去这么久，自己已经可以把他当作陌生人来看待，可当他真正出现在眼前的时候，她心底的什么东西却一下子崩溃了。

白薇的双脚不由自主地动了起来，她追了过去，去追逐人群中的那个背影。但是大厅里的人实在太多了，她用尽力气，却还是眼睁睁地看着苏临远拖着旅行箱，一边和季佩佩说话，一边通过了安检。

一道冰冷的玻璃把他们隔在了两边，他们依然在说笑，谁也没有看见白薇。

白薇想叫苏临远的名字，但是从这个距离他已经听不见了。她只能一路小跑着，在玻璃的另一边追逐着那个渐渐离开的身影，心里盼望着他能回一下头，看见她。

虽然不知道即使他回头了，又能怎么样。

即使他看见她了，就算是跟她说话了，又能怎么样！

或者说，无论怎样都好，她只是想再看他一眼……

到了安检通道的尽头，苏临远和季佩佩说笑着转向了登机通道，留给白薇两个背影。白薇整个人都贴在玻璃上，恨不得咬碎玻璃冲过去。如果没有看见他也就罢了，可这么多的人之中，偏偏就一眼认出了他，这让她一直压抑在心里的东西又争先恐后地涌了出来，无法控制。

这时，季佩佩忽然站住了脚步，缓缓回过头，看见了她。

白薇的心被狠狠地撞了一下，几乎不会跳动了。

那一瞬间，季佩佩露出了满脸的惊讶表情，可是下一秒钟，她那双灵动的眼睛又暗淡了下去。

白薇感到疑惑，她从来没有看到过季佩佩这样的表情。

而这时，苏临远也停住了脚步，顺着季佩佩的视线望向白薇。

白薇顿时心跳如雷，紧紧地盯着他。

她看着他，看着他的视线从自己身上扫了过去，丝毫没有停留,就像扫过空气一般毫无知觉。

接着,他对季佩佩说了什么,季佩佩摇摇头,转过身去。两个人继续沿着通道,朝与白薇相反的方向走掉了。

白薇呆呆地站在原地,无法思考。

他明明看见她了,为什么没有反应?

他为什么不看她?

苏临远走路的步子很慢,就这样缓缓地逐渐离白薇远去,一直走到通道的尽头,然后转过拐角消失不见。白薇怔怔地望着他,眼睛酸涩而刺痛,直到他的身影彻底消失在她的视线里。

通道里空空荡荡,又很快有新的客人提着行李走来,占据了白薇的视线。白薇把脸贴在玻璃上,眼泪顺着冰凉的玻璃流淌下来,将她的视线模糊。

这时,手机在怀里响了起来,白薇泪眼婆娑地拿起来一看,隔着朦胧的泪雾,看到了华夜的名字。

"你不在家?"刚一接起,那熟悉而低冷的声音就传入耳际。

"嗯……"白薇吸了吸鼻子。

"你怎么了?"华夜立刻听出她的声音不对劲。

"没事,这里信号不好,我先挂了。"眼泪还在不断地涌出来,白薇生怕再多说几句话就真的要被华夜觉察到自己的异样,没等他回答就匆匆挂掉了电话。

然后,过了不到半分钟,华夜的短信就过来了。

——我在家里等你。

白薇明白,这所谓的家就是她租住的那套公寓,她握着手机,低头看着屏幕犹豫了很久,不知道该怎么回复。正在她迟疑不决的时候,突然有人拍了一下她的肩膀,她回过头,看见四妹拿着两杯咖啡站在她身后。

"你怎么跑到这儿来了?我找你半天……你怎么了?"四妹话音未落,就看见了白薇红肿的双眼和脸颊上的泪痕,心里一惊。

白薇连忙擦擦眼泪，勉强一笑："没什么，工作上出了一点差错，被老板骂了一顿，委屈死了。"

四妹半信半疑地看了她一会儿，最终还是没有说什么。

"先回家吧。"她把一杯咖啡送到白薇手里，拍了拍她的肩膀。

回家路上的气氛很沉默，白薇不想说话，捧着咖啡杯沉默地看着车窗外。而四妹看到她情绪低落的样子，也知趣地一言不发，低头玩手机。

两人中途就分道扬镳了，因为大家住的地方完全不一样。白薇与四妹告别之后，一个人留在站台上等车，她靠着候车亭发呆，不一会儿突然感觉到一点水滴打在自己的鼻尖上，冷冰冰的。

下雨了。

很快，雨就大了起来。

天早就黑了，细密的雨丝就像透明的丝线般从空中坠落下来，在路灯下闪烁着晶莹的光芒。

一辆公车开了过来，候车的乘客一拥而上。

白薇看着这些人，还有拥挤的车厢，感到一阵疲惫。她闭上眼睛，一瞬间，脑海中突然浮现出了苏临远的样子。

胸口一阵刺痛，她猛然睁开眼睛，看见车子已经开走了。

站台上的上班族们和她一样沉默而慵懒，三三两两地站着，低头玩手机或者打电话。

咖啡已经凉透了，握在手里像是一块融化的冰。

白薇望着寂静的雨夜，泪水再次不受控制地慢慢流淌了下来。

他沉寂了这么久，为什么突然会在绯闻事件销声匿迹以后突然现身在机场？他要去哪里？

白薇想不到更深的东西，或者说她不敢想。她不想去揣测苏临远任何一个行动的用意，否则她真的害怕真相并不如她所愿。她害怕自己心中对苏临远的最后一丝期待和憧憬也就此破灭。

候车的乘客中有人发现白薇在哭，偷偷朝她投来好奇的眼神。白薇咬了咬嘴唇，看看车站上越来越多的人，又看看完全没有公车驶来的马路尽头，一狠心，把挎包放在头顶冲进了雨中。

她控制不住自己的泪水，也不想被人这样围观，但如果是在雨中，就没有人会发现她在哭了。

入夜的街道上，有人在商店的屋檐下躲雨，也有人和白薇一样冒雨奔跑，想要早点回家。

雨点打在身上，又湿又冷，白薇就这样一个人孤独地在华灯初放的大街上奔跑着……

不方便行走的高跟鞋已经被她脱下来拎在手里，整齐的OL装也因为奔跑而显得有些凌乱。精致的妆容很快就被雨水和泪水冲走，湿发也紧紧地贴在了脸上。只穿着丝袜的双脚踩在坚硬的水泥地上，地面上锐利的石子划破了脚底，随着每一个脚步传来阵阵刺痛，像无数利刃在割着她的脚。

雨伞下安逸的行人朝白薇投来或惊异或怜悯的目光，看着这个奇怪的女孩。白薇咬着牙，忍耐着这一道又一道的视线，只想快点回家。

她想回家，想回到她温暖的家。

回家的路，仿佛从来没有这么遥远，开始的时候她还在跑，后来用光了力气，就只能一步步地走。天越来越冷，路灯下她的指甲泛出可怕的青紫色，牙关不停地颤抖，到了小区里，凄迷的夜色中只有她一个人顶着瓢泼大雨在走着，影子被路灯拉得很长很长。

无论怎么走，面前都仿佛只有这样一条没有尽头的路，再也回不到过去。

快到家门口的时候，白薇看见自己家的灯亮着，大概是华夜来了。刚才离开机场以后，她犹豫再三还是给他的短信回了一个"好"字，她不想再让四妹为自己的心事担忧，但又没有足够的意志力把那件事藏在心里,她必须去找一个人诉说。

到了门外,白薇还没有来得及按门铃,门就开了。一股温暖的气息扑面而来,让她不禁打了个冷战。

华夜正站在门口,像是早已知道她会出现在这里。

看见白薇狼狈的样子,他微微一怔,但是什么都没有说,只是一言不发地看着她。客厅里的灯光从他背后透出来,在他身上投下深沉的阴影,让白薇几乎看不清他此时脸上的表情。

但是,这些都不重要了,她看见这个男人站在自己面前,一路上的难受和委屈一下子涌了出来。白薇扑上去抱住他大哭起来,一边哭一边不停地颤抖着。

她的头发在淌水,衣服在淌水,全身上下就像是从水里捞出来似的。从小到大她从来没有这么狼狈过,内心也从来没有这么痛苦过,就算是当年被季佩佩百般陷害的时候,她的心都没有感到过如此纠缠的疼痛,但是现在,她的一切意志和力量都好像崩溃了。

华夜一声不吭,轻轻搂住白薇的肩膀,任她决堤般的泪水将他的衣襟染成一片汪洋。他愁眉紧锁,但似乎已经能猜到她到底是出了什么事。

过了很久,白薇才终于能哽咽着吐出一句完整的话。

"我……看到他,在机场……他走了……"

华夜还是没说话,只是轻轻拍了拍她的背。

掌心的温暖透过外套传来,让她冰冷的灵魂似乎融化了一点点。她吸了吸鼻子,慢慢找回自己的声音,喃喃自语:"……我真是个傻瓜,为什么会相信他这么多年……他真厉害,装得这么像,那样的执着、单纯、深情,那样逼真,把我骗得团团转……我以为他是天下第一的大好人,其实我自己才是天下第一的大笨蛋!"

白薇越想越恨,她恨的并不是苏临远本人,而是憎恨自己的愚蠢。

她以为自己已经足够成熟和机敏,然而面对苏临远,面对他打出的感情牌，她居然毫无招架之力，也失去了全部的冷静和理性，陷入了愚蠢的粉红色幻想里，被他玩弄得一败涂地！

自己真是世界上最大的傻瓜！

CHAPTER 12
当断则断

脸忽然被捧起,华夜低下头吻住了白薇的嘴唇。

白薇一怔,略微挣扎了一下,但是没能推开他。那温柔的吻像是蕴藏着无限的暖意,一丝丝温暖的气息渐渐充盈她冰冷的口腔,又缠住她几乎已经冻僵的舌头,融化着她的全身。

好温暖……寒冷的身体无比眷恋着这样的温暖,不想让它离去。白薇颤巍巍地踮起脚尖,双手情不自禁地揪紧了华夜的衣襟,想要让身体更暖和一点,却被突然一把推开了。

华夜推开了她,转过头去,一眼都不看她。

"去洗个澡,别着凉了。"他后退几步,冷冷地抛下这句话,转身走到窗前,留给白薇一个冷淡的背影。

那低冷的声音像是一把重锤敲醒了她,她怔怔地看着华夜的背影,紧抱双臂,一个人站在门口瑟瑟发抖。

刚刚才有些暖和的身体,转眼之间又冷却下来。

她这是在干什么?脑袋糊涂了吗?被苏临远的诡计弄得伤痕累

累,就去华夜那里寻求安慰,她怎么可以这么无耻!

白薇犹如芒刺在背,双颊因为羞耻而涨红得几乎要滴出血来。她咬了咬牙,都不好意思看华夜一眼,低下头就冲向了浴室。

她在浴室里待了将近一个小时,一直默默地坐在浴缸里发着呆。

清脆的水声在浴室里回荡着,在这个雾气氤氲的地方,白薇忽然想起了喜欢洗澡的四妹。她是不是做错了?是不是不应该在华夜面前哭泣,而应该把自己最脆弱的一面留给她的好朋友,好闺蜜?如果四妹现在在这里,看着她哭泣的样子,会对她说什么呢?

可是无论她怎么幻想,现在这里只有她一个人。

等到她洗完澡,换上干净的家居服,擦着湿漉漉的长发走进客厅的时候,华夜还是一动不动地站在窗前。窗子大开着,他靠在窗台上,指间燃着一丝青烟。

雨还在下着,细密的雨丝随着夜风飘落在他的发丝上,化作透明的雨雾,让他的脸庞也变得朦胧不清。白薇擦着头发,偷偷地看着他,却不知道该说什么才好。

这时,她发现了他西装皱皱巴巴的,应该来的时候很匆忙,一定很辛苦。

"你……要不要也去洗个澡?"她迟疑地问。

华夜转过头看了她一眼,顺手拧灭手里的烟。

看着他淡漠的样子,白薇有些困窘,揪了揪自己的衣角:"但是……我这里没有可以换洗的衣服……"

华夜淡淡一笑:"那无所谓,小区门口就有便利店,只是你这样,不太好。"

"什么?"

"你是要留我在这里过夜吗?"

"……"

"开玩笑的,是我自己想留。"

"……但是,我并没那种打算……"白薇揪紧衣角,低着头,双颊绯红。

刚才回家的时候,她的脑袋一片混乱,浑浑噩噩地干了很多傻事。但是现在时间已经晚了,如果再让他走,倒显得自己很不礼貌。

"今天,我只是恰好有空,想过来看看你新居的情况,"这时,华夜开口了,"没想到你下了班没回家,接我电话时的声音又这么奇怪。"

白薇深深低下头:"对不起,是我失态了。"

"道什么歉呢,"华夜转身走上来,摸了摸她的头,"这不怪你,你的自尊心那么强,受了委屈总是自己往肚子里吞,偶尔这么发泄一下是件好事。"

白薇咬了咬嘴唇。

"但是……我并不想乘虚而入,"华夜放低了声音又说,"我的自尊心并不比你差。"

"……"

沉默许久,白薇突然发出一声轻笑。

这是骄傲,还是在闹别扭?

她明白了,他明明是想安慰她,并不想趁这种机会跨过雷池。不知道该说他是正人君子呢,还是坚持原则不肯动摇,但是因为这句话,一直紧绷着的气氛和她的情绪,似乎有了一点轻松。

白薇笑了笑:"谢谢你。"

华夜的表情则是似笑非笑:"不客气,但都已经这个时候了,不管是什么原因,我都不太方便回去。"

"那你去洗个澡,我下楼去帮你买……"

"不用,我经常出差,后备箱有全套的生活用品。你睡觉吧,把钥匙给我,我自己来就行,晚上我会睡沙发,给我找一床棉被。"

白薇怔了怔，看着华夜一脸坦然的样子，只能　有神地去钱包里拿出钥匙递给他，再看着他朝她摆摆手，示意她赶快去睡觉，然后自己出门去了。

门砰的一声被关上，白薇愣了一秒钟，突然冲过去打开门大喊一声："华夜！"

刚下楼到一半的华夜立刻站住脚步，抬头看看她："怎么了？"

"呃，我是想告诉你，二楼的楼道灯坏了……"白薇结结巴巴地说，"……小心一点。"

"谢谢。"华夜笑了笑，快步下楼去了。

关上门，白薇靠在门背上，捂住自己火热的脸颊。

机场的那一幕深深地刺痛了她的心，但是想到在这个冰冷的雨夜，自己并不是一个人在家里孤零零地舔舐伤口，她又似乎感到了一丝安心。

华夜的存在让她知道了寂寞的时候，并不仅仅是闺蜜才能抚慰她受伤的灵魂。

既然知道华夜自有分寸，白薇就由着他去了。她翻出一床棉被扔在沙发上，又煮了一盆饺子放在茶几上留给他吃。不管怎么说，华夜毕竟是客人，虽然她并不适应跟他独处，该有的待客之道还是不能少。

等到一切忙完，白薇自己回到了卧室，但想了想又跑出来，找了一张"请勿打扰"的牌子挂在门上，然后才小心翼翼地关上门。

卧室里没有开灯，她借着窗外路灯的灯光爬上床，盖好被子。前几天刚刚晒过太阳的被子很柔软很暖和，有一股好闻的阳光味道，几乎脑袋刚一沾上枕头，她就睡着了。

刚才跑了好多路，她已经很累了。虽然知道应该跟华夜打个招呼比较好，但她已经控制不住了……

不知睡了多久，白薇突然被一记沉闷的响声惊醒，吓得差点从床上滚到地上。

看了看床头的闹钟，还不到午夜。

呃，不会是华夜来找她了吧？他把门踢开了？

白薇不安地起身，看房门关得好好的，完全没有被撞坏的样子。她又竖起耳朵认真地听，然而外面已经安静下来，客厅里一片寂静，再也没有任何声音。

她以为是自己睡糊涂听错了，但想想还是不放心。犹豫了一会儿，她小心翼翼地下了床，把门打开一条缝。

客厅里黑漆漆的，窗外透进皎洁的月光，穿过淡色的窗帘。白薇竖起耳朵仔细辨别，似乎听到一点点轻微的奇怪声音，好像是谁在拼命忍耐着不出声。她顺着声音一直绕到沙发面前，才发现上面没有人。

沙发旁边，华夜正倒在地上，狼狈地想爬起来，嘴里不停地抽着冷气。

看见白薇，他有些尴尬："不好意思……吵醒你了？"

"刚才是你从沙发上摔下来了？"白薇不可思议地问。

"……你这沙发也太窄了。"

白薇无语，脑海中莫名地浮现出了老板大人在主持工作会议的时候，那种雷霆万钧叱咤风云的场面。

"抱歉，是我没考虑周到，"她炯炯有神地说，"不然我把两张沙发拼起来吧。"

"不用，"说话间，华夜已经爬回沙发上去了，"就算你拼起来也还是小，我都不准备今天晚上能睡着了。"

白薇越发炯炯有神。这意思是嫌弃她这里的家居条件不好吗？对不起啊，她确实没有客厅那么大的卧室和能塞下六个人的kingsize帝王床，真是对不起了！

"所以你也清楚我的情况了，以后别再来了吧。"她扶额。

"不,过一阵子,我会给你添点新的东西。"

"呃?"

"别拒绝,你平常在工作中也帮我办了不少事,就当是发给你的奖金吧,希望你今后也能再接再厉。"

"呃……"

"不行吗?"华夜看着她,眼瞳似乎在黑夜中闪烁着迷人的光芒。

白薇继续扶额:"你想送就送吧,不用找借口。"

华夜发出一声轻笑。

白薇彻底无语了,转身要走:"那就这样,挺晚了,我先去睡了。"

"等等。"

华夜突然探出身,一把抓住她的手。

白薇愣了一下,挣了挣,却脱不开。

"怎么了?"她回过头,感到一丝不安。

华夜并没有做出什么奇怪的事,只是坐在沙发上拉着她的手,仰头看着她,沉默不语。

窗外透进皎洁的月光,白薇困惑地与他对视着,渐渐双颊涌上了一点热意。华夜的脸上什么表情都没有,只是沉默地看着她,那双总是很深冷的眼瞳似乎失去了那种动人心魄的寒意,变得深邃而宁静,就像是一潭清澈的湖水。

很久,他才缓缓地说:"刚才你笑了。"

白薇不解:"什么?"

"我很担心你,担心你会想不开。"华夜柔声说,"你这样的性格,虽然看起来大大咧咧的,却总是把伤心和委屈的事情藏在心里。你回来的时候大哭了一场,其实让我放下了一点心,我更怕你装作若无其事或者强颜欢笑,自己把自己压垮。"

白薇有些局促,华夜几乎从来不会对她说这种程度的真心话,她不知道,也从未想过要探究这个男人心里在想什么。

或许,他心里承载的东西,比她想象中的要多?

她不知道该说什么才好,想了很久,只挤出了最简单的两个字:"谢谢。"

华夜笑了笑,放开她:"如果你觉得自己的情绪已经恢复得差不多了,就好好告诉我,今后你打算怎么做?"

说着,他指了指沙发,说:"坐下,跟我说实话。"

白薇怔了怔,看看沙发,又看看华夜。

他的神情很坚定,明摆了不得到满意的答案就不会放她走。白薇别扭了一会儿,还是只能老老实实地坐到沙发上,盘起腿,把一只抱枕按在怀里。

"……我不会再原谅他了,"她低头凝视着抱枕上的花纹,轻声说,"我不会再对他抱有期望,也不再把他当成朋友。从今以后,他就是华氏的敌人,也是我的敌人,我会尽我所能把他赶出K城,让他再也没办法回来,没办法再成为你的竞争对手。"

华夜挑了挑眉。

白薇的声音不大,但很坚定。

她很少会如此绝情地去对待一个人,只有苏临远,让她感到无比的心寒,也是无比的绝望。她曾经是如此的爱他,过去有多么爱他,现在就有多么的恨他。

"……不再考虑一下吗?"沉默了一会儿,华夜问。

"考虑什么?"

"或许这其中有误会,我的立场还是跟之前一样,苏临远没有你想象中那么笨,他是一个有实力的青年实业家。他那种人并不需要通过诋毁你或者诋毁我来跟华氏竞争,那样风险很大,很愚蠢而且未必有效。你也已经看见,当初的绯闻现在几乎没人记得了,我们在K城的地位没有任何动摇。"

"你为什么要帮他辩解?"白薇皱眉,"不管这其中有没有误会，我彻底放弃他，下定决心报复他，并且愿意为了你卖命，你不高兴吗？"

"我当然高兴，但是我不想你太冲动。"

"我不打算改变心意了。"

"但也许这所有的一切，幕后另有黑手。"

"我不在乎。"

"你真的一点退路也不想给自己留吗？"

"不想。"

白薇低下头，用力咬住嘴唇，把脸深深埋在温暖的抱枕中，发出轻不可闻的声音："……我，不想……"

"我不想……再为这种不知道会不会有结果的感情担惊受怕了……我只是想要过平静的生活，不想再去猜疑别人，或者是被猜疑。能够有人愿意爱我，我很高兴，但如果这样的爱情让我看不透它到底是不是真的，并且给我和我珍惜的人们带来了痛苦，那这种爱情……我宁愿不要！"

她似乎渐渐明白了自己的真心，她不是不爱苏临远，只是不能再爱了。

因为她终于发现，对她来说，与一个爱她或者她爱的男人相比，朋友和亲人对她来说才更重要。她身边一直有那么多人在关心她，爱护她，她也全心全意地爱着他们，想做一个好女儿、好闺蜜。但是与苏临远之间发生的这几次风波，从学生时代到职场，每一次都让身边的人为她操心，为她感到不安。这种无能为力的愧疚感和负罪感，她已经厌烦了。

她不是那种会为了爱情飞蛾扑火不顾一切的女人，爱情并不是她生命的全部。

家人和朋友才是。

华夜静静地看着她，良久发出一声轻笑："我似乎要重新认识你这个人了。看来上次的绯闻事件，确实把你伤得很深。"

白薇苦笑:"我曾经以为那次的伤已经痊愈了,但是在机场看见苏临远以后,才发现根本就没有痊愈。而且……恐怕很长一段时间我都没法摆脱那件事情的阴影,我常常会后怕,如果那时的狗仔队再执着一点,把我的家庭和身世也挖出来,我……该怎么办才好,我好害怕。"

"别害怕,事情既然已经过去,就不要再多想了。今后我会竭尽所能保护你和你的家人,让你生活在K城能够完全没有后顾之忧,再也不用操一点心。"

华夜的声音不高,但是很坚定。

白薇怔了怔,听见他似乎笑了一下,继续说:"另外,不是我自夸,或许苏临远有他的难处,不过如果换作我在他那样的境地,我会比他做得更好。"

白薇冒出一头黑线,扶额:"你……还真自信啊……"

隔天白薇起床的时候,华夜已经走了。

昨晚他们后来又随便聊了一会儿,华夜就把白薇赶回去睡觉,自己继续窝在狭窄的沙发上忍耐。白薇原本以为华夜是个享受惯了荣华富贵的阔少爷,没想到他的适应能力居然挺强,在平民百姓的穷酸宅子里也能过日子。

说不定,就像华夜需要重新认识她一样,她也得重新认识这位大老板了。

一到档案室,白薇刚打开电脑,四妹的消息就在MSN上噼里啪啦地过来了,都是些询问白薇昨天什么时候到家,有没有淋到雨,什么时候睡觉,晚上吃了什么,为什么不回她短信之类的废话。昨天白薇的心情实在太糟,回家以后也没看手机,早上起床才发觉手机没电了。

她连忙给四妹道歉,又详细交代了一下自己昨天的行踪。当然,她没有把华夜的事情说出来,否则四妹那个八卦王一定会HIGH

翻,她可不想自己被冠上"未婚同居"之类的大帽子。

两人不着边际地聊了一会儿,到了最后,四妹才小心翼翼地问起白薇昨天到底是怎么回事。四妹也不是傻子,那套所谓的被老板骂哭的借口,根本就骗不了她。

白薇想了一会儿,还是把苏临远的事情老实交代出来了。这方面她不想说谎话,否则她怕四妹会一直放在心里,胡乱猜忌和担心她。

果然,四妹震惊了,立刻把苏临远臭骂一顿。

白薇表示自己已经完全放弃了苏临远,以后不管是选择华夜还是再找别人,反正不会再跟他破镜重圆了。四妹见她的态度这么坚决,倒是放软了语气,劝她再想想。也许是所谓的旁观者清吧,四妹和华夜的意见差不多,都觉得这里面可能有误会或者另有隐情。

当然,白薇自己也不是没想过这种可能,但强扭的瓜不甜,她不想再勉强自己去缓和与他的关系了,就这样结束吧。

既然白薇这么说了,四妹也没法再劝解,从她旁观者的角度来说,当然是选华夜做男朋友更好。这是所谓的近水楼台先得月,顺理成章的事情。

搞笑的是,白薇刚看到华夜二字,那边新邮件的提示音就响起来了,是华夜的秘书发给她一份清单。清单上列满了一堆新家具和生活用品,图片和预计送上门的时间也都写得清清楚楚。当看到生活用品里夹着一堆男士用品的时候,白薇觉得有点崩溃。

这位老板你是不是太自信了?没人说让你随随便便过来串门啦!下次说不定就让你吃闭门羹!

更讨厌的是,秘书告诉白薇,老板大人出差去了,半个月以后才会回来。

白薇彻底崩溃,这绝对是故意的吧,是吧!如果送东西的时候华夜本人在场,她还能找出一些话来拒绝,毕竟他们也算是熟人,熟人之间好说话。但现在办事的是陌生秘书,自己这种脸皮薄耳根又软的家伙根本没法下狠心拒绝,结局简直一目了然!

正当白薇这么想,秘书果然又追加了一封邮件,用浑然天成的恳求语气表示了自己的为难。假如白薇不收下这些东西,华夜回来肯定会怪罪,身为秘书的她就要倒大霉了,所以就算白薇可能不喜欢这些东西,也为跑腿的人考虑一下,把东西收下吧。

白薇好想咬电脑。

计谋!这绝对是华夜忽悠她收礼的计谋!他把她的心思摸得一清二楚,知道她心软的这种性格,所以推秘书出来做挡箭牌。问题是,这种挡箭牌真的很有用,面对秘书求她收下礼物的邮件,面对这封字字血泪的邮件,就算再过百八十年,白薇知道自己也硬不下心肠来回复一个"不"字!

华夜,算你厉害!

这边邮件还没搞定,那边的MSN又亮起来了。

那是她以前律所的同事,另一位律师的助理露西。

露西和白薇的年纪差不多,当初在律所跟白薇的关系也挺好。最重要的是,露西这个人性格比较冷硬,是个超级理性的工作狂,非常不爱八卦。正是知道露西这一点,白薇离开律所以后,犹豫再三还是跟露西取得了联系,让她今后如果在律师圈子里听说跟苏家有关的情况,就告诉自己。

那时候,白薇只是单纯地想知道这些事情,还没有决定以后应该怎么做。

让白薇很感动的是,露西只字不提她离职的事情,好像什么都没有发生过一样,这让白薇很高兴自己没有看错人。

她点开对话框,内容很简单:在吗?有消息。

白薇连忙发了个表情,过了一会儿,露西的大段文字就过来了。

没有任何的寒暄和废话,露西直接告诉白薇,她从私人渠道知道了一点事情:K城有一家拍卖行和苏家建立了合作关系,但这个拍卖行做过一些不干净的事情。那些事情不大不小,如果没人去查估计也就不了了之了;如果有谁较真的话,关掉那家拍卖行也不是没可能。

白薇立刻有了兴趣,匆匆回复了华夜秘书的邮件以后,就跟露西打听那件事的细节。没想到还没聊上几句,电话又响了起来。

汗,事情怎么都凑在一块儿了,今天真的好忙!

白薇接起电话,对方的声音让她的血液瞬间冻结。

"薇薇吗?我是妈妈,你爸爸昨天早上在家里晕倒了,抢救了一夜。现在已经转院到K城,但是还没有脱离危险。"

眼前一阵晕眩,白薇猛地站起来。

身体不受控制地一晃,她险些跌倒在地上。妈妈后来说了些什么她也没听见,回过神的时候电话已经不知什么时候挂断了,只剩下嘟嘟的忙音声。平定了一下呼吸,白薇立刻拎起包,跟同事说明了一下情况之后就冲出档案室。

路上,她又跟妈妈打了个电话,问清楚医院的地址,然后立刻打车赶过去。

根据妈妈的叙述,爸爸的情况很危险。昨天早晨的情形很可怕,妈妈起床的时候发现爸爸晕倒在厨房里,当时他几乎已经没有心跳呼吸,经过当地医院的彻夜抢救才终于脱离危险。妈妈本来不想为这种事让白薇担心,但就在昨天晚上,爸爸的病情又恶化了,当地医院没有能力处理,只能连夜把爸爸送到了设施更加完善的K城医院。

在K城医院,妈妈在等待抢救的时间里惊惶无措,实在忍耐不住,才终于打了一个电话把事情告诉白薇。

幸运的是,当白薇赶到医院的时候,爸爸已经脱离了危险。

妈妈看到白薇,像是劫后余生般大哭起来。看着妈妈哭泣的样子和两鬓的白发,白薇心如刀割。更让她吃惊的是,妈妈在略微平静以后告诉白薇,其实爸爸并非完全是突发疾病。他的情况这些年一直都很稳定,之所以会恶化,正是因为上次的绯闻事件。

当时听说了那件绯闻,爸爸气得火冒三丈。他当然相信白薇是无辜的,也觉得这其中必然有误会,但还是气不过自己的女儿居然因为这种事情上报纸,还被人扣上各种恶心的帽子,于是怒气攻心,一病不起。

妈妈因为不想让远在他乡打拼的白薇担心,就隐瞒了这件事。她甚至欺骗白薇,说爸爸的身体情况很稳定。

听着妈妈声音颤抖的讲述,白薇真是恨透了自己。

抢救结束以后,爸爸被转到了病房里,经过这次的事情,他的身体彻底垮了。医生再三嘱咐,他在今后的生活里不能再受到任何刺激,必须绝对静养,之后的恢复状况还得住院观察以后再下结论。

爸爸醒来的时候,看到白薇喜出望外,高兴极了。而白薇也不会把父母孤零零地扔在K城的医院,之后的很长一段时间,她尽最大的努力请了假陪伴他们,不能请假的时候也一下班就立刻赶到医院,把所有的私人时间都投在他们身上。

这两年因为工作,一家三口几乎没有团聚的时候,这一次,白薇说什么都要好好尽孝。

有趣的是,无心插柳柳成荫。因为爸爸住院,白薇做什么都没了心思,露西那边也只是拜托她查一下那间拍卖行,有机会的话就把它搞掉,然后就把整件事都抛到脑后去了。但过了一个星期,露西那边居然传来了好消息,那间拍卖行很快就要被查封了!

原来,在露西调查拍卖行的时候,有其他律所接了案子,几个客户与那家拍卖行有一些经济纠纷,要打官司。听说这些案子以后,露西和她的上司连同白薇以前的上司温小姐合作,联系了那家律所了解情况,又通过华氏在K城的势力走动了一些关系,加快了案件的进展。

那间拍卖行的问题可大可小,但既然华氏的律所有要求,再小的事情也会变成大事。结果，不但案子本身加快了处理，相关的部门也开始调查拍卖行了。

露西告诉白薇，查封只是开始，如果拍卖行运气不好，背后的股东也会受牵连，倒霉的事情还在后面。

白薇站在医院的走廊里听着露西的讲述，身体微微颤抖着，心中涌动着一种难言的、酸涩又沉重的激动情绪。当初在华氏的律所里，她和同事们为了华氏办过许多案子，今天她却是第一次因为这个案子激动得不能自已。

最后，露西还透露了一个消息，拍卖行的老板和律师打交道的时候态度非常嚣张，屡次搬出苏氏作为自己的靠山。这说明他们两家的关系很密切，如果这次能端掉拍卖行，说不定对苏氏是一次沉重的打击。

谢过露西以后，她小心地挂断了电话。

心脏在怦怦地跳动着，她抬起头，望着窗外夜空中的繁星，唇角扬起一丝笑意。

像是好事成双一般，在露西告知了白薇好消息以后，爸爸的病也一天比一天好了起来。又过了一个星期以后，医生告知爸爸的情况恢复得不错，建议转入疗养阶段，继续观察。

妈妈和白薇商量了一下，决定暂时不回家，而是在K城找了一家疗养院。妈妈年纪也大了，一个人照顾爸爸有些辛苦，况且这一次和白薇的见面像是唤醒了他们的相思之情，他们突然变得舍不得离开K城了。

父母愿意留下，白薇自然再高兴不过。这几年的工作让她手头有了不少存款，她非常大方地给爸爸谈定了一家高级私人疗养院。而且那边的硬件设施不错，不但疗养条件好，也提供陪床人员的食宿，所以妈妈的居住问题也一并解决了，这让白薇很是高兴。

就这样，一切迅速安排妥当，一家三口也勉强算是团聚了。白薇本来想干脆趁此机会在K城买个房子和父母住在一起，但他们还是有些舍不得老家,想要叶落归根安度晚年,这个计划就暂时搁置了下来。

时光飞逝,转眼又是一个星期。

这天下班时分,白薇接到了露西的电话,说是拍卖行彻底查封了。不仅如此,事情比想象中的还要顺利,因为拍卖行的劣迹比预计更多,连带背后股东也受到牵连,与它们合作的苏氏因为此事接到了相关部门的警告和处罚。

由于他们是刚刚进入K城的新公司,根基还不稳固,经过这次事件,遭受到的打击可想而知,短期内可能很难有新的作为了。

白薇对法规很熟,事先也不是没料到过这种结局。对于露西的消息,虽然她也很激动,但已经没有上次那种激动得无法自已的感觉了。

挂断电话,早已过了下班时间,档案室里只剩下了白薇一个人。她看看窗外的夜色,准备下班走人,因为露西的好消息,她在思考着今晚要不要去吃顿大餐来庆祝一下。

刚在想的时候,手机亮了起来,有新短信。

白薇点开一看,发信人是华夜。

——我刚下飞机,晚上去你家。

妈呀!

白薇双手一抖,差点把手机掉在地上。

这阵子忙得脚不沾地,她几乎把这个家伙忘记了。看到短信,她才想起华夜出差了。更重要的是,他原本是说好两个星期就回来,现在这都快过去了一个月,而她居然完全没想起他来。

惨了惨了,得赶紧回家去恭候大驾才行。

白薇一边想着,一边忙着关电脑关灯,冲出档案室去赶公车回家。时间已经晚了,也来不及去买菜,她就在自家小区外的饭馆里打包了几个菜,然后回家去等着华夜过来。

挺凑巧，她回到自己的住处以后没多久，门铃就响了。

白薇正在沙发上看电视，听见门铃赶紧跑去开门。到了这个季节，半夜已经有点冷，白薇一打开门，阵阵冷风吹进她的前襟，让她不由自主地打了个哆嗦。

门外，华夜正拉着行李箱站在她面前。

一路奔波，他显得有些疲惫，衬衫的领口也松散着，不再像平常那么严谨。白薇知道他出差一定很辛苦，刚刚在酝酿着说些什么才好，华夜已经俯身抱住她，很自然地亲了她一下。

"好久不见，想我吗？"他低声问，貌似心情挺不错的样子。

白薇一下子就囧了。

这种超级自然的亲热语气是怎么回事啦，他们很熟吗？

这位先生你是客人啊，好歹有一点客人的样子，不要一副自来熟的男主人样子好吗！

楼道里传来脚步声，有人上楼了。眼前的情形要是被邻居撞见真是丢死人，白薇连忙把华夜拖进来，一把关上房门。

然后，她听见华夜在说："嗯，这个家现在漂亮多了。"

CHAPTER 13
爱恋之心已死

白薇立刻又晕了,这是在夸奖自己送的礼物有品位吗?

自从上次华夜的秘书发来邮件之后,隔天东西就被分批送来了,林林总总的,堆了一屋子。因为实在放不下,白薇只能把一些房东留下的旧家具扔掉换上新的,结果这样一折腾,家已经完全没有原来的样子了。

原来这才是华夜真正的目的吗!

"事先说明,我可不是真心喜欢你送礼。只是看见你的秘书这么为难,不想让他们被你骂,所以才勉为其难收下的。"她不爽地说。

"原来如此,"华夜笑笑,"心软可不是一件好事。"

"你——"白薇大怒。

华夜完全无视她的恼羞,转头看着厨房:"有吃的吗?我有点饿。"

"有也不会给你!"

"别这么小气,请我吃一顿饭你也不会破产。那就这么说定了,我先去洗个澡。"华夜说着,居然真的从自己的行李箱里翻出换洗的衣服,洗澡去了。

白薇好想朝他扔菜刀。但这自然是不可能的,半个小时以后,两人还是面对面地在桌子上吃饭了。

"不是你亲手做的吗?"华夜扫视着桌上的炒菜。

"有的吃就不错啦!"白薇十分想掀桌。

"你不会做饭?"

"会也不做给你吃!"

"别这么小气。"

"你——"

看白薇一脸快要气晕又不敢发作的样子,华夜笑笑:"其实,要是你很忙的话,跟我说一声就行,我就不会过来打扰你了,我也不是那么不通情理的人。"

白薇瞬间漏气了。这是在装好人还是真好人?但不管哪一种,听这家伙说出这种话,都觉得他好欠揍啊!

"你少跟我联系,不要出现在我面前,就是对我最好的不打扰的方式了!"她咬牙。

"你就这么讨厌我?"

"超级讨厌!"

"但我可以帮你不少忙,不止对你,还有你的家人。如果我在的话,这次你就不用这么辛苦了。"

"哎?"

"你爸爸住院的情况,秘书跟我汇报过了。"

晕,为什么这家伙会知道!到底是谁告的密!

白薇在心里狂掀桌,她只是因为不能没有理由无故请假,所以告知了同事自己父亲住院的事情,到底是谁捅到华夜那里去的啦!

"那个已经没事了,都解决了,不用你担心。"她故作镇定地说。

"好吧,"华夜一脸遗憾,不知道是真心实意还是装出来的,"既然你那么能干,用不着我,那我有没有用得着你的地方?我不在的时候,你有什么新的业绩吗?"

讨厌啦,你的本性还是三句话不离工作吗?

白薇囧了,但也无所谓,她本来就没交白卷。

于是,她胸有成竹地说:"我端掉了苏氏在K城的一家重要的合作商户,算不算业绩?"

华夜微微皱眉:"说来听听。"

白薇把拍卖行的事情简单地说了一下,也详细"介绍"了苏氏由此受到的处罚。但华夜默默地听着,看起来似乎并没有很高兴,反而微微皱起了眉头。

这是不满意吗?

白薇有些困惑,小心翼翼地问:"怎么了?"

华夜看看她:"你没觉得这其中有不对劲?"

有吗?好像真的有。

白薇想起当事件落幕的时候,她的潜意识里似乎有一丝奇怪的感觉,但她当时并没往心里去,很快就把这种异样感忘记了

她朝华夜露出些许困惑的表情,华夜轻叹了一口气,说:"你确定背后跟这家拍卖行合作的,真的是货真价实的苏氏吗?"

白薇怔了怔,突然,脑海里一记灵光闪过——她知道那种奇怪的感觉是怎么回事了!

"既然苏氏是刚刚涉足K城,选择合租商户必然会十分谨慎,怎么会选择一家劣迹斑斑的拍卖行?"她快速地说。

华夜点了点头:"这也正是我感到不对劲的地方。"

心里一阵窘迫,白薇有些愧疚地低下头:"抱歉,是我接到消息的时候,被兴奋冲昏了头脑,没有仔细思考背后的问题。"

"没关系,我不在乎你去欺负谁来练手,"华夜又笑,说着做

了个让白薇等待的手势,拿起手机拨了一个号码,"是我,有件事要告诉你,是这样的……对,有点奇怪。你去查一下,那家拍卖行背后的靠山到底是谁,我要确切的姓名。对,就这样。"

说罢,他放下手机,重新看着白薇。

"……你先休假吧。"过了一会儿,他突然说。

"为什么?"白薇不解,"事情都解决了,我最近不忙,干吗要休假?"

"我怕那个'靠山'会来报复你。"华夜冷静地说,"不管拍卖行是在跟谁合作,既然他敢搬出苏氏的名号来威胁,肯定跟苏氏有千丝万缕的联系。而你跟苏氏的关系很微妙,我担心那些人会对你怀恨在心。为了别再发生跟上次绯闻事件类似的问题,你最近还是低调一些比较好。"

白薇沉默了一会儿。

所谓的怀恨在心,她也不是不能理解。

苏氏跟华氏一样是家族企业,整个公司里肯定有人知道她和苏临远过去的关系,也知道她如今是在为华夜卖命。关于她和华氏的关系,难保有人不会猜疑,由此对她产生什么偏见,也就是很自然的事情了。

更何况,还有季佩佩……

想到这个名字,白薇突然一阵胃疼。虽然苏临远对她讲述过季佩佩在苏家的低下地位,但她觉得事情不会就这样结束。男人很难理解女人那种强烈而细腻的嫉妒心,只要她和苏临远目前还在同一座城市生活,季佩佩就不会善罢甘休。

说到同一座城市,上次在机场,苏临远走的是国际航班通道,这是出国去了吗?

白薇感到心里酸酸的,干脆苏临远就这样离开,不要再回来该多好。永不相见,或许对他们来说才是一个最好的结局。但这只是她的理想,不论她还是华夜都不可能完全掌握苏氏的动向。所以,白薇考虑了一会儿,还是勉强接受了华夜的提议。

目前她只是进化到嘴上敢跟华夜抬杠,不过在具体事务,尤其是工作事务上她尚不敢违抗他。他的经验比她丰富太多,既有能力又有手段,办事方法肯定比她自己靠谱。所以,她还是乖乖休假比较好,万一到时候真的闹出什么事情,还要让华夜来帮她收拾烂摊子,很麻烦的。

于是,晚饭以后,白薇给在疗养院的父母打了个电话,告知他们自己休假的事情。具体的原因她没有说,父母也没有问。老年人不理解现代企业的管理制度,觉得白薇总是在上班上班加班加班,偶尔休假一个月也是应该的。

隔天,白薇到档案室去了一趟,跟大家打招呼顺便把自己正在整理的一堆档案抱回家去继续整理。虽然休假,但她不好意思把自己的活儿丢给年纪颇大的同事们,全部都揽下来自己负责了。

休假期间,她暂时离家一阵子,去疗养院和妈妈住在一起,顺便帮她一起照顾爸爸。这么做也是为了防止华夜再跑到家里来骚扰她。顺说一句,后来那天老板大人又赖在她家没有回去,在客厅的新沙发上睡了一夜。

沙发当然也是他送的,尺寸比原来的大了很多,并且是折叠式,平常是沙发,拉开就是一张床。

白薇严重怀疑这是华夜的又一种战术,企图用折叠沙发来制造自己留下来过夜的理由。既然有地方睡了,她白薇就不可能次次都赶他回家去了吧?

哼哼,兵来将挡,这样就以为她没办法了吗?她不在家,她去疗养院住,她陪父母去!哈哈,主人都不在家,华夜这个厚脸皮的客人就没法再来骚扰他了吧?

华夜果然略郁闷,前一天晚上白薇给父母打完电话的时候,他用一种深邃的眼神默默地看着她。

白薇跟他对看了一会儿,干笑道:"哈哈,哈哈,爸爸身体不好,哈哈……"

然后她就在他深邃的注视下,一寸一寸地挪回自己的卧室,还十分小心地反锁了房门。

混蛋,她可从来没体验过跟一个男人斗智斗勇的滋味,独占欲强的家伙真讨厌!

不过幸好华夜不是蛮不讲理的人,虽然他意识里表现得很不希望白薇去疗养院,但行动上还是十分配合的。

在一个阳光明媚的周末,白薇收拾完东西要往疗养院出发。那天华夜虽然忙着工作抽不出身,但还是派了司机来接她。

因为是休息日,小区里人来人往挺热闹的,华家的这辆豪车停在居民楼门口,惹来了一众好奇的视线。在往车上搬行李的时候,白薇在想,既然怀疑苏家的人会对她怀恨在心,这时会不会有仇家隐藏在这些路人里,然后突然拿把枪来杀她或者拿把刀子来捅她?这样的话,她就可以早点把仇家消灭然后回去上班了。休假当然也挺开心,不过既然身为员工,她还是觉得尽快返回工作岗位,才能实现自己的价值。

一路上都很顺利,车子在一个路口等红灯的时候,白薇无聊得都快睡着了。

车窗外投进温暖的阳光,她闭上眼睛昏昏沉沉,脑袋里轻飘飘的,觉得又迷糊又舒服。然而在差几秒钟就要睡着的时候,车子连同她的身体猛然震了一下,耳边传来"砰"的一记声音。

白薇吓得一蹦三尺高,猛然睁开眼睛东张西望。怎么了怎么了?这是爆炸了还是有人抢劫了?仇家来了吗?在哪里?!

"白小姐,后面追尾了,我去看一下。"司机在前面说。

追尾?白薇回过头,看见后面有一辆银灰色的小车,几乎贴住了他们的车子,刚才的撞击显然就是来自于它。

司机下车理论,对方开车的家伙也立刻下来连忙道歉。两人很快交谈起来，似乎在商量赔偿事宜，但过了好一阵子都没有商量出结果。

在车子里坐久了，白薇觉得有点热，便下车朝他们走去，看看他们到底商量到哪个地步了。

对方的车子看起来也挺高档，白薇虽然不懂车子，但还是看得出它的主人肯定非富即贵。至于华夜的车，则是被蹭掉了一块黑色油漆，看着真是让人心疼。

"你们怎么了？"她走向两名司机，"还没商量好怎么办吗？后面的车子都大排长龙了。"

然而，没等司机们开口，银灰车子后座的车窗缓缓摇了下来。

白薇抬起头，瞬间一阵凉意从背后蹿遍她的全身。

她怔怔地看着那个人。

俗话说，冤家路窄，她今天总算是明白了。

苏临远！这个阴魂不散的家伙！

他，他居然已经回国了吗！

而且，他不但偷偷回国，居然还赖在K城没有走，这到底是怎么回事！

白薇双眼发红，脸颊滚烫，死死地盯着他，像是要把他的胸口戳出一个洞。然而相反的，苏临远的表情却没有多大的变化，他的视线在空气中游移着，停留在白薇的身上，又缓缓地漂移了过去。

这种奇怪的反应让白薇十分不解，她就站在他面前，他为什么对她视而不见？

联想起那天在机场，苏临远也是这样，明明她就站在不远处，他的视线却从她身上直接扫了过去，像是根本没有看到她一般。

这……到底是怎么回事？

白薇突然有一丝不祥的预感。

苏临远的视线在空气中艰难地游移，过了很久，似乎终于凭借光源确定了白薇的位置。

"你是……"他有些不自信地问,脸上带着些许疑惑的表情。

白薇猜到,他肯定是刚才在车子里听见了她的声音,才会认出她来的。但是,她并不想被他认出来。

这个时候,赔偿什么的已经根本不重要了,她只想尽快离开这个地方。白薇毫不犹豫地扯住司机的胳膊,把他拉开几步,凑到他的耳边低声说:"算了,人家也不是故意的,你回去喷点漆就行了。我会出钱,别告诉华夜。"

司机有些不甘心,但既然白薇这么说了,他也没法再计较什么。

"算了,算你们走运,赶快滚,钱也不用赔了!"他愤愤地瞪了对方司机一眼,然后就跟着白薇回车上去了。

白薇快速躲进车子里把窗帘拉严实,一不小心看到车窗外,苏临远不知何时已经下车了,正在朝她这边走来。她心急如焚,连忙让司机快点开车。

耳边传来引擎发动的声音,车子启动了。

看着车子快速通过路口,白薇向后靠在座椅上闭目养神。真是的,她这算什么运气?怎么总是碰见他?在商业街也是,在机场也是,在这里也是,真是孽缘。

而且……他到底是什么时候回国的?这么快?

她想说服自己忘记这件事,然而越是想忘记,就越是忘不了。一路上,她的脑子都乱得不行,想睡觉却怎么也睡不着。苏临远的样貌一直在她眼前摇晃,让她心里说不出的烦躁。

直到到了疗养院看见父母,她的情绪才稍稍好了一点。

他们两人看上去都挺精神的,正在花园里喝茶,看见白薇也都很高兴,立刻把她拉过去问长问短。

大病初愈的父亲故意板着脸,说白薇不求上进只想着偷懒休假,被母亲嘲笑了一番,并且毫不犹豫地揭露了"真相"。母亲说,白薇不在疗养院的时候,父亲可唠叨了,他不停地念着她,从当年的学校到现在的职场，从律所到档案室，只怕有人欺负白薇。他还连带念着华夜，怕他太忙照顾不到白薇。

听着母亲口中的"真相"，白薇在心里发笑。看来，大病初愈的人连脾气也会变化，这种传闻看来是真的，现在的父亲看起来既唠叨又婆妈，以前那副唯我独尊的样子不知去哪里了。

只是，弥漫在他脸上的沧桑在告诉白薇，他真的老了。

"你自己都有房子住，干吗还来疗养院给自已找麻烦？"父亲问白薇，一脸很不开心的样子，"我们自己会照顾自己！"

母亲笑："又来了，你这什么记性？刚才你还吵着要见薇薇，说是怪想她的呢。"

父亲的脸唰的一下红了："我……我可没说过！"

白薇哭笑不得。

"薇薇，别理你爸爸，他现在特别喜欢嘴硬，"妈妈笑着说，"你啊，今后就把他当成一个爱耍脾气的老小孩。他的话，你别放在心里，自己想做什么就做什么，想给他买什么就随便买，想什么时候来看他也都没问题。"

父亲满脸不快，最后哼了一声："算了，随便你们！"

白薇轻轻一笑，心里暖洋洋的，却又有一丝酸涩。

这样的年迈父母，让她怎能忍心离去？她真想赌气放弃现在的工作，尽自己的一切努力来照顾他们。

所幸，疗养院的条件比想象中更好，除了疗养区之外，院内还有一处家属区，专供陪伴病人的家属居住。家属区的布局就像一个小型社区，有必备的生活设施，内部房间也按照家属人数安排成一居室或者两居室，让家属在陪伴病人的同时，也能得到良好的休闲放松。

妈妈原本就租了一间两居室，白薇来了以后正好可以直接搬进去。母女重逢，话自然格外多，第一天住在疗养院的晚上，两人聊了一宿。白薇对妈妈说了很多职场里的趣事，还有她那些性格各异的同事,妈妈也如实告诉她一些家里的情况。

这些年,他们的身体早就干不动活了,靠着当年经营咖啡馆的积蓄,过着清贫的日子。所幸华夜一直很关照他们,虽然自己太忙不方便过来,但总会派人来送些东西,逢年过节的时候还有红包。

白薇在心里吃惊,没想到华夜居然如此体贴。但仔细想想,她为他卖命的时候也都是全力以赴的,再说两家人原本就认识,华老先生也把她爸爸当作恩人,对他们好也是理所当然。

知恩图报,不求利益,这方面华家的传统家规还是相当令人敬佩的。或许正是他们知道在什么地方应该出手大方,才会拥有今天的成就。

当然,谈话到最后,妈妈也旁敲侧击地询问了一下白薇和华夜目前的进展。白薇含糊其辞,妈妈就很知趣地没有追问下去。

该聊的都聊完,妈妈很快就睡着了,只留下白薇一个人盯着黑暗中的天花板。

很显然,妈妈觉得她应该跟华夜在一起,这样的结局现在似乎已经没有悬念了。如今的华夜和当年的苏临远不一样,他成熟自信而且很有手段,富有强烈的独占欲和侵略性。更重要的是,他们之间没有季佩佩这样的阻碍,而且白薇相信,只要华夜对她还有兴趣,就算有人想插足,凭他那样冷酷的性格,也会有无数方法把对方赶走,并且让他吃点苦头,再也不敢回来。

那么,她自己的心呢?

白薇长长地叹了一口气。

对于华夜,她似乎有一点东西无法接受,但那究竟是什么,她现在还无法看透。

之后过了几天,疗养院里风平浪静。

白薇过着悠闲而温馨的生活,早晨陪陪父母,下午干干工作,晚上偶尔会跟华夜打打电话。当然,电话也不是她主动打的。

她没对华夜讲苏临远的事，那样只会让两个人都不痛快。而且，她也不是那种优柔寡断的性格，当初既然已经单方面决定跟苏临远一刀两断，她也不想再吃回头草。偶尔的重逢只会让她觉得头疼，她只想赶快忘记这次糟糕的邂逅，别的什么都不期待。

然而，老天总是跟她对着干，没过多久，有人找上门来了。

是那天送白薇到疗养院的司机。

司机过来的时候显得有些为难，见到白薇以后，他支吾半天才说出来意。原来，他那天跟苏临远的司机交换了名片，从此以后就不得安生了。虽然他反复强调事情已经过去，不求赔偿也不找交警，就这样大家当作什么都没发生过算了，但对方还是坚持要求帮忙维修。

这其中自然是醉翁之意不在酒，维修是假，某人想跟白薇再见一次面是真。华夜的司机也不是吃素的，那天拿到了苏临远司机的名片以后，稍微一打听就知道了他的身份，再一打听也就知道了他和白薇剪不断理还乱的关系。

"白小姐，避而不见总不是个办法，要是传到华先生耳朵里就更麻烦了。"司机交代完事情的来龙去脉，向白薇征询意见，"如果您不放心的话，我带几个保镖一起过去？"

白薇汗颜，保镖是指她在电视里见过的那些穿黑西装戴墨镜的壮汉吗？听起来好厉害啊，不过这样会不会太兴师动众了？司机本来是想安排她偷偷跟苏临远见面的，带着保镖过去的话，不是很可能会传到华夜的耳朵里去吗？

她想了想，觉得正如司机所说，遇到问题得尽快解决才行。但这么久没见面，又发生了这么多事，她实在把握不准苏临远现在的想法，所以犹豫再三，最终还是折中了司机的意见，带了一个保镖前去赴约。

恰好，那天被撞坏的车子一直没修，司机在忙私事。反正华家车多，也不差这一辆。

于是挑了个天气好的日子,司机就带着保镖来接白薇了,三个人浩浩荡荡地坐车前往汽修厂。因为保镖人高马大,以至于车子里的气氛显得十分狰狞严肃,这么一来,他们已经不像是单纯要去修车子,倒是像去谈一笔重要的生意似的。

到了厂子里,苏临远已经恭候多时,他的司机和白薇的司机谈了一会儿,就把车子开进厂里去了,留下苏临远和白薇两人在休息处等候。

白薇的保镖静静地站在树后,他是一个不多话的壮汉。但是,白薇也并不担心这一点,因为苏临远的眼睛要看清东西真的十分艰难,根本不知道附近还有第三个人在。

"谢谢你能来。"他笑笑。

"避而不见总不是个办法,"白薇不冷不热地说,"你的眼睛怎么了?"

她不想兜圈子,就这么单刀直入了。喷漆花不了多少时间,她想办完正事就赶快离开。

听她这么问,苏临远也没多大反应,只是笑容变得有些苦涩:"都过去的事情了,不想再提。"

白薇怔了怔,这件事是她目前最感兴趣的,但是苏临远居然不想说?她想了想,没再追问,继续说:"那么,就按照刚才司机商量的那样,检查和维修的费用都由你来出,这样可以吗?"

"……行。"苏临远沉默了一会儿,吐出一个字。

白薇凝视着他。

她凝视着他略微苍白的脸色,萎靡不振的神情,还有那了无生气的眼瞳,感到心中有些不安。苏临远身上显然是发生了一些她不知道的事情,但到底是什么?

是什么样的事情让他变成了这副模样?

就在这时,苏临远又说:"我……找过你好几次。"

白薇点头:"我知道,所以我才会来。"

"不是这次的事情,是更久以前。那个时候,我和你的见面引发了一些困扰,后来……我给你打过电话,但是一直没有人接。"苏临远轻声说。

"……抱歉,我不知道。"白薇有些意外,但语气里并没有什么波动。

原来如此,那时苏临远还是做了一些事情的。

只是,她不知道什么电话,也不太想知道。那时她濒临崩溃,害怕见到任何人,于是把手机号码屏蔽了大半,又掐断电话线,一个人把自己关在家里谁都不见。而且就算苏临远给她打过电话又如何?她发现自己已经不在乎这些事情了,曾经她确实很希望他能出面解释什么,但一切都过去了,她心中的伤口已经结痂痊愈,而且变得更加刚强,不容易再受到伤害。

现在她更在乎的是怎样说服自己能够更加喜欢华夜,苏临远什么的,已经是过去时了。

于是,她说:"你不必觉得自责、担忧,或者有别的什么顾忌。事情都过去这么久,再去谈也没有意义,我相信那件事其中是有误会,但我现在已经不在乎了。我并不恨你,当然也并不恨苏氏,那件事我们都是受害者,尽快让自己振作起来过上正常的生活才是最重要的。"

苏临远静静听着白薇的话,等她说完以后,露出一丝略带惊讶的苦笑。

"是吗,原来你是这样看待那件事的。我之前担心过你的情况,但是现在看来,似乎是我杞人忧天了。"

"我没你想象得那么脆弱。"白薇的语气很平静,心中却是波澜起伏。

她并没有全说实话。

她确实已经从过去的阴影里走出来了,但那并不是靠她自己的力量。在这其中,帮助她的有她的好闺蜜,有华夜,有华夜的父母,也有她自己的父母。正是因为有这么多人的帮助,她才能重新振作成今天的样子。而在这个过程里,没有任何苏临远的成分参与其中。

他没有帮助过她,而她也不需要,并且不再需要他的帮助了。现在的她很幸福,她的世界里,再也没有了他的地位。

话说到这个地步也差不多了,白薇表明自己的情况很好,也并不追究绯闻事件的真相,这就让苏临远再也说不出什么。

他想了一会儿,像是准备和白薇告别了似的,说:"那,赔偿金我到时候会开支票给你的司机。"

白薇点头:"谢谢,那我还有点事,等到喷漆结束以后就得走了,后会有期。"

"后会有期。"

两人简单地寒暄了一下,白薇转身走了。

她当然能感觉出苏临远话语中的用意,既然他无意挽留,自己就应该及时抽身。

这是她和苏临远的最后一次见面了吧?从此以后,他们应该没有理由,也没有必要再有交集才对。

白薇心里正在这么想,突然听到身后传来重物倒地的声音。

她回头一看,顿时大吃一惊!

苏临远倒在地上,双眼紧闭,脸色苍白如纸,鲜血从额角和鼻腔中流出,染红了地面。

"苏临远!"白薇惊叫一声冲过去,蹲下身查看他的状况,但因为不知道他是怎么回事,也不敢贸然碰他。

这时,喷漆结束了,车子开了出来。苏临远的司机看见这副情景立刻大惊失色,冲过来大喊:"快叫救护车!"

白薇连忙打电话,司机则小心翼翼地让苏临远平躺下来,让他可以正常呼吸。而一直藏身在树后的保镖也跑了过来,在等待救护车的时间里一直守在他们身边以防万一。

很快，救护车就赶到了，苏临远被抬了上去。

事情变成这样，白薇当然不可能走，也跟保镖和司机一起跳了上去。她不是铁石心肠，看到苏临远的状况这么差，不忍心让他的司机一个人处理所有事情。于是，她不顾司机的阻挠，硬是要一起去医院。

"白小姐，谢谢你。"途中，司机擦着满头的汗，向她道谢。

"不客气，我不可能扔下你们自己走掉，但是……"白薇说着，向正在吸氧的苏临远投去一丝困惑的眼神。

司机迟疑了一会儿，这才道出了真相。

原来，就在白薇和苏临远约会的那天晚上，也就是他们被偷拍照片的那天晚上，苏临远开车回家的路上突然下起大雨。路面湿滑，刹车突然失灵，他发生了车祸。

车祸损伤了他的头部，由此导致视力下降，并且会间断性地像今天一样昏厥。更麻烦的是，在事后的车辆检查中，他发现了刹车被人为破坏的痕迹。

也就是说，有人故意要把苏临远置于死地。

苏氏是一个家族企业，内部错综复杂，加上苏临远经验不够，所以大家都怀疑是不是内部有人想让他死于非命，重新商定新的掌事者。正在焦头烂额的时候，又发生了绯闻事件，整个苏氏顿时上下一团乱，根本无暇去跟同样受害的华氏搞外交。

而与外交相比，华夜那种傲慢的性格，更加希望自己亲手调查出真相，所以一来二去，华、苏两家就断了联系，一直到现在都没有再恢复关系。

至于苏临远所说的跟白薇打过电话，因为司机没有亲耳听到过，因此也说不清楚细节。

不过，知道了这些，对白薇来说已经够了。

她闭上眼睛，长叹一口气，

原来是这么回事，难怪那张报纸上市以后，苏氏对华氏毫无动静。而苏临远也不是故意不跟她联系，更不巧的是，当他恢复意识跟她联系的时候，正巧是她掐断一切联系方式把自己关起来的时候。

命运真是如此的嘲讽，但是，一切都已经无法挽回了。

太多的凑巧造就了今天的结局。就算到了现在终于弄清楚了一切，白薇也不可能再重新去爱苏临远，她对他的爱情之火已经在现实的折磨中消失殆尽。

刚才白薇看到他昏厥的时候，心里十分慌张，但那只是单纯看到有人晕倒而产生的本能。她之所以跟着救护车去医院，也只是出于基本的人道主义。

在她心里，苏临远的病容并没有让她的情绪掀起多大的波澜。当认识到这一点的时候，她感到一丝惊讶和痛楚，但更多的是清醒和轻松。

她真的不爱苏临远了，这不是自欺欺人，而是千真万确的事实。

CHAPTER 14
看起来很可疑的邀请

当苏临远结束抢救,终于恢复意识的时候,外面已经天色漆黑。他低头看看自己身上的病号服,空白的记忆很快就被填补了。

类似的事情早就不是第一次,他知道自己是怎么回事。

病房里很安静,宽敞的空间里只有一张床,几件简单的家具。苏临远慢慢扫视了周围一圈,看看窗外一成不变的黑暗,又将视线投向病房门口。

不一会儿,白薇就走了进来。

看见苏临远醒了,她笑笑,把手里的保温杯放在床头柜上,又走到窗边拉上窗帘。

"你的司机已经跟你家打过电话了,过一会儿就会有人来安排你的住院手续。"

"谢谢,"苏临远笑笑,"你先回去吧,这么晚了,我不能一直占用你的时间。"

"没关系,我很闲,可以等换班的人过来。"

"但是，可能要过很久才会有人来。"苏临远长叹一口气，"苏氏派到K城协助我的人手，对我本人没有太大的兴趣。"

白薇心中一沉。

她明白苏临远的意思，他这么年轻，恐怕在家族内部并没有多少真正的支持者。或许他病发后直接死掉，对有些人来说会更好。这是旁人无能为力的事实，是出身在这种环境里的人必须承担的责任和枷锁。

在商业圈子里打拼的年轻才俊们，哪个不是这么过来的呢？

正当她这么想着的时候，背脊突然感到一阵异样的寒意。

她缩了缩脖子，觉得好像哪里不对，转过了头，心里瞬间就惨叫了。

她看见，某个姓华的家伙正不紧不慢地踱步走进病房。

司机在华夜身后默默地跟了进来，看了一眼白薇又立刻低下头去。白薇恼怒了几秒钟，很快也只能无奈地消气了，人家的本职是为华夜卖命，因为给车子喷漆扯出这么大的事情来，他怎么能不汇报？

华夜的脸上没什么表情，看起来并没有生气，但也说不上心情好。他默默地看了白薇一眼，很快就把视线转到苏临远身上去了。

"你看起来挺惨啊。"他的嘴角扯出一丝笑，不冷不热地说。

白薇震惊了——华夜居然不是先跟她说话，而是先跟苏临远说话！这是要向情敌宣战的节奏吗？！

苏临远看到华夜也不是很吃惊，只是淡淡一笑："抱歉了，让你看到这么惨的样子。我的计划好像在K城受到了一点阻碍，我得好好反省一下。"

华夜冷笑："怎么，你还想东山再起，然后把我从你手里抢走的东西再抢回去？"

苏临远的面色僵硬了一下。

华夜继续说："我奉劝你一句，尽快收手，好好养伤，把自己的家务事理清楚了再来想扩张地盘的事。你以为自己很有本事,我也没什么资格泼你冷水,但你这种优柔寡断的性格是一辈子不会有什么前途的。你的心肠,该软的时候硬,该硬的时候软,该争取的时候谦让,该谦让的时候又不肯退缩,才会搞成今天这个样子。就凭你这样,我可以坦白地说一句——想要争夺白薇,你根本不是我的对手。"

苏临远的表情越发难看,脸色也苍白起来。

华夜并没有看他,说完就转过身,非常自然地搂住白薇的肩膀:"走了。"

他的语气坚毅而果决,没有任何商量的余地,白薇呆了一下,还来不及说什么就被他带出了病房。

她把头使劲地转过去,又看了苏临远一眼,但是他没有在看她。他只是脸色苍白地望着窗外,一语不发,双手揪紧了被子。或许,他并不想亲眼看着她被另一个男人带走的场面吧,那样对他的自尊心会是毁灭性的打击。

白薇默默回过头。

在医院的走廊里,华夜放开她,走到窗前点了一支烟。

白薇垂下脸,轻声说:"抱歉,当时我并没有想太多,只是看到他的情况这么不好,一心想把他送到医院而已。"

华夜转身,背靠在窗台上吐出烟圈,笑笑道:"我不是这么小气的男人。"

晕,你刚才怒斥苏临远的行为还叫不小气吗?

白薇囧了。

"而且,我也不会强迫你什么,"华夜又加了一句,"如果你觉得良心不安,之后还想到这里来或者跟他保持联系的话,我不会阻拦。但我想你是一个头脑清楚的人,知道怎么做才是最正确的方式。"

白薇咬了咬牙,双颊微微发烫,身体紧绷着。

华夜的语气虽然轻描淡写，但已经把自己的态度表明得很清楚，也隐晦地提醒了她一下。他怕她会心软，但到了今天的地步，那样的心软只会给所有人带来麻烦，狠心舍弃才是最好的方式。

"我知道该怎么做，"白薇勉强笑笑，"我们这就回去吧，时间不早了。"

华夜点点头，掐灭了烟。但是，当他转身准备走向白薇的时候，视线却飘了起来。那视线越过白薇的肩膀，飘向了她身后。

"好像还不能走。"他笑了一下。

白薇不解，转过身，看见走廊尽头有一个人正朝这边走来——是季佩佩。

呵，她已经很久很久没有见过这个女人了。就算上次在机场，两个人也只是打了个照面而已，并没有交谈。

季佩佩的模样看起来没有什么大变化，虽然已经很晚了，但她还是仪表优美，脸上画着精致的妆容，衣着娇俏。白薇在心里笑，光从季佩佩的外貌，根本看不出她在苏家完全不受宠。不知道是因为她自己也有办法安排好自己的生活，还是苏临远暗中资助了她呢？

她回头看看华夜。

华夜抬了抬脸，示意她可以过去没问题，然后自己转身走开，很快就消失在白薇的视野里，免得让她感到不自在。

看起来他对季佩佩的情况挺了解，至少知道她的身份。白薇也没兴趣打听他究竟为什么会知道这些八卦，对于自己想要知道的信息，他总会有渠道得到。

白薇走向季佩佩，季佩佩也毫不犹豫地走向白薇，显然是做好了要交谈的准备。

两人在相距几米的地方停了下来，互相凝视着。空气似乎紧绷起来，弥漫着隐约的火药味。

过了一会儿，季佩佩先开口了，她冷笑一声："呵，现在你开心了吗？苏临远在家族里的地位始终不稳固，我像个拖油瓶似的不受他们家的待见。而你却攀上了富贵飞上枝头变成金凤凰，你开心了吧？"

"苏临远混成什么样我不管，不过看到你混得这么惨，我确实很开心。"白薇笑笑。

季佩佩的表情一下子狰狞起来："你这个蛇蝎心肠的女人！"

白薇的脸上掠过一丝的惊讶，她不知道一个人居然可以这么不要脸，可以不知廉耻地倒打一耙。但她现在已经不会为几句恶毒的话语动容了，这些东西根本对她造不成伤害。

"你嫉妒吗？"白薇微笑着问，"我也是实在没办法，有些人总是喜欢敬酒不吃吃罚酒，对她客气是没有用的，只有蛇蝎心肠才能把她治得服服帖帖！"

季佩佩的脸一下子涨红了，她咬了咬牙，忍耐了一下，居然没有当场和白薇吵起来。

"关于上次车子碰擦的事情，苏临远住院期间我会帮他处理好，"季佩佩冷冷地说，"具体赔偿金需要再确认一下，你报一个数字给我。"

白薇有些意外，这女人的忍耐力什么时候变得这么强了？不过她没兴趣知道季佩佩的心路历程，也不想多跟她打交道，冷淡地笑了笑："谢谢你们愿意把那件事负责到底，不过车子是华夜的，要谈的话你可以跟他或者他的律师谈，我管不着。"

季佩佩的脸色越发难看。

"白薇，你这个狼心狗肺的东西！"她愤恨地从牙缝里挤出声音，"亏临远喜欢了你这么多年，他真是瞎了眼！像你这种女人，只要男人有钱你就肯跟他睡，真不要脸！"

白薇开口想说什么，还没出声就轻咳了两声，觉得有些口渴。她朝四周看看，看见走廊拐角有一台饮水机，走过去拿了个塑料杯子装了一杯水，又不紧不慢地走回来，喝了几口。

"你刚才说什么？什么苏临远瞎了眼？"她幽幽地问。

季佩佩冷笑着："你还有脸问？你根本就不知道吧，当你跟有钱男人眉来眼去的时候，苏临远出了车祸躺在床上前途未卜！知道那篇报道以后，他为了跟你澄清误会，偷跑出医院去找你，拼命地打你电话，千方百计地要跟你联系上！可是你呢？电话断线，手机关机，门前到处都是华家的保镖，他根本就没办法接近你一步！他想帮你，想跟你一起解决这件事，可是你给过他机会吗，你有没有哪怕是一分钟相信过他？！"

原来苏临远还到她家去过。白薇感到一丝惆怅。

而且，那时候华夜还派了保镖在她家门口，他居然从来没有告诉过她。

"我倒是真不知道。"她轻轻摇了摇头。

"你不知道的事情还有更多！"季佩佩咬着牙，"你更不知道的是，那次在机场遇到你的时候，他不是出国工作，而是为了动手术，他的情况比你想象中的更不好。我让他临走前一定要找到你，跟你把话说清楚，免得误会，没想到他最后还是什么都没有说。他是怕你担心，但是你呢？在他受苦受难的时候你在干什么？"

白薇没说话，只是出神地望着窗外。

过了一会儿，她问："你说苏临远拼命打过我的电话，我现在还有办法听得到那些内容吗？"

季佩佩一下子愣住了。

白薇透过夜晚窗户玻璃的反射，看到季佩佩的眼中闪过一丝恶毒的光芒。

果然，白薇始终不太相信季佩佩的这种激动情绪是发自肺腑，也感觉到她之所以这么激动是另有隐情。看来自己察言观色的能力还是有所长进的，季佩佩似乎就是在等她问这句话。

季佩佩看似如此情真意切，但究竟是谁把苏临远害成这样，还很难说呢。

"哼，算你走运，"那恶毒的光芒从季佩佩的眼中一闪而过，随即又恢复了那种冷冷的笑容，"临远在市区有一栋公寓，既是住宅又是他的私人办公室，外拨电话都是从那里打出去的。为了给商务谈判留存证据，所有的电话都会有录音。近期他也不可能再工作了，那栋公寓要退租，如果你对录音有兴趣，我可以整理出一盘磁带留在那里，你自己去听，我把地址和钥匙给你。"

"你不能把磁带寄给我吗？"白薇问，"或者我们什么时候再见一次面？"

"你做梦！我这辈子都不想再见到你！"季佩佩气愤地喊了起来。

两人过高的聊天声音终于引来了护士，季佩佩没再多说什么，去护士站借纸笔写了一个地址给白薇，又从自己的钥匙圈上拆下了一个钥匙。

在这个过程里，白薇一直一边慢吞吞地喝着水，一边不冷不热地看着她。等到季佩佩把纸条和钥匙交给自己，十分凑巧的，华夜也已经在其他地方又抽完一支烟回来了。

"真是一对神仙眷侣。"看着华夜默默站在几步开外的冷峻样子，季佩佩皮笑肉不笑地说。

"承蒙夸奖，"白薇笑笑，又说，"对了，我也有几句话要跟你说，你过来一下。"

季佩佩的眼中流露出一丝困惑，走近几步。

突然，白薇扬起手，把喝剩下的水全泼在了她的脸上。

一瞬间，季佩佩整个人都石化了。她僵硬地站在那里，满头满脸都是水，眼睛瞪得比铜铃还大。这个女人骄横跋扈惯了，恐怕长这么大还没有受过这种委屈吧。

白薇在心里冷笑，趁着季佩佩沉浸在石化状态中还没有反应过来的时候，说："这是你刚才说我狼心狗肺不要脸的回报，就算我有对不起苏临远的地方，也轮不着你这个外人来训斥我。哦，对了,刚才的约定可别忘记,我下周一就会去办公室的,你记得准备好磁带。"

说完,她就潇洒地转身走了,身后传来季佩佩变了调的气愤尖叫:"白薇——"

但是下一秒尖叫就消失了,几个护士冲过来围住季佩佩,不许她第二次制造噪音。

离开医院以后,白薇上了华夜的车,突然感到很疲惫。她给妈妈打了个电话,说自己今天有些急事不去疗养院了,然后就由着华夜随便开车到哪里去。

刚才医院的那场风波让她的情绪很不好,她不想把这种情绪带到疗养院去。

"狐假虎威。"路上,华夜突然说。

"什么?"白薇闭着眼睛躺在副驾驶座上,一下子没听明白。

"你是因为我在场,所以才会泼水的吧?"

"……算是吧,我实在跟那个女人结下了太多仇,气不过。但是看她的指甲这么长,生怕打起来我会吃亏。"

华夜发出一声笑音。

"你们三个人,不会一辈子都牵扯不清吧?"他问。

"你说什么呢,我可没期待过要再见他们,尤其是季佩佩。"白薇有些不爽地说。再说你这是什么态度啦,别说得自己好像完全是局外人一样!

她一边想着,一边摸了摸口袋,里面,好好地躺着季佩佩给的纸条和钥匙。

借着路灯的光芒,她把纸条掏出来看了看。上面的地址似曾相识,她想起来那里就是很久之前,她和华夜一起去苏临远那边吃饭的地方。

原来,那是他的私人住宅兼办公室。但是季佩佩硬是要她去那里做什么?那里究竟有什么陷阱在等待着她?她已经很久没有和这个女人打过交道了,既不知道她后来都经历了些什么,也不知道她如今的心思恶毒到了什么地步。

当然,无论如何白薇都没有想到要退缩。既然季佩佩下了战书,她就会欣然接受。且不论她们之间因为苏临远而产生的矛盾,光是季佩佩当年对她的伤害,就够她好好报复回去,让这个女人喝一壶的了。

就在她想得出神的时候,车子已经渐渐开始减速。

白薇的视线看见黑色的铁栅栏在车窗外一晃而过,抬起头,发现夜幕中已经能看到华家大宅的建筑轮廓。

"这是你家?"她诧异地问。

"不是我家难道是你家?"华夜有些好笑,又说,"……没关系,反正以后也会变成你的。"

"别整天胡言乱语,"白薇一阵恼羞,"我以为你会去我家的。"

"最近不是才刚去过嘛。"

"但是你看起来像是一副怎么都去不够的样子。"

"精神好的时候确实去不够,不过今天太晚了,我不太想累得不行的时候还要辛苦地睡沙发。"华夜的声音似乎挺郁闷。

白薇扶额:"不肯让你跟我睡一张床真是对不起了。"

"没关系,我可以等到你肯,我的耐心很好。"

白薇有点 。

"再说,你也不想这么晚回到家里还得自己做饭打扫洗衣服吧?"华夜又加了一句。

车子停在了华家大宅的门口,都已经到了这里,显然就不可能再去别的地方,白薇只能乖乖下车。

华夫人和华老先生早就休息了,只有几个佣人还在等候大少爷回家。不过就算两位老人没睡下也无所谓,华家大得像迷宫,多一个人在家里来来去去根本不会被谁注意到。

忙了一天，华夜看起来也累了，没多说什么就回自己房间去换衣服。白薇则是被安排到了一间客房，她以前的住处自从搬走以后就被闲置了，听说现在已经用来储物。

来到客房，看到那张大床白薇才觉得全身瘫软。确实如华夜所说，今天好累，而且全身又脏，肚子又饿，这么晚了也买不到什么夜宵，如果回自家的话还得弄东西吃，稍微想象一下那样的情景，白薇就觉得累得快站不住了。

她直接倒在床上，闭上眼睛准备小憩一会儿，然而脑海里，苏临远苍白的面容和季佩佩刻薄的冷笑轮番交替着出现。

白薇深深叹了口气。

刚才在医院里，她曾觉得华夜对苏临远说话的口气太重，但是和季佩佩交谈过后，似乎华夜的指责不无道理。如果当年苏临远能够狠心一点，或许……就不会有今天的结局了？

一个人的本性怎能改变？记得过去在大学里，苏临远身为学生干部，看起来冷漠严厉不苟言笑，其实却是一个处处为同学着想的好人，只要跟他求求饶，任何同学的困难他都会尽力帮助。

他的这种善良本性也曾经是打动白薇的原因之一。但现在看来，这种本性却吸引来了季佩佩这种阴险毒辣的女人，让他深陷泥潭。

虽然没有证据，但白薇觉得苏临远那天晚上出车祸，和季佩佩脱不了关系。

而假如真是这样，那间被查封的拍卖行会不会也跟她有关系呢？她一个人或许力量不足，但是如果与苏氏中其他反对苏临远的管理层合作的话……

白薇突然感到一阵寒意，她猛然睁开眼睛，心脏狂跳着。

这时，有人敲响了门。白薇以为是佣人来送换洗的衣服，打开门却发现是华夜站在外面。

他已经收拾一新,换上了简单的家居服。看到白薇蓬头垢面的样子,皱了皱眉:"怎么不洗澡?"

白薇一愣,随口扯谎:"哦,我在等佣人送换洗的衣服过来。"

华夜的眉头皱得更深:"换洗的衣服就在那边的沙发上,刚才不是跟你说过了吗?"

白薇呆了:"啊,我,我没听见!抱歉……"

华夜看着她沉默不语,突然挤进了门里,一把抓住白薇把她按在了门上。

火热的气息铺天盖地地涌来,华夜低头吻住了她。白薇开口惊呼,但是声音全被堵了回去。全身的血都在往头上涌,双手却像是被抽干了力气,怎么也挣脱不开,狂热的深吻之间她发出呜咽的呻吟,感觉肺里的空气快要全部被挤出来了。

过了很久,华夜才慢慢把她放开。

房间里回荡着两人沉重的喘息,白薇双颊绯红,依然怔怔地抬着头。华夜还是沉默不语,漆黑的眼瞳里像是沉浸着化不开的冰雪。

"我够纵容你了,不要得寸进尺。"他冷冷地说。

"纵容……什么?什么得寸进尺?"白薇不太明白。

"你又在想他了是吧?"华夜冷声问,"要不然,还有什么别的事情能让你这么失魂落魄?"

白薇感到脸颊发烫,她不安地低下头躲避华夜的视线。

"抱歉,我是在想……不,但也不是。我只有一些怀疑,但或许是我杞人忧天了……"她小声说。

"你刚才在车上看什么?"华夜问,依然不肯放开她。

"车上?"白薇想了一会儿,回想起自己刚才是在车上看季佩佩给她的纸条。因为当时华夜正在专心开车,她以为他没有看见。

真是的,她太天真了,这家伙的观察力可是很细致的,怎么会不发现这件事呢?

她苦笑:"别犯疑心病啦,我也不是故意要瞒着你,只是觉得自己有点多心。不过既然你问起来了,说不定你可以帮我出出主意……"

说着,她就把录音带的事情简单地说了一下。

华夜听完,露出若有所思的表情。过了一会儿,他不冷不热地扔下一句话:"先洗澡,吃饭的时候再谈。"

白薇笑笑,点了点头。

男人的嫉妒心啊,还真是可笑。

等到白薇把自己收拾干净来到餐厅,一碗热乎乎的汤面已经在等着她了。饥肠辘辘加上夜晚的寒冷,让她看到这碗面的时候感到格外温暖。

华夜坐在餐桌的另一头看报纸,见她来了,淡淡地说了一句:"快吃吧。"

折腾了这么久,白薇早就饿得不行了,没等华夜的话音落下就扑上去大快朵颐起来。面很好吃,落进肚子里暖洋洋的,让她再也顾不得形象,呼呼噜噜地吃得十分快活。

转眼间一碗面吃了个底朝天,白薇心满意足地一抹嘴,倒在椅子里打起了饱嗝。

那边,华夜发出一声咳嗽。

白薇瞬间一个激灵,她怎么能打嗝!她怎么可以在一个男人面前打嗝!这个男人还挺喜欢她!这太丢脸了,太不注意形象了,乐极生悲说的就是她现在这种状态啊!

华夜看着白薇抽搐的表情,心领神会地说:"我不是不让你……那个,能看到你真实的一面我很高兴。我只是想提醒你,今后在公共场合可不要这样。"

白薇羞愤地捂住脸。

华夜笑笑,没再多说什么,收起了报纸:"你吃完了吧,那晚安了。"

白薇一愣:"晚什么安?你不是说要跟我谈季佩佩的事情吗?"

"我已经想清楚了,所以不必再谈了。"华夜一边说一边起身,转身往餐厅外面走。

"等等啊,什么想清楚了?我还不知道呢!"白薇急着要追上去,没想到因为吃得太饱,刚一站起来就又丢脸地打了个饱嗝。

华夜回头苦笑一声:"看你这样子,还是老实坐着吧。"

白薇更加恼羞:"不……不许揭我短!快说到底是怎么回事?"

华夜又笑笑:"没怎么回事,只是……我打算先发制人。"

说着,他的眼底掠过一丝寒意。

一夜平静,第二天白薇起了个大早,回疗养院去了。

其实还想睡会儿懒觉的,不过想到自己已经一夜未归,再太晚过去的话父母会担心,白薇还是坚持睡眼惺忪地起床了。

今天天气很好,当白薇赶到疗养院的时候,妈妈正推着爸爸在花园里晒太阳。爸爸的病已经基本痊愈,但身体还比较虚弱,不能进行剧烈运动,长距离的行走也不可以。因此在病房里闷得慌的时候,妈妈经常会像这样用轮椅推着他出门走走。

白薇和他们聊了一会儿,手机突然响了,来电的人是四妹。四妹告诉白薇,今天她们单位上午体检,下午休息,她打算过来看看二老。白薇有些意外,自然是不想为这种事占用她的私人时间,但四妹的性格自己也清楚,两人互相客气一阵之后,白薇还是没能拗得过四妹。

快到吃饭的时候,四妹果然来了,带着一束花和一篮价格不菲的进口水果。当年上大学的时候,同寝的几个姐妹都到白薇家的咖啡馆里去过,白薇的父母自然也对四妹颇为熟悉。看到当年的女学生如今已经长成了亭亭玉立的大美女,二老就像看见自家女儿似的,高兴得合不拢嘴。

四个人聊了一会儿,白爸爸感到有些疲倦,白妈妈就送他回去休息了。白薇带着四妹去疗养院的餐厅吃饭,然后带着她在这个风景秀丽的地方好好参观了一圈。

"真美啊!"走在花园小径上,四妹不停地啧啧赞叹,"我真是太中意这个地方了,宽敞、干净、漂亮,也很安静。这个地方从外面看还挺普通的,没想到内部条件棒得吓了我一大跳。"

"怎么,想来养老吗?"白薇笑问。

"想,十分想!天天上班上得我都快累死了,每天都盼望着退休呢!"四妹说着,露出一副向往的神态,"你倒好,阔太太肯定是当定了,留下我这个芳心寂寞的少女,每天被老板折磨得死去活来!"

"我怎么就成阔太太了,"白薇 了,"华夜那种人的性格超级奇怪的,我可保不准将来会怎样。再说,苏临远和季佩佩的事情还没解决呢,短期内我过不上舒心的日子。"

四妹眼睛一亮:"什么什么?有八卦?说来听听!"

白薇无语,四妹的八卦之心她再清楚不过,当然热血之情和八卦之心也一样强烈。对于白薇自己的感情问题,仗义的四妹一直都忍耐着,如果她马力全开的话,估计早就找八个大汉把苏临远和季佩佩往死里打一顿了。

果然,听完医院八卦事件之后,四妹一蹦三尺高:"泼水泼得好!你下手太轻了,怎么能泼冷水,应该泼开水!"

白薇立刻就捂脸哭了:"救命啊朋友,那样我现在已经被抓进去了!"

"让你男人把你保释出来呗,怕什么?"四妹朝她翻白眼,看来她对季佩佩的憎恨的确是强烈到了一个极点。

她拍拍白薇的肩膀:"好啦,我知道你这个人心慈手软,就不怂恿你了。不过，哪天你要是想到报复了，记得来找我。"

白薇呵呵干笑，且不论她根本没想过这种事，即使真的想要报复，刚才听到开水论以后也立刻被吓走了好吗。

她是一个遵纪守法的好公民！

"我突然好想立刻送走你，女流氓！"她继续捂脸。

"是的，我也确实应该走了，怂恿别人干坏事会被雷劈。"四妹严肃地说，"不过，临走之前我还有一件重要的事情要告诉你。"

"什么事？"

"求一个干儿子。"

"……你滚啦，我还是黄花闺女，哪来的干儿子给你！"

"啥？你们居然还没睡过？你也太不争气了！"

"这跟争不争气没关系！"

"是吗？那肯定是你不够性感，没关系我送你一套性感内衣，保证华夜看到你一定血脉偾张！"

"救命啊快住口！我才不想看到那种人血脉……我说不下去了，好丢人！"

"丢人你个大头鬼，我是从正常角度的思维在真心帮助你啦！"四妹十分真诚，而白薇真的好想泪奔。

两人正在吵闹着，白薇的手机响了，来电人不是别人，正是那位刚才被YY成血脉偾张的家伙。白薇立刻给四妹做了一个噤声的手势，接起电话，还没等她出声，电话那边已经传来华夜一如既往的冷淡声音。

"你在哪儿？"

"我在疗养院。"

"到我公司来一次，有些急事要跟你讨论。"

"哦……"白薇一怔，华夜从来不会叫她去自己公司的，"可，可是我还要照顾我爸妈……"

"没关系，多晚我都会等你的。"

呃，既然大老板都这么坚持了，她自然也没有再推脱。但是……这种时候，华夜会有什么急事要找她呢？

白薇和华夜约好见面的时间以后就挂掉了电话，也没有心思再跟四妹插科打诨了，而四妹也挺知趣。两人又随便聊了一会儿就互相告别，四妹下午还有别的计划，也就没再继续在疗养院里逗留。

送走四妹，白薇去跟妈妈打了个招呼就赶往公司。白薇平常工作的档案室在20楼，而顶楼就是华夜的私人办公室。

当白薇赶到那里的时候，华夜已经等候多时了。看见白薇，他也没多说什么，给她指了指桌上的一叠资料："你看一下。"

白薇深吸一口气，拿起那叠纸，刚看了几眼她就大惊失色。

她抬头看着华夜，脸色苍白，颤声道："怎……怎么会这样？！"

华夜冷冷一笑："所以，之前我说的先发制人这步棋，看来是走对了。"

"那……那接下来我们应该怎么办？"

"不怎么办，还是按照原定计划，周一你继续去那里拿录音磁带，剩下的……我会想办法解决。"

CHAPTER 15
善恶终有报

一转眼,周一就到了。

白薇下午自己打车去了季佩佩告诉她的那个地址。

站在公寓楼底下,她抬起头,迎着阳光眯眼仰望着这栋耸立在K城最豪华的商业圈之中的高级公寓。不久之前,她曾经在这里度过了难忘的一夜,在这里,她被迫与苏临远和华夜共进晚餐,一顿饭吃得索然无味,痛苦不堪。

那个时候,她尚忍受着华夜的压迫,无法逃离,全身的每一个细胞都喘不过气,在潜意识里希望着苏临远能帮助她逃脱魔掌,让她能够重新回到他的身边。她曾经对他们的未来是如此充满幻想,却万万没想到居然会迎来这样的一天。

她从没想过,自己对苏临远的感情会如燃尽的木炭般,再也没有一点希望的火星。

从口袋里掏出纸条,她再一次确认了地址,然后握紧口袋里的钥匙,走进大门。

经过楼下前台的时候,她看见那边有一个戴大盖帽的保安在打瞌睡。当她从他面前经过后,保安微微抬起头,不动声色地看了她的背影一眼。

在前台的电脑上,安装在公寓各个角落的监视器正在一刻不停地发回画面,其中一幅画面正是白薇在等电梯的样子。过了一会儿,电梯门打开了,白薇独自走进去,关上了门。几分钟以后,另一个监视器里显示出她离开电梯的画面。

保安确认了一下她所在的楼层,然后拿起电话:"季小姐,她进去了。"

电话另一头,季佩佩坐在窗明几净的办公室里,身着高级套装巧笑倩兮。她没多说什么,客气地向保安道了谢,然后站起来朝面前环视一圈:"各位,现在就由我带各位去参观我们公司的艺术沙龙。它在闹市区的高级公寓内,私密性很强,我们正着手把它改造成一个集小范围娱乐、休闲、交流为一体的会员制俱乐部。在那里,各位将能欣赏到我们历经多年从世界各地搜集而来的文玩藏品,必然可以满足各位高尚的鉴赏眼光。"

说罢,她的眼底掠过一丝恶毒的笑意。

没想到白薇居然真的来了,看来苏临远的录音带对她的诱惑很大。上周在医院偶然邂逅的时候她灵机一动,想出了这个巧妙的计谋。经过暗中一番努力拉拢苏家管理层的几个老家伙,加上苏临远身体欠佳,如今苏氏在K城的大半势力都落在了季佩佩的手中。当然,因为他们在这里才刚刚起步,所谓的势力也称不上多值钱。

但是,总比没有的好,她要用行动证明,那些把她当成拖油瓶榨干她身上最后一分钱的苏家人,全都是瞎了狗眼!

就算到了现在,那些跟她狼狈为奸的老家伙们还是只把她当成一个道具,因为她年轻漂亮,有些事情比较容易办。不过她有很强的耐心,所有看不起她的人总有一天会为此付出代价!

在她的计划中,一开始并没有把白薇考虑在内,她没这么多工夫去关心一个苏家以外的人，况且白薇将来充其量也就是一个只会吹枕边风的家庭主妇，对她造不成威胁。但那天晚上在医院见到这个女人以后，她的想法改变了，她依然还是这么的恨白薇，恨到想把对方碎尸万段！

既然如此，不如就在忙正经事的时候把她收拾掉。季佩佩相信，当年白薇被她收拾得这么惨，如今再来一次，结局也不会变。

方法很简单，最近她事务繁忙，苏临远的办公室也的确是要改造成艺术沙龙。只要白薇闯进那个地方，她那种对手公司的人出现在那里，不论什么原因，只要被苏家的客户看到，足够她吃不了兜着走！

所以，季佩佩近期才特意忙于约见客户，而参观项目是属于她的自由安排，只要白薇什么时候跑到那里去，她就打算什么时候带着一堆客户杀到那里去。

想到这里，季佩佩又喊来助理，耳语道："媒体记者都准备好了吗？"

助理点点头，轻声说："前几天就联系了几家比较熟悉的报纸和电视台，订金也付了，只等您挑合适的时间，他们自然会登门拜访。"

季佩佩微微一笑："那就现在吧。"

与此同时，远在公寓里的白薇并不知晓这一切。她站在公寓门前，把玩着手里的钥匙。

就是这里了，和她记忆中一般模样的门。打开之后，里面的家居摆设她也记得一清二楚，那种简单清爽而不失优雅的风格，正是苏临远的喜好。如果不是因为他太心慈手软，如果不是他对季佩佩百般纵容，他和这栋公寓又怎么会到今天这样的地步？

阴暗的客厅里，窗帘被拉得紧紧的，透不进一丝光。一排一排的木架子围绕在墙壁四周，上面零星地摆着一些艺术品。白薇走了几步，听着坚硬的木地板上传来自己的脚步声，心中忽然感到一丝寂寞。

在客厅中央的这张餐桌上，曾经发生过多少事啊。

手指轻轻拂过桌面，白薇看见自己的指尖沾上了一层厚厚的灰。

这个地方，真的许久没有人来过了。

觉得有些憋闷，她想拉开窗帘，走到窗边犹豫了一下又放弃了。她想起架子上摆放的那些艺术品可能怕光照，还是收回了手。

这栋公寓的格局很简单，里外两间，外面是客厅，里面就是办公室。

白薇在客厅里环视了一圈，没有找到季佩佩所说的录音带，于是走进了里间。

与昏暗的客厅完全不同，里间光线明亮。视线可及之处什么摆设都没有，只有一套简单的办公桌椅，以及茶几和沙发。巨大的落地窗外，阳光正好，那温暖的光线充盈了整个空间，让刚才在客厅里因为昏暗而感到寒意的身体又温暖了起来。

白薇一下子就看到了办公桌上的电话答录机，旁边摆着一盘磁带。虽然已经做了足够的思想准备，这一刻，她的心脏还是怦怦地狂跳起来。

白薇自己也说不清楚，如今的苏临远在她心中到底是什么地位。他或许什么也不是了，但又似乎还是些什么，否则，她就不会无法控制自己地来到这里。

总之，她还是听了那些录音。

果然正如苏临远自己说得那样，他打过电话给她，而且很多。

从磁带里缓缓流淌出的声音，似乎又把白薇带回了绯闻事件的时候，那些不堪的日子。

——"薇薇，你的情况怎么样了？还有记者在骚扰你吗？方便的时候请给我打个电话。"

——"薇薇……你还在生气吗？我这边出了点急事，所以最近不能到你家去，等过几天我就去看你。"

——"薇薇，你怎么一直都不回我电话？那篇报道肯定是有人从中作梗，但那不是我。我的本意是跟华氏好好合作，而且我也很想跟你重修旧好。现在外面的流言蜚语很多，与其你对我避而不见，我更希望我们能坐下来好好谈谈，商量出一个比较合适的解决办法，我一定会为你找出这件事的幕后黑手！"

——"薇薇……我因为一些原因不能出门，你是不是还在生我的气，永远不想见我了？不想见也没关系，我只求你给我打一个电话，三分钟，不，一分钟就行！"

——"薇薇，你还在生气吗？我的电话录音你都听了吗？今天我到你家去过了，但是门口有华家的保镖，我接近不了。最近，我们将会有一段时间不能见面，我要到国外去处理一些急事，等我回来以后就会去找你，等到那个时候，你再考虑一下是不是肯见我，好吗？先暂别了。"

在这之后，磁带就再也没有声音了，录音结束了。

眼前模糊一片，白薇花了好大的力气才按准录音键，把刚才的话全部删除。

磁带在机器里慢慢转动，一点一点地擦掉苏临远温和的声音。够了，这样就够了，这些只会带来痛楚的东西只要听一遍就够了，它不应该继续存在在世界上。

听过这些录音，一切的细节也就都对上了。正如季佩佩所说，那天晚上苏临远送白薇回家，在返回的路上车祸受伤，等知道绯闻报道的事情已经是几天以后。虽然他在电话中只是轻描淡写地说自己出了一点事，但白薇知道他就是这种性格，他不可能会在车祸的问题上说实话。

这些巧合全部凑在一起，便造就了她和苏临远长久的误会。

或者……这究竟是误会，还是冥冥之中的必然？

白薇幻想着，如果当初这错过的误会没有发生，如果她和苏临远联系上了，互相澄清了，并且联合起来抓出了幕后黑手，如今的这一切会不会不一样？

而她隐约发现，自己居然并不期待这样的可能。

潜意识里，她知道即使时光再重来一次，她和苏临远也不会再有机会走到一起了。甚至，她完全不想让时光重来。

天生的善良和忍让，注定了苏临远无法成为一个能够保护她，以及保护她家人朋友的人。他那样的身份和家庭，需要他有着华夜那样冷硬的手段，但是他却做不到。

那样的他，尽管也是一个好人，却会让她受到无尽的伤害。

就像当年她被季佩佩折磨得死去活来那样。

想到季佩佩，白薇咬了咬牙。她可以原谅很多人，但唯独这个女人，她不想原谅。

与此同时，公寓外面的电梯打开了，季佩佩光鲜亮丽地带着一群客户走了出来。大家一边聊着一边走向公寓，而在办公室里的白薇对此还一无所知。

季佩佩微笑着与诸位客户交谈，眼底却掩饰不住那兴奋而恶毒的光芒。就要到了，她的计划就要成功了！白薇就在里面，她现在就要带着这些客户把她逮个正着，让所有人看到这个华氏的女人盗窃进入苏氏办公室的模样，她要让她无法辩驳，颜面扫地！

她一边想，一边穿过长长的走廊，走到公寓门前装作摸钥匙，摸来摸去却什么都没有摸到。

助理适时凑上来问："季小姐，怎么了？"

季佩佩故作疑惑："我，我的钥匙怎么不见了？"

身边的几名客户听见了她故意提高声音的自言自语，纷纷问起来："季小姐怎么了？真是贵人多忘事啊。""再想想呢，是不是落在办公室里了？""该不会被人偷了吧？"

季佩佩咬了咬嘴唇："真是对不住各位，钥匙我一直为苏先生保管得很好，随身携带，说不定真是被谁顺手牵羊了，因为办公室里收藏着很多贵重的艺术品。"

闻言,众人都有些紧张,纷纷面面相觑。

季佩佩又连忙笑笑:"大家先别担心,还是先让我助理用备用钥匙把门打开,看看里面的情况吧。"

助理拿出备用钥匙,门吱呀一声打开,呈现在大家眼前的景象,就跟刚才白薇看到的景象一样。宽敞的客厅冰冷昏暗,所有的艺术品都好好地摆放在原位,季佩佩没看见白薇,心里有些失望,但脸上还是假装出松了一口气的表情。

没关系,这间办公室总共只有里外两处,她不在客厅,必定就在里面。

想到这里,季佩佩盯着那扇通往里间的紧闭的房门,心中冷冷一笑。这时预先通知的媒体记者也到场了,看见公寓的门开着,记者们蜂拥而入,噼里啪啦地拍起了照片。

其实今天这种事根本算不上新闻,但最近实在没什么爆炸性的八卦,记者们也只能勉为其难,稍微采访一下这个小美女,回头添油加醋写一番"青年美女实业家入驻K城,经济发展势头喜人"之类的报道,也算是交差了。

看见这些记者,季佩佩暗暗窃喜。她需要的根本不是宣传,而是白薇被人抓个正着的场面,并且在场的人越多越好。早先的绯闻已经让这些狗仔队对她留下印象了,假如这次再来点新料,谅这个女人一辈子都没法再翻身,前途尽毁!

她冷笑着,将手按在了通往里间办公室的门把手上,微笑道:"那么,先请各位媒体到办公室里来休息一下吧。"

门被打开,里面安安静静的,空无一人。

温暖的微风从半开的落地窗里吹进来,丝绸的窗帘在风中高高扬起。

季佩佩石化了。

白薇呢?那女人到哪里去了?!

她大步冲进办公室,发现一切如常,录音磁带也好好地摆在办公桌上,和她离开的时候没有任何两样!不,有不一样,落地窗本来是关着的!季佩佩的表情抽搐着,不顾形象地冲上阳台,但是到处都没有白薇的身影。

人到哪里去了?窗子开着证明肯定有人来过,保安也明明看见她进来的,为什么不见了,她又不可能长翅膀飞出去?

"那个……季小姐,"身后传来客户狐疑的声音,"请问是怎么了?"

季佩佩一愣,连忙回过头硬是挤出一个笑容:"没什么,好像有工作人员忘了关窗,我过来看看是怎么回事。那……那就请各位随便看看吧,我……"

话音未落,办公室外面突然骚动起来。

紧接着,几个警察走了进来。

季佩佩看到他们怔了怔,脸色瞬间阴沉了:"你们是什么人?这里是私人住宅,请不要私闯民宅!"

其中一个警察看看她,亮出证件:"请问哪一位是季佩佩小姐?"

"我就是,怎么了?"

"我们调查到你和近期的几桩经济案件有关,因为涉案金额巨大,请你配合我们调查一下,这是搜查令。"

季佩佩一下子脸色惨白。

警察走向了她,下一秒,办公室里就传出她变了调的尖叫。

"没有!我没有!有人陷害我,我是被冤枉的!放开我!不准碰我,我要告你们私闯民宅,侵犯人权!你们等着瞧!我现在就要见我的律师!放开我——"

警察充耳不闻,戴上手铐以后把季佩佩架了出去,她披头散发地挣扎着,尖叫着,咒骂着。旁观的媒体记者不知道发生了什么,看到这样的阵势立刻举起照相机,噼里啪啦地拍了起来。

"不准拍,不准拍,你们这些没有职业道德的人渣!"季佩佩尖叫,办公室里就这样乱成一团,但是没有人理睬她。媒体记者只要有八卦就够了,八卦的主角是谁他们根本不在意。再说报道刑事案件比经济新闻震撼多了,摆在眼前的好机会怎么可能错过?

在底楼大厅里,随着电梯叮的一声,季佩佩一边咒骂着一边被警察架出来,几个跑得快的媒体记者已经几乎同时从安全楼梯里冲下来了。

而就在这时,另一部电梯的门也打开了,白薇不紧不慢地走了出来。

看见白薇,季佩佩的瞳孔骤然收缩,她尖叫起来:"是你!是不是你故意陷害我?你这个不要脸的女人,我不会放过你的!"

白薇看到季佩佩,一脸困惑不解的样子:"这是怎么了?出了什么事?"

"你还有脸问出了什么事?!我明明看见你进了公寓,为什么你不在,为什么?!"季佩佩发出高八度的尖叫,表情扭曲,眼角还渗着泪水,完全没有了平日里装腔作势的名媛样子。

架着她的警察纷纷露出受不了噪音的表情,而白薇依然困惑不解地看着她:"我的确是用你给的钥匙进了公寓,可后来我就走了啊。我觉得这里的环境不错,就到处看了看……不说了,你这到底是怎么回事?"

季佩佩气得七窍生烟,明明就是这女人从中作梗,居然还有脸问!

她面露狰狞地看着白薇,眼底像是要喷出火来。然而,白薇却依然保持着那样平静的神情,脸上是恰如其分的困惑表情。

渐渐的,季佩佩突然心生一丝恐惧,白薇的平静和淡定给她带来一种陌生的恐慌感。

她是从什么时候变得这么不喜形于色?记忆中她被自己折磨得不能翻身,毫无反抗之力,只能强忍泪水暗自哭泣的模样已经悄然消失，现在的她根本就不怕自己，甚至有办法将自己玩弄于股掌之中，把过去受到的伤害全部都讨回来！

这一刻，季佩佩居然胆怯得说不出话来。

而白薇还在淡定自如地追问："你到底是怎么了呀？我有什么能帮你的吗？"

季佩佩咬了咬牙，从牙缝里挤出声音："你……等着瞧！"

而后，她就被警察带走了。

白薇看着她狼狈的背影，微微一笑，但很快脸上又添上了些许阴霾。

她穿过大厅离开公寓大楼，发现不知何时，前台那边已经空无一人，刚才的保安不见了。紧接着，几名客户以及背着照相机的记者们也从电梯里走了出来，一边走一边谈论着刚才的事情，风光无限的年轻千金小姐商人居然被警察逮捕，而且是在这么多客户和记者的众目睽睽之下，这真是丢脸丢到老家了。

出了这种难看的事情，就算是误会，恐怕至少这些在场的客户以后也不可能再和苏家合作了。更何况，这并不是误会。

众人从白薇身旁经过，鱼贯而出，白薇等到他们都走了才继续迈开脚步，走下台阶。

外面的阳光照得全身暖洋洋的，她向左拐进一条寂静无人的小路，穿过小路之后来到另一条街道。路边，一辆黑色的轿车停在那里，她敲了敲车窗，立刻窗子缓缓摇了下来。

华夜正对着手机在说什么，抬头朝白薇扬了扬手。

白薇打开车门钻进车里，听见他说了些道谢的话，然后挂断了电话。

"行了？"他问。

"行了。"白薇坐在后座上，仰头靠倒，长叹一口气。

"怎么，不忍心吗？"华夜启动了车子，语气里像是带着笑意，"刚才我听见了警灯的声音，苏氏在K城这边，算是到此为止了。"

"嗯,"白薇点了点头,又叹了一口气,"不过,我真没想到季佩佩居然会这么狠毒,居然会背着苏临远跟苏氏的其他几个股东合作,暗中架空他的势力。如果不是苏临远,她早就被那些老狐狸榨干身上的钱,赶出苏家了,能有今天的安逸生活她竟然还不懂得感恩,真是傻透了。"

"说不定她自己觉得寄人篱下的人生很伤自尊心呢,落魄千金的心情你不懂。"

"你就别落井下石讽刺人家了。"

"别太客观,说不定我还没到落井下石的地步。你不要太低估那个女人,她不会就这样到此为止的。"

"她都已经被抓起来了,还能怎样?"白薇诧异道。

华夜没说话,只是笑了笑。

白薇困惑地皱起眉,觉得追问也问不出什么,只能把视线投向窗外。

街道两边的树木随着轿车的飞驰迅速向后退去,带来清爽的风。白薇默默地看着窗外,心中掠过一丝惆怅。

那次的拍卖行被查封以后,华夜又派人仔细调查了一下,得到了很多了不得的信息。原来,最初苏氏派遣到K城进行发展的是一个商业团队,苏临远是这个团队的负责人。除了他以外,苏氏还派了几名富有经验的股东协助他,这些人都是苏家的亲眷,他们与苏临远共同组成了整个管理层。

在这其中,大部分股东都对苏临远不够信服,暗中想要寻找机会扳倒他,由此夺走一直掌握在他们家手中的权力。这种事情在家族企业中很常见,企业建立的初期,亲戚们都是热心助人的好伙伴,而当企业拥有规模之后,亲戚就心生间隙,想要扳倒主事者,取而代之。

恰巧,那段时间季佩佩在苏家也待得很难受,她痛恨苏临远一直不肯给她一个名分。这让她虽然人在苏家，却一点实权都没有，对于她这种养尊处优的千金小姐来说，寄人篱下的生活真是痛苦不堪。

在这种情况下，双方一拍即合。季佩佩长年跟在苏临远身边，知道不少苏氏的小道消息，而她又长得年轻漂亮，很多时候办事很方便，这两点都是股东们所需要的。他们以诱人的条件拉拢季佩佩；答应事成之后给予她一定数量的苏氏股份以及几个分公司的管理权。

那时苏临远正忙于开拓K城的市场，并不知道这些家伙背后的小动作。而趁着这个机会，季佩佩暗中以苏氏和苏临远的名义在背后拉拢属于自己的客户。投资商并不了解苏家内部的斗争，只以为苏氏是一个普通的家族企业，与任何股东合作都是一样的，但事实上，他们并没有跟苏临远缔结实际合作关系，资金和人脉最终都流入了季佩佩和那些股东的口袋里。

当然，那家被查封的拍卖行也是季佩佩的杰作，苏临远压根就不知道这件事。正如之前华夜所说，苏临远不是那么蠢的人，他根本不会跟一个劣迹斑斑的客户合作。

那么愚蠢的人是季佩佩吗？自然也不是，她与股东们在实际操作中，会故意寻找一些人品低劣的客户，以苏氏的名义与他们建立合作关系。今后假如那些客户劣迹败露，他们可以轻松地把责任推到苏临远的头上。苏临远只有一个人，季佩佩这边却有好几个股东，而且那些人都是老谋深算的家伙，只要稍微动一些脑筋，所有的脏水就都能泼到苏临远身上，谅他跳进黄河也洗不清。

华夜真正对苏氏的内部情况产生疑问，也是从拍卖行事件开始的，毕竟不是所有投资商都是脑满肠肥的暴发户。经过调查以后，他掌握了充分的证据证明季佩佩利用苏氏的名号，暗中进行了很多非法的经济交易。这些罪证她原本想在关键时刻赖到苏临远身上去的，但是华夜在她行动之前就通知了警方，让她再没有任何动手的机会。

当然，白薇也曾经怀疑过他深入调查的原因，华夜之所以会花这么大力气折腾这件事，说不定因为苏临远是他的情敌，所以才对他特别在意……

总之，想要的消息最终都被华夜调查到了，结论也如他之前所预料的。那天看着调查报告和各种证据，白薇只觉得全身颤抖，手脚冰凉，她一直以为季佩佩只是刁蛮任性，骄纵善妒而已，没想到她真的会干出这种事。但回头再想，她的本性既然如此狠毒，苏临远与她这么久地朝夕相处，会可能没感觉到吗？更何况，还有那次的绯闻事件……

联想到刚才聚集在公寓里的那些媒体记者，白薇又是全身一颤。很显然，这些人是今天季佩佩为了看到她白薇出丑而故意喊来的，并且他们看起来也像是与她有过一定的接触，否则的话，今天是工作日，季佩佩不太可能在短时间之内找到这么多陌生记者。

她的脸色变得苍白。

"白薇。"这时，华夜的声音从前面传过来，他的视线正通过后视镜注视着她，似乎注意到了她不寻常的脸色。

"啊？呃，我……我好像有点累，"不想被华夜刨根问底，白薇连忙故作轻松地笑笑，"不知道为什么，突然很想马上回去洗个热水澡。"

华夜没说话，微微皱眉，好像要从她的话里听出些什么更深的意思。

白薇一下子就看透了他，恼羞道："是我一个人洗，没你的事！"

华夜瞬间就郁闷了。

他悻悻地收回视线，低声说："除了你，我从来没做过这么亏本的生意。辛辛苦苦干了这么多事，最后一分钱的好处也捞不到。"

白薇怔了怔，随即哑然失笑。

她看路口亮起了红灯，等到车子停下来，突然起身探过头，往华夜的脸上亲了一下。

"……谢谢你。"

回家以后，白薇就把自己塞进浴缸的热水里了。

嗯，还是自己的小窝最舒服。

而从苏氏目前的情况看来，季佩佩的用处还没有完全被开发殆尽。只要她还有用，苏氏的股东们就一定会想办法把她弄出来。一切还没有结束，想到这儿，白薇就觉得全身发沉。

她闭上眼睛，将身体整个沉浸在温暖的水中，放松近日来一直绷紧的神经。

而此时，在K城另一端的郊县看守所里，季佩佩正凄惨地蜷曲在冰冷房间的一角。

牢门外的警察偶尔朝她投来冷漠的一瞥，暗自庆幸这个疯女人终于不叫了。刚才被带进来的时候，有很长一段时间她都在丧心病狂地尖叫着，一会儿喊着自己的律师，一会儿不知道在诅咒谁，一会儿又尖声威胁警察。

不过看守所的人已经对这种事情见怪不怪了，很多被关进来的人都觉得自己是天底下最委屈的人，但最终他们都被带到了该去的地方。这女人如果真是被冤枉的，很快就能出去；如果不是，就算叫破了嗓子也没有用。

牢房的角落有一个肮脏的洗脸台，生锈的水龙头关不太紧，正一滴一滴地朝下漏水，发出轻不可闻的水滴声。那声音间歇传入季佩佩的耳中，让她的身体微微一颤，而后她抬起头，露出掩盖在长发下面的一张红肿的脸。

自打娘胎出来以后，这么多年她还从没有像今天这样狼狈过。就算当年父母因为车祸去世，众亲戚在争夺她手里的遗产的时候，也都是只在背后较劲,当面对她客气有加。

而现在,现在……

一想到白薇和华夜那对狗男女,她就觉得胸口气血上涌,眼前一片漆黑。

脸上的妆容早就被泪水冲花了,长发因为在警察手中猛力挣扎而纠缠在了一起。脸颊微微胀痛着,刚才因为挣扎得太厉害,她不小心撞到了一个警察的手肘上,痛得眼冒金星。

听着那微弱的水声,她动了动干燥的嘴唇,感到嗓子里干得冒烟。因为长时间的尖叫和哭泣,她已经虚弱得发不出一点声音,喉咙里像是有一股火在烧。

她动了动脚,感到脚踝传来一阵刺痛,似乎是被押上警车的时候撞到了车门,擦伤了。她用尽力气咬牙站起来,踩着高跟鞋,一瘸一拐地挪动向水龙头。没走几步,脚踝实在疼得受不了,她只能脱掉鞋子,穿着丝袜光脚继续挪动。

好不容易走到水龙头前,她已经气喘吁吁,胸口发出奇怪的喘气声。稍微缓了一下,她拧开水龙头,颤抖着伸出双手去接水。

洗脸台的下水口好像被异物堵住了,水流出来之后在里面打转,很快溢满了整个台盆。带着铁锈味的清水在台盆里颤动着,映照出季佩佩凄惨的面容。

她的双眼早就哭肿了,眼神黯淡无光。脸颊半边肿得老高,微微泛红的伤口更显得她的脸色苍白,没有一丝血色。被扯得凌乱的高级套装领口,单薄的锁骨依稀可见,她居然没有发觉自己不知从什么时候开始如此消瘦,整个人都显得阴暗而疲惫。

这样的自己,连自己都害怕得不想再看第二遍。

记得以前,她是多么爱美的女人,因为自恋又爱美,她每天都要花很多时间化妆打扮和照镜子,想要自己每一秒都美得无懈可击。然而不知从何时开始,她已经淡忘了这一切,她不再在乎自己的美丽,而只是想要更多的财富和权利,把冷漠的苏临远,还有那些只知道利用她办事的苏家人全部踩在脚下！

这一切的心愿，如今全部都被白薇毁掉了。想到这里，她狠狠地一甩手，在台盆里溅起无数的水花。

这时，身后传来牢门被打开的声音，伴随着警察冷淡的语气："季佩佩，你的家人来接你了。"

听到家人二字，季佩佩先是莫名其妙，进而又是欣喜若狂。如今能以她家人自居的只有苏临远了，是苏临远来救她了吗？！

她兴奋地转过头，却看到一张陌生的脸。那是一个她从来没见过的陌生男子，一身律师的装扮，容貌毫无特色，表情冷淡。

"季小姐你好，我是苏家派来的律师，是来保释你的。"律师语气平淡地说，"关于这次如何为你争取减刑，我们出去以后再慢慢谈吧。"

"减刑？"季佩佩一脸难以置信，"我做的这些事情不都是跟苏家人商量好的，不都是他们指使我去做的吗？明明是他们害我变成这样，哪里来的减刑？我根本就不应该被判刑！"

律师依然面无表情："抱歉，我不太明白你在说什么，我们还是先出去吧。"

说着，两个身穿黑西装的健壮男子走了进来，一左一右地架起季佩佩。律师向警察们简单地打了招呼以后，就和他们一起走掉了。

看守所外面停着一辆车，"黑西装"们默不作声地架着季佩佩走向车门。

"你们放开我，我不走！"季佩佩拼命挣扎着，"这肯定是哪里搞错了，我根本没有罪，我是被陷害的！背后策划的都是苏家的股东，我是炮灰，我被他们利用了，我什么都不知道！"

律师看着她激动的样子，停下脚步："季小姐，你很不合作。"

季佩佩大怒："我为什么要合作？我根本没有罪！"

"这么说,你不想跟我探讨争取减刑的问题了?"

"减刑你个大头鬼!"

律师没有说什么,看了看那两个"黑西装"。

一瞬间,季佩佩看到他的眼底闪过一道异样的眼神。那种眼神,让她全身上下无法控制地战栗起来——有问题,这些人有问题!她不是笨蛋,苏家的股东们没有一个人亲自现身,而是派一个不认识的律师来,已经让她明白了,他们根本不想救她!

股东是打算把所有的罪名都压在她一个人的身上,自己安然脱身,她被彻底地利用了!而且他们似乎是打算,如果她不合作的话,趁机将她灭口!

想到这里,季佩佩全身冰冷。也不知道哪里来这么大的力气,她突然猛地一挣扎,从两个"黑西装"的禁锢之中挣脱出来了。黑西装和律师一愣,还没有所反应,季佩佩就头也不回地狂奔起来,逃走了。

"黑西装"想要追过去,律师摇了摇头。

"算了,在这里太引人注目,回去汇报一下再说吧。股东们已经调查过,她手里什么证据都没有,就算这么放走,她也没办法证明自己的清白,别管她了。"

于是,"黑西装"们不再动作,三个人坐进车里,就这样离开了看守所。

CHAPTER 16
最后的约会

  季佩佩在马路上狂奔着,披头散发,赤裸着双脚。

  天已经黑了,来往的行人纷纷朝她投来奇怪的目光,但是她无暇顾及,她脑子里只有一个念头——跑!她要跑得越远越好!要是被那个律师抓回去的话,她就真的只剩下死路一条了。

  只穿着丝袜的双脚一路狂奔,柔软单薄的脚底根本适应不了坚硬的地面。脚底硌得生疼,柔软的地方早已被磨破出血。而早先扭伤的脚踝因为长久的奔波也已经火辣辣地刺痛起来,甚至已有些麻木,让季佩佩觉得那双脚快要好像不是自己身体的一部分了。

  实在再也跑不动,拐到一条僻静的小路上以后,季佩佩终于停了下来。她一路走,一路小心翼翼地观察着身边的车子,生怕自己还会跟那个律师不期而遇。

  她又累又饿,身上又没有钱。走了一阵子之后,她实在再也没有力气,只能一屁股坐在了沿街的商店门口。因为害怕被当成乞丐赶走,她只能坐在靠近路边的电线杆下面,狼狈凄惨的样子丑陋得无法形容。

曾经风光无限的天之骄女，一夜之间居然沦落成了这副模样。更可怕的是，她根本不知道自己接下来要怎么办，还能去什么地方。

时间缓缓地流淌着，伴随着肚子饿得咕咕叫的声音。天色越来越黑，路上的行人也越来越少，随着夜幕渐深，周围开始变得越发寂静可怕，商店一家家地关门了，季佩佩不敢坐在漆黑的街道上，只能忍耐着双脚的疼痛站起来，继续往前走，去找通宵营业的便利店。

街边的路灯阴冷而昏暗，映照出行人的轮廓。每一个人都在匆匆往家赶，到了这个时候，也没有人再会注意路边的季佩佩。

夜晚寒风刺骨，季佩佩裹紧了身上的衣服，一瘸一拐地走着。在找到便利店之前，她已经走到了一家医院的大门口。这里看起来比便利店的情况更好，正门宽敞安静，门口停着几辆出租车，做生意的车主们都躺在上面打瞌睡，看起来挺安全的。除此之外，医院的急诊部又彻夜亮着灯，这让孤身一人的季佩佩感到安心不少。

她已经累得走不动了，便坐到医院门口靠近角落的台阶上。坐下来之后，她去查看之前受伤的脚踝，似乎在奔跑的时候再次扭伤了。之前只是有些渗血的伤口，现在已经肿得发亮，看上去十分可怕，她用手轻触，却只触摸到一片毫无知觉的皮肤。

不能再走路了，否则淤血会更严重，看起来是伤到了韧带，说不定里面的骨头也受了伤。

要怎么办呢？干脆就在这里睡着，等着被人发现，自暴自弃地假装成流浪乞讨者？

季佩佩被自己这种灰心丧气的念头吓了一跳。

不，她不可以这么没出息。而且如果苏家的人想要找她，她根本就逃不掉，一下子就会被找出来的！而且……这里的风好大，坐得久了，全身都要冻僵了。

夜晚的寒气渗透进她的五脏六腑,让她浑身都越来越难受。她深吸了一口气,把全身的重量都集中在没有受伤的那只脚上,猛地站起来。然而她却高估了自己的力气,站起来的瞬间突然失去平衡,她一下子被巨大的惯性扯倒,就这样摔倒在地上。摔倒的时候,她的手肘又不小心磕到台阶,擦破了皮。

季佩佩倒抽着冷气爬起来,单脚站立,一手扶住花坛,借着路边微弱的灯光检查伤口。伤口已经流血了,她没有东西可以包扎,只能用舌头轻轻舔着擦伤的地方,感受着神经末梢传来的一阵阵细小的刺痛。

好狼狈,季佩佩一边笑话自己,一边忍不住掉着眼泪。

才走了这么几步路,就把自己弄成这样。难道她真是废物,只要一个人就什么事情都做不成?

这时,一辆车从远处开来,刺目的灯光照得季佩佩睁不开眼。

她条件反射地用手臂挡住眼睛,眯起眼睛,但是看到那车身外形的一瞬间,她的脸色变了。趁着车子还没有靠近,她赶紧转过身想要躲避或者逃走,但还没有找到藏身的地方,已经听到身后传来刹车的声音。

车子在她身后停下了,一个淡淡的声音传入她的耳际。

"你站在那里干什么呢?"

那声音被夜风吹散,有些朦胧,听不真切。

季佩佩僵直着身子,不敢回头。

为什么?为什么苏临远会在这里?他这是要打算干什么?但不论是什么情况,她现在最不想见到的就是这个人了。

他一定什么都知道了,她……已经再也没有脸回到他的身边了。

"我在问你话,为什么不回答?"此时,苏临远的声音又响了起来,带着一丝凛冽。季佩佩微微缩起脖子,感觉那声音越来越近,似乎是苏临远下了车,正在走向她。

她下意识地迈开腿想逃走，却因为心里着急，一不小心把受伤的脚狠狠踩在了地上。

一阵钻心的疼痛沿着脚踝蹿向头顶，季佩佩尖叫一声，身体不听话地向前倒去。

身体被一只温暖的手稳稳地托住了。

季佩佩的脸颊一阵滚烫，以为是苏临远扶住了她。然而正当她转头想要说什么的时候，却发现把自己揽在怀里的是一个陌生男子。

男子身穿着银灰色的西装，身材魁梧，而一身白色对襟装的苏临远站在不远处，正面无表情地看着她。

季佩佩的心往下一沉，从苏临远的眼中，她似乎看到了很多东西。那是隐藏在平静之下的恼怒、哀伤和痛苦，而这一切，他显然已经并不想让她知道了。

他已经对她彻底绝望。

季佩佩虽然任性，却并不笨，这么多年的朝夕相处，她太清楚苏临远的脾气。

见季佩佩已经站稳了，西装男子放开了她，他似乎跟那名律师身边的黑衣男子一样，也是保镖。获得自由以后，季佩佩活动了一下手臂，咬了咬嘴唇，还是转身就走。

保镖立刻拦住她。

"你想去哪里？"站在不远处的苏临远冷声问。

"不关你的事！"季佩佩狠狠甩了他一个白眼。

苏临远冷笑一声，朝保镖使了个眼色，身材高大的男子立刻一把抓住季佩佩的肩膀，钳制住她的一切行动，把她勒得疼出了眼泪。

"滚！"她哭喊着，狠狠一拳捶向保镖的肩膀，对方却纹丝不动。而苏临远也不再说话，就这样沉默地看着季佩佩拼命但无力地捶打那名体格健壮的保镖。

几番捶打之后,季佩佩软软地垂下了双手,哭了起来。

一开始,她只敢小声啜泣,渐渐地变成了号啕大哭,似乎要把许久积存下来的压抑一次发泄完。苏临远也不说话,就这样一直默默地看着她,看着她大哭,发出像是在喃喃自语、又像是在恳求他的颤抖声音。

"救救我……我不要回去……求求你……救救我,放我一条生路吧……"

苏临远长叹了一口气,转身走了。

一直守在季佩佩身旁的保镖像是得到了什么命令,拉起季佩佩的胳膊环在自己的肩膀上,把她提了起来。因为长久地吹着冷风,她的身体已经被冻得僵硬,不由自主地颤抖起来。

自始至终,苏临远都没有靠近过她一步,更没有碰过她一下,眼中也没有任何同情的成分。

不仅如此,苏临远上车之后,车子就开走了。过了一会儿,从刚才相同的方向又驶来一辆黑色的廉价小车,这一次,保镖才把她带了上去。

苏临远连跟她同乘一辆车也不愿意吗?

坐在温暖的车子里,季佩佩只觉得全身冰冷,心如刀割。

车子很快驶离闹市区,来到偏远的郊外,进入了一处寂静优雅的别墅区。因为天色昏暗,季佩佩根本不知道车子开到了哪里,记忆中也并没有来到过这样的别墅区。难道苏临远除了她知道的那几处地方以外,还有另外的私宅?

车子停在了一栋三层别墅门前,保镖把季佩佩带下车后,车子就开走了。客厅里的光线寂静昏暗,依稀可见一番简洁低调的装饰风格,确实是苏临远的喜好。季佩佩有些讶异,又有些困惑,很快在保镖的牵制之下被带进了一间浴室里。

浴室好似游泳池这么大,两三个身穿围裙的中年女佣人已经等在那里了。保镖放开她,关上门离去,只留下了她们这几个女人。

"季小姐，请先洗澡换衣服吧。"一个女佣走上来，用冷淡的语气说。

季佩佩感到一阵厌恶，以往服侍她饮食起居的都是与她年纪相仿的女孩子，脾气也都很好。这种没礼貌的冷淡佣人，她还从来没见到过。

"别碰我！"季佩佩躲在角落，一边叫着一边转身想逃。然而刚跑了两步，女佣人们从后面追上来，不客气地揪住她的衣领，扬手就是一个耳光。

啪——

清脆的声音在浴室里响起，季佩佩被打蒙了。

这些佣人……这些佣人居然敢打她！

她呆滞地睁大眼睛，愣愣地看着佣人们围上来，有的帮她解开纠结在一起的长发，有的脱下了她脏兮兮的裙子。她们的神情依然冰冷，对季佩佩的态度淡漠而疏远，似乎根本不把她当成一回事，只是在机械性地完成自己的工作而已。

胸口又闷又痛，季佩佩有数不清的污言秽语想要辱骂这些佣人，到了嘴边却一个字也说不出来。在这里，她孤立无援，浑身是伤，连一丁点反抗的机会都没有，除了忍耐，她……她还能做什么呢

"季小姐，"这时，刚才那名女佣又说话了，"我们苏先生已经叮嘱过了，这里不是你的地盘，容不得你撒野。我们的任务就是把你洗干净，要是你不配合或者做出什么不礼貌的事情，休怪我们不客气。"

她的语气冷漠而阴沉，背对着灯光的脸看起来格外可怕。

季佩佩怔了怔，狠狠打了个冷战，还没等她回过神，手腕突然被牢牢扣住，关节处传来脱臼般的痛楚。两个佣人按住她的手，就像对待一件肮脏的垃圾似的，毫不客气地把她按进了热水里，快速娴熟地搓洗起来。

佣人的态度虽然冷淡，但手法相当温柔细心。不一会儿，季佩佩就被洗掉了全身上下的污垢，换上整洁干净的家居服，连脚上的伤口也被悉心包扎过，缠上了厚厚一层雪白的纱布。

因为长久的监禁和奔波，她的肚子早已饿得没有了知觉。因此离开了浴室之后，有人带她前往餐厅随便吃了点晚餐之后，再带着她去见苏临远。

等季佩佩再一次回到刚才经过的客厅，苏临远已经等在那里了。

他全身埋在沙发里，闭目养神，脸色看起来并不太好。

季佩佩远远地站在角落，只是偷偷看了他一眼，就听见自己的心脏狂跳起来——这是要最终审问了吗？给她收拾干净，再好好喂饱，养肥了然后杀掉？

她咬着嘴唇，耳朵里尽是自己心跳的声音，全身的血液像是堵在胸口，连呼吸都困难。

"我只想问你一句话。"这时，苏临远开口了，语气中带着深深的疲惫。

季佩佩沉默地看着他。

"我只想问你，"苏临远睁开眼，朝她投来微冷的视线，"那天晚上，我和白薇闹出绯闻的那件事，是不是你在背后干的好事？"

季佩佩一愣，而后阴冷地笑起来。

"是又怎么样？"她咬牙冷笑着，"你们两个有胆子暗度陈仓，就没胆子承认吗？！"

苏临远的脸色变了一下，又问："那么，是谁想要我死？你只是想要苏家的钱和股份，只是嫉妒我和白薇私下会面，没必要置我于死地吧？"

季佩佩冷冷一笑："想知道吗？在我身上你还有想知道的东西？！你不是从来对我没有一丝一毫的兴趣吗？有本事你就自己去

调查呗,就算我死了也不会告诉你的!"

苏临远没说话,微微闭上眼睛。

下一秒,突然从暗处走出两名身穿银色西装的男子,其中一人还是刚才送季佩佩回家的人。两名男子走向她,其中一人直接拽起她的头发,扬手就是两个耳光。

清脆的声音在客厅里响起,空气中回荡着嗡嗡的余音。

苏临远依然闭着眼睛,完全无动于衷。

西装男子松开手,季佩佩的身体无力地滑落到地上。长发遮住了她的半张脸,刚才被佣人打过的伤还没有痊愈,新伤叠旧伤,让她的半边脸颊都肿了起来,几乎要渗出血。

良久,她抬起头,用一种难以置信的眼神看着苏临远:"你……你居然敢让人打我?!"

苏临远压根就不看她:"我再问你一次,是谁策划了那天晚上的车祸?"

季佩佩的眼瞳骤然收缩,她的嘴唇颤抖着,脸色发白,过了一会儿,突然抓起手边的什么东西砸了过去:"苏临远!你这个没良心的东西!"

被砸出去的是花瓶里的一朵假花,它被砸出去以后还没有碰触到苏临远,就软绵绵地掉了下来。苏临远睁开眼,看了看满脸狼藉的季佩佩,冷淡地笑了起来:"我没良心?但是为什么,我觉得我已经对你仁至义尽了?当年愿意收留你的是我的家人,不是我本人,毕业以后我是出于义务和责任才一直把你带在身边。如果不是我,你早就已经被榨干最后一分钱,流落街头无依无靠,你能有今天,能够衣食无忧地在苏家过舒服奢侈的日子靠的是谁?事到如今,你有什么资格说我没良心?"

"你明明知道我不稀罕这些!"季佩佩哭着喊了起来,"你明明知道……我是多么的喜欢你!为了你,为了你的家族企业能够发展壮大,我才把我手里所有的遗产都给了你们,我只是想力所能及地帮你一点,让你能够更轻松!但是你呢?表面上对我客气有加,让我衣食无忧,事实上你的眼睛里却根本没有我,你只是把我当一条狗那样养着!"

苏临远笑笑:"你手上的遗产真正送到我手里的有多少,最初你自己偷偷留下的又有多少呢?而后来,你把剩下的遗产送给了苏氏的其他几个股东,而且那些人跟我们苏家是死对头,这种事你难道以为我不知道?"

他的话音一落,季佩佩的脸色就变了,她结结巴巴地说:"这,这也是因为你一直都对我这么冷淡,我心灰意冷了!我,我本来想把剩下的钱也给你,但是既然你对我那种态度,我改变主意把钱给别人,又有什么错?"

"把钱给别人,然后跟那些'别人'一起来对付我,是吗?"

"……"

"我应该早就奉劝过你,做人要知足,强扭的瓜也不甜。让你一生在苏家过得无忧无虑,就是我可以为你做的最极致的事情了,如果你还不满足,大可以离开苏家去找你想要的生活,但是想得到我的心……恕我办不到。"

"是吗,"季佩佩凄然一笑,"因为白薇是吗?只要有她在,你就永远都不会爱上我!"

"住口!"苏临远冷冷地瞪着她,"三番五次地提起她,你自己不会觉得羞耻吗?就凭你当年对她做的那些事情,就足够我把你赶出苏家一百次,你还有脸跟她争宠?当年我无数次想把你赶走,只是因为家人的劝解,还有看你实在可怜才没有下狠心,没想到如今居然会把你养成这么一条恩将仇报的白眼狼!"

"这都是因为我太喜欢你了啊!——"季佩佩哭喊着,"我一直都是这么的喜欢你,为了你我什么都愿意做。只要你多看我一眼,哪怕是骗我说一次喜欢,我就可以把什么都给你!我对你是真心实意的,为什么你就对我这么冷淡,我到底哪里比不上那个女人?!"

"比较这种事,本身就没有意义,"苏临远冷冷地说,"我昨天才出院,现在的身体状况也比不上从前,没有精力一直跟你耗下去。如果你知趣,就赶快把车祸的幕后黑手告诉我,然后我们就都可以休息了,时间已经这么晚,我不想再等太久。"

季佩佩怔住了。她说了这么多,苏临远居然毫不动容。

而看她愣愣的样子,苏临远又加了一句:"我希望你配合一点,想到我们相处了这么久,我下不了手对你动粗。但是你身边的那两个人,我就不能保证了。"

他的话刚说完,其中一个西装男就用力揪了一下季佩佩的头发。

季佩佩已经连发出痛叫都忘记了,更是不敢对西装男的粗暴举动有什么反应。她默默地看着苏临远,看着他苍白、疲惫而冷淡的面容,良久,终于缓缓地吐出了一连串的名字。

她大约说了五个人,每听到一个名字,苏临远就会皱一下眉。

这些人,都在与季佩佩合作的那些股东之中。

"你是什么时候知道的?"他问。

"一开始我也被蒙在鼓里,只是通知了媒体记者,不知道你为什么回家的路上居然会出车祸……"季佩佩轻声说,"后来,在几个股东私下聊天的时候,我偷听到了那件事,才知道他们居然……对你车子的刹车系统做了手脚。我很震惊,也很害怕,但我已经……"

"但你已经对我由爱生恨,所以就装作什么都不知道,继续留在我身边做你的叛徒是吗?"

"我……"

"算了,过去的事情我也不想再计较,"苏临远了摆手,"你去休息吧,股东那边的事情我会处理。到了这个地步,我也不能再装聋作哑了。另外告诉你,回去以后你自己考虑一下,今后到底跟着谁才是正确的选择。我当然可以保证你的性命,但如果你还是像以前一样不满意,想要从我这里得到真心什么的,那你就去那些股东那边吧,我这里留不下你。"

"不,我当然不可能再回去!"季佩佩连忙说,"他们想把我毁尸灭迹!"

"是吗,"苏临远像是笑了一下,"我知道了,我会好好处理他们,今天就到此为止吧。"

说着,他站起来,又像想起什么似的回过头。

"对了,还有一件事。"

"你过去做了很多对不起白薇的事情,如果还想在我这里待下去的话,我要求你……去跟她道个歉。"

季佩佩一愣,咬住嘴唇,没有说话。

苏临远也没心情再跟她纠缠,一言不发地从她身边经过,准备去休息。但就在他将要离开客厅的时候,身后突然传来季佩佩的声音:"想要我跟她道歉,你先回答我一个问题。"

"什么问题?"苏临远站住脚步,回过头。

"今天晚上,你是怎么找到我的?"季佩佩轻声问。

"这还不容易吗?关你的看守所在偏远的地方,你又怕黑,只会去灯火通明的商业区。我派了几个人,稍微找一下,自然就找到了。"

苏临远说完,朝季佩佩挥挥手,头也不回地消失在了客厅外面。两名保镖也跟随他离去,寂静的客厅里只剩下了季佩佩一个人。

她跪在地毯上,长发垂落,无声地掉下了眼泪。

原来他还没有忘记,她怕黑。

白薇接到季佩佩被保释的消息时觉得十分惊讶,但一想又在情理之中。

她背后有苏氏的股东在支撑，必定不会就这样让她锒铛入狱。如果事情就这么结束，不但她会成为那几起经济案件的人证，传出去的话，苏氏也会沦为商业圈子里的笑柄。

危机在即，白薇立刻绷紧了神经，等待着季佩佩来报复她，没想到报复没等到，却来了一条让她吃惊得眼珠子都快掉下来的短信。

短信的号码是陌生的，如果不是对方主动表明自己的身份，白薇差点就把它当成垃圾短信删掉了。而就算对方已经自我介绍了，她还是难以置信，有差不多十分钟都在犹豫要不要把这件事情假装不知道。

季佩佩主动表明身份，约她见面，也定好了时间和地点。这种事情……她真的完全不想接受啊！

华夜倒是并没当一回事，人家可是见过风浪的大老板，区区一个年轻女人他根本不放在眼里。再说如今苏家内部自己闹得一团糟，在K城的势力也大伤元气，估计是翻不起什么风浪来了。

白薇想了想，也觉得不无道理。季佩佩都正大光明地来约她了，总不见得背后再隐藏几个杀手什么的捅她一刀？她没这么蠢吧。于是，她就收拾一番，鼓起勇气精神抖擞地去赴约了。

那是一个阳光明媚的好天气，两人相约在一处环境优雅的露天咖啡馆。华夜因为工作繁忙分身无暇，只派了司机和一个保镖陪白薇一起去。

白薇在距离咖啡馆还有一个路口的地方下车，在到达目的地之前一直有些惴惴不安。然而当她即将走到咖啡馆门口，看到玻璃橱窗前的那一大片遮阳伞露天咖啡座的时候，一切的不安都瞬间烟消云散，只留下深深的震惊和不解。

季佩佩独自坐在遮阳伞下，面前的咖啡还在冒着热气，看起来是刚到不久。她看起来憔悴而陌生，神情萎靡，双眼暗淡无神，似乎整个人都瘦了一大圈。

只是几天而已,她似乎完完全全变成了一个白薇不认识的人。

到底是发生了什么事?

看见白薇,季佩佩先是面无表情地盯着她看了一会儿,然后扯出一个不冷不热的笑:"你居然真的来了。"

白薇也笑笑,放下拎包在她面前坐下:"只是随便见一下面而已,我为什么不来?"

说着,服务生递上菜单,她点了一杯拿铁。

季佩佩依然看着白薇,她的眼神里有一些复杂的东西在流动,有很长的一段时间都不说话。

白薇也不着急,如今她不再在乎季佩佩会耍出什么手段,既然是她主动邀请,不妨看看她到底打的什么算盘。

然而,毫无征兆的,季佩佩突然低声说:"对不起。"

白薇差点从椅子上摔下去。

"你说什么?"她一脸震惊。

"对不起……过去我对你做的那些事,十分抱歉……"季佩佩说着,声音越来越低,眼圈慢慢泛红,一脸的羞愤难耐。

白薇沉默地看着她,心里不由叹了口气,只是道个歉而已,让季佩佩看起来倒像是要死一次似的,这个心高气傲的女人,让她这么低三下四地说话,还真是难为她了。

"虽然我不知道你为什么要道歉,但过去的事情,就让它过去吧。"她冷淡地说。

"你不想问我,为什么突然专程找你出来道歉?"季佩佩问。

"不太感兴趣,但如果你想说,我可以听听。"

"是苏临远要求我这么做的。"

"哦?"白薇一怔。

"他恨透了我,恨不得杀了我。但他天生就是那种宽容善良的人,最终还是愿意留我一条命,不让我再回到苏氏的那些股东那里,那样我就真的是死路一条了。但他这么做的交换条件就是,我得跟你道歉。"季佩佩说着苦笑一声,"你知道吗,我长到这么大,在今天之前从来不知道道歉是什么东西,我的人生只有别人对我低声下气,从来没有我对别人委曲求全的。只有你,白薇,你是第一个让我屈服的,也是最后一个。"

"道个歉就能换来活命的机会,不好吗?"白薇淡淡地问。

"你以为我稀罕这种机会吗?"季佩佩猛然提高了声音,"自从我的父母死后,我就一直过着寄人篱下的生活。每个人都只想要我手里的钱,要我父母给我留下的人脉资源,根本没有人真正关心我!这种生活就算衣食无忧又有什么稀罕的?是,我是怕死,但是那种害怕还不值得我用低声下气的道歉去换。我之所以愿意这么做都是为了苏临远……"

白薇怔了怔,无奈地笑笑:"原来,你到现在还是这么的喜欢他。"

"难道你不喜欢?"

"……抱歉啊,让你失望了。"

这下子,震惊的人变成季佩佩了。

"怎,怎么会……怎么会……"她结结巴巴地问,"你不是因为喜欢他,所以才来拿他的电话录音的吗?"

"只是想听一下他到底说了什么而已,"白薇笑笑,"磁带我又没拿,你没发现我已经把里面的内容删掉了吗?"

季佩佩的脸色彻底变了。

"最初的时候,我确实很喜欢他,"白薇又接着说,"我不知道你是什么时候认识他的,但应该比我要早吧。当年我还喜欢着他的时候,觉得他什么都好,英俊多金,温柔体贴,成熟稳重,是一个完美无缺的男人,如果一生都能够跟他在一起,那我一定是世界上最幸福的女人了。但是,如果要说他唯一的缺憾,就是……他的家族接受了你。"

白薇冷冷地看了一眼季佩佩:"你知道吗?我真的很恨你,我恨你是如此的富有独占欲以及小肚鸡肠，又是那么的蛮横骄纵，以为世界是围着你一个人转的。那个时候，我被害得苦不堪言，几乎以为自己没有办法活下去了，而就算到了这个地步，你依然在把我往死里逼，原因只是我和你爱上了同一个男人。实话说，你很美，也很聪明，更是比我有手段，然而你却不知道发挥自己的优势，使用了一种最笨的办法——利用你的权势来打压我，让我从你的世界里消失。你难道不明白吗？爱情会被现实的残酷磨灭，却不会被艰险和阻碍杀死，你千方百计地想阻碍我们，这么做却只会让苏临远更加爱我，也更加讨厌你。"

季佩佩的身体轻晃了一下，脸色发白。

"所以，如果你稍微动一动脑子，想办法让我在苏临远面前表现出一些他讨厌的缺点，说不定他就会不爱我，转而去注意身边的你。然而，因为你的小肚鸡肠，你连这么简单的方法也想不到，我只能说，让苏临远这么讨厌你，你是咎由自取。"

白薇说着，又露出了一丝苦笑："不过，我也要谢谢你这些年的努力，你的作恶多端让我终于有机会看到，我一直喜欢的男人其实并没有办法给我幸福，也没有能力保护我和我的家人。他太心软，太善良了。这样的人，我很欣赏，我可以欣赏他的宽容大度，却没有胆量跟他共度一生。"

季佩佩冷笑："原来是这样，我一次又一次地折磨你，没能把你赶走，却反而让你不喜欢苏临远了，真是有趣。难道你不觉得，绯闻事件那一次他之所以没能及时跟你澄清，只是因为多重误会所造成的吗？"

白薇反问："我倒是更想知道，你怎么会暗中跟踪他？"

"我又不是故意的，"季佩佩耸肩，"那天刚好苏氏约了记者在附近的一家酒店里做访问，结束出来的时候，我又刚好看见你上了苏临远的车。当然，除了我之外也有其他记者发现了，本来我可以随便找一个理由为你们开脱，向记者解释你们在一起的理由，但是我当然不可能那么做。那一瞬间,我已经气疯了,也顾不上可能会导致的后果,就任由那些记者去跟踪你们,偷拍你们……"

"那车祸是怎么回事?"

"不是我干的,公司里有一些人想要他死,所以在他的刹车上动了手脚。他送完你回家的路上下雨了,雨大路滑,就……"

季佩佩说着,苦楚地摇了摇头:"我……只是恨他对我如此冷漠,恨他过了这么久还是对你念念不忘。但是我对他的爱是从来没有变过的,我一丁点都没有想过要伤害他的生命。"

白薇笑笑:"我相信你,但是你的这种爱,还真是伤人。既然你喜欢他,就好好地在他身边帮助他,难道不好吗?"

季佩佩没说话,良久,她站了起来:"我不需要你教我去做什么,该说的话已经说完了,我也该走了。"

说罢,她头也不回地走了。

她浅褐色的长卷发在风中飞舞着,美不胜收。来来往往的行人都为她的美貌而驻足,可她却似乎毫无察觉,白薇看着她的背影,突然感到一阵同情的悲伤。她已经看清了什么才是自己真正应该走的路,已经明白了喜欢的人不一定最终能在一起,但是这个女人,依然还是活在自己构筑的世界里,双眼被扭曲的感情蒙蔽,什么都看不清。

真是可怜又可悲。

CHAPTER 17
尾声

  自从那次的会面以后,季佩佩就从白薇的生活里消失了。

  不仅仅是她,很快,整个苏氏都在小范围内爆出几起违法经济案件的八卦,在圈子里很是轰动了一阵,导致苏临远也忙得消失了好久。白薇不知道苏临远是怎么做公关的,总之他用了一些手段才勉强把事情压下去,但苏氏在这件事里也元气大伤,短期内是无法继续攻陷K城这座商业堡垒了。

  此外,听说苏氏内部也出现了分裂状况,苏家本家和一些亲属股东发生了矛盾,双方闹得很凶。最终当然还是本家获胜,并且把几个暗中搞事的股东赶走了,但是如此一来,苏氏内外交困,几乎处于半瘫痪的状态。

  令人意外的是,闹事的股东被赶走之后,很快传来了他们锒铛入狱的消息,听说是就任期间有在业务中违法操作的行为。但谁都知道那只是借口,苏氏只是担心这些家伙东山再起闹出新花样,所以干脆一股脑把他们收拾干净了。

这其中，没有任何关于季佩佩的消息，这一点让白薇觉得略微遗憾，但又稍稍放心。

在处理股东的事件中，苏临远的手段很强硬，但这种强硬没有波及到季佩佩。或许他是在遵守约定，又或许他在骨子里依然摆脱不了那种温柔宽容的性格，再一次忍耐了季佩佩犯下的错误。

希望，这是最后一次。

不久以后，白薇退掉了租住的公寓，又搬回了最初住过的那栋华家偏宅。一切都已经过去，不会再有任何风波，她也就没有理由另外花钱漂泊在外了。

何况，今后她总有一天会成为华宅的女主人，大家似乎都已经对这件事情毫无怀疑。

回来以后的生活并没有什么变化，白薇依然是白天在档案室上班，晚上回家。华夜偶尔会从办公室给她打个电话什么的，但次数并不太多，他成天都忙得脚不沾地。每次通话之后听着电话里嘟嘟的忙音，白薇好像已经能预见到自己将来独守空房的生活了。

工作狂男人，真是没办法。

意外发生在某天晚上，那天很晚的时候白薇觉得口渴，起床去厨房喝水，刚走到客厅，她就注意到通往主宅的走廊上有灯光。

她好奇地探出头去看，发现光线是从华夜的书房里透出来的，他没有关门。

以为他是工作上碰到了什么烦心事，白薇就披上睡袍蹑手蹑脚地走过去，想要看个究竟。

书房的桌灯亮着，华夜低头正在看什么东西。感觉到了白薇的视线，他抬起头，看见她一脸担忧地站在门口。

"你怎么还没睡？"他放下手里的资料，笑了笑。

"你不是也没睡吗？"白薇走进书房，"怎么了，有什么事我可以帮忙吗？"

"……还真有，我在看一样好东西，既然你来了，就陪我一起挑挑吧。"华夜伸出手,揽过白薇,让她坐在自己腿上。

白薇不自在地扭了扭,但注意力很快被桌子上的东西吸引过去了。

那是一叠密密麻麻的资料,像是建筑图又像是房产广告。资料上标注着许多不同的地址,每个地址都详尽介绍了它们的地理特色、周边交通、建筑面积、每月租金等内容,还附带了不少实景图片。

"你喜欢哪一个?"华夜从后面搂着白薇的腰。

"我哪儿懂这些东西啊。"白薇回头苦恼地看他一眼。

"那就随便挑吧,反正将来都是你的。"

"啊?"

"我打算让你家的咖啡馆恢复经营,正在帮你选址。"华夜诡秘地一笑。

"啊?"

"你老家的地址已经拆迁改建了,而且我也不想你回去,所以就自作主张在K城挑了几个地方。本来我想先去实地考察一下再告诉你,不过既然已经这样了,现在就让你知道也无妨。"

白薇完完全全地震惊了。连她自己都已经快忘掉了那家咖啡馆,华夜居然一直记在心里。

由父母亲手打造的那家温馨小店,留下了她的无数美丽回忆。当年白薇被迫离开老家时哭着与它道别,把它当作人生中最痛的一道伤口。没想到,华夜居然还记着要抚平她的这道伤口。

她怔怔地看着他,突然感到双颊一阵湿润的温暖。

"哭什么呢,"华夜低头亲了她一下,"我送你这么贵重的礼物,你应该高兴才对。"

白薇哽咽着:"……不稀罕你送。"

"啊?"

"我自己也有存款啊!"

"……你真没情趣。"华夜扭头。

咖啡馆是在两个月以后开业的,白薇综合了自家父母和华家人的意见,挑选了一处闹中取静的地方,距离华氏总公司也不远。

开业的那天气氛很隆重,白薇在K城所有的朋友同事都来了,与华氏相熟的众多企业家也前来赏光,很是热闹了一阵。在此之前,白薇已经辞掉了华氏的工作,今后将会一心一意地经营这家汇聚了很多人心血的咖啡馆。

继承家业原本就是她的梦想,没想到经过了这么多事情,居然有一天会以另一种方式实现,命运真是无法预料。这一刻,过去所有的痛楚和泪水似乎都烟消云散,看着崭新而温馨的咖啡店,白薇觉得自己幸福极了。

几天之后,她又去疗养院探望父母。

经过这段时间的调理,父亲的身体状况已经大有改善,很快就可以出院。之后,两位老人会在K城本地买房常住,与白薇彻底实现一家团聚的心愿。至于老家那边,听说将要进行大规模改造,他们家的原址被规划进了高速公路,很快就要拆掉了。

在疗养院的花园里,父亲正在打理花草,看见白薇来了,他便很高兴地招呼她去看他的杰作。今天天气不错,那些花花绿绿的植物都很精神,看来是被照料得很好。植物需要耐性去养育,过去父亲是一个没耐心的人,现在也总算能静下心来认真做一件事了。

"你看起来气色不错。"爸爸笑着对白薇说。

"有吗?"白薇捏捏自己的脸,"我不是跟平常一样吗?"

"不,有很长一段时间,你看起来都心事重重。我和你妈妈都明白,却不知道该怎么帮助你,真的很对不起你。"

"哪里的话,这么久以来,不管我做出什么选择,你们都毫不犹豫地支持我;在我痛苦难过不想说话的时候,你们也从来不会逼着我说什么，我……真的十分感谢你们。如果没有你们，我也没有办法得到今天这一切。"

爸爸笑了笑："这一切也包括华夜吗？你是愿意接受他了？"

白薇一愣："呃……"

"其实最初的时候，我并没有希望你们能走到一起，华夜那个孩子完全继承了他们华家的本性，是一个野心勃勃的生意人。我并没有想过要把你嫁给这样的人，却没想到……他会对你这么好。"

"他帮了我很多，"白薇低头笑笑，"也许现在，我对他的喜欢还没有他对我的喜欢这么多，但是我会努力的。除了他，这世上没有更加适合让我去喜欢的人了。"

"适合啊……"爸爸回味着她的话，良久，拍拍她的肩膀，"我明白你的意思了，从今往后，要好好过你想要的生活。只要你觉得幸福，我和你妈妈就心满意足了。"

白薇点了点头。

所谓的亲情，就是这么简单而真挚，不需要太多华丽的辞藻，只是平平淡淡的一句话就已经足够。

离开疗养院的时候，白薇接到了一条短信，是苏临远发来的。

他告诉她，他马上就要登机。这一次，他会到国外去很长一段时间。

白薇很早就知道这件事了，但这次她并没打算去跟苏临远告别。他们已经没有必要再联系，就这样各奔东西，才是最好的方式。

听说，这次苏临远出国依然是为了开拓海外市场。除掉那几个股东以后，苏氏的商业计划整体修改，暂时放弃国内市场，继续做他们擅长的海外领域。季佩佩依然留在国内，苏临远并没有把她当成心腹，以后可能也永远不会了，她会留在某座城市的某个角落度过平淡的生活，但她的一切，白薇已经不再关心。

她收起手机去等公车，今天晚上华夜约了她吃饭，但现在时间还早,手上也没什么事情,白薇打算去华氏总公司给他一个惊喜。

路上,她顺道又去了一趟咖啡馆。因为选址恰当,装修美观加上东西好吃,开业以来,咖啡馆的生意一直不错。白薇其实也不知道以前自家咖啡馆的菜谱是怎样的,只是从小吃着店里的点心长大,耳濡目染,也就记住了妈妈亲手烹饪出来的那种好味道,在经过无数次尝试之后,她才勉强把那些味道还原出来。

说不定她是继承了妈妈的心灵手巧,在烹饪上也挺有天赋的呢。

离开咖啡馆的时候,天已经黑了。

华灯初上,街上的行人步履匆匆,而华氏总公司大楼依然灯火通明。白薇站在楼下仰望着,看着顶楼亮着灯的总裁办公室,重重地叹了口气。华夜是一位身先士卒的好老板,不过他毕竟也不是刚出校门的年轻学生了,白薇偶尔希望他也能放松一下自己。

她在楼下等了一会儿,又看看手表。约好的时间已经到了,华夜办公室的灯却还没有要熄灭的样子,难道他已经忘了这件事?楼下怪冷的,白薇等着等着已经开始牙齿打架,心里想着要去看看华夜到底在磨蹭什么,于是走进了公司。

公司里静悄悄的,有点可怕。白薇坐电梯来到顶楼,东拐西拐地找到总裁办公室,发现外面房间的秘书们都已经下班了,只有里面华夜的私人办公室还亮着灯。

华夜正在打电话,看见白薇探头探脑地进来,朝她做了一个抱歉的手势。

白薇点了点头,继续在办公室里东张西望。总裁办公室果然豪华,连一个玻璃杯都是进口的,四处闪烁着高端暴发户的光芒,可惜煞风景的是办公桌上堆着一大叠的资料,为这间豪华的办公室增添了一丝悲催的气息。

华老板到底是有多忙啊。

白薇正在想着，华夜总算打完电话，站起来匆匆忙忙地收拾东西，说："抱歉，跟客户打电话忘记了时间，你等急了吧？"

"还好，外面有点冷，所以我上来了。"白薇端详着华夜的脸，他看起来整体还挺精神抖擞的，只是眼下泛着淡淡的阴影，应该是好几天没好好休息了。听说他昨晚也是很晚才回家，白薇开始担心他的身体状况。

"我脸上有什么东西吗？"华夜注意到了白薇的视线，问。

"没有，我只是在想你是不是太辛苦了，我得做点儿什么好吃的来慰劳你一下。"

"哦？吃的倒是不稀罕，家里有厨师从早到晚都翻花样，如果你真的想慰问的话，亲我一下就行了。"

"去你的。"

两人一边说着，一边离开办公室，华夜穿上外套大衣，随手关掉灯。

"咖啡馆的生意还好吗？"华夜问。

"托你的福，比我想象中还好。按照目前的经营状况，到了月底就会有盈余。"

"那就好，毕竟也是我出了一份力，如果你亏损的话我会蒙羞的。"

"知道了啦，我会争气的！"

"另外，你爸是不是这几天要出院了？要不要我帮忙？"

"不用了，我自己一个人就行，实在忙不过来的话也会叫上四妹的，你就忙你的吧。"

"是吗，宁愿动用朋友也不想麻烦我？"华夜幽幽地说。

白薇哑然失笑："你跟我闹什么脾气呢？看你整天忙得脚不沾地，我可不想你太辛苦。要是你真的这么想帮忙，我爸妈最近准备买房子，这方面你比我有经验，不如像咖啡馆那时候一样，帮我选选址？"

华夜想了一会儿,像是在考虑似的闭上眼睛。

这时电梯"叮"的一声响了,白薇一边挽着他走进去一边追问着:"行不行嘛?"

华夜一开始没说话,过了一会儿睁开眼睛看看天花板:"要帮你也行,不过我有个条件。"

"什么条件?"

"慰劳我一下。"

白薇纳闷了几秒钟,想起刚才的对话,一阵恼羞:"你别乘机耍流氓!"

华夜一脸鄙视:"我这是正当合理的要求,哪儿耍流氓了?"

"哼。"

白薇继续恼羞,但扭捏了一会儿,还是慢吞吞地凑上去,踮起脚尖。

华夜一把搂住她,两人在寂静的电梯里拥吻起来。狭小的空间回荡着两人的呼吸声,似乎让这夜晚冰冷的空气也变得甜蜜起来。

"……华夜。"

"怎么了?"

"我……不是不愿意跟你亲热,只是……我好像没有你爱我那么爱你,所以……觉得有些对不起你。"

"这有什么可对不起的,是我从别的男人手里抢了你。如果你这么快就移情别恋了,那才是没有原则吧。"

"也是,我可不是那种人尽可夫的女人。"

"……你换个好听一点的词不行吗?"

"呃,我是被你强扭的瓜。"

"白薇……"

"好啦,我明白了,多慰劳你一会儿还不行嘛。"

"那还差不多。"

空气里的柔情蜜意越发浓烈,而此时外面的天空已经下起了雪。那纷扬的雪花像是一朵朵盛开的白色蔷薇，飞舞在满天繁星的夜空中。

这一夜，深冬正寒冷，而温暖的春季，也即将到来……

图书在版编目（CIP）数据

蔷薇之伤 / 舒绘著.-- 北京：当代世界出版社, 2014.6
ISBN 978-7-5090-0970-3

Ⅰ.①蔷… Ⅱ.①舒… Ⅲ.①长篇小说—中国—当代 Ⅳ.①I247.5

中国版本图书馆CIP数据核字（2014）第077982号

书　　名：	蔷薇之伤
出版发行：	当代世界出版社
地　　址：	北京市复兴路4号（100860）
网　　址：	http://www.worldpress.org.cn
编务电话：	（010）83907332
发行电话：	（010）83908409
	（010）83908455
	（010）83908377
	（010）83908423（邮购）
	（010）83908410（传真）
经　　销：	新华书店
印　　刷：	三河市祥达印刷包装有限公司
开　　本：	730mm×960mm　1/32
印　　张：	8.5
字　　数：	230千字
版　　次：	2014年6月第1版
印　　次：	2014年6月第1次
书　　号：	ISBN 978-7-5090-0970-3
定　　价：	25.00元

如发现印装质量问题，请与承印厂联系调换。
版权所有，翻印必究；未经许可，不得转载！